아
소
까
대
왕

1

일러두기

이 책에 나오는 인명·지명 등은 가급적 빠알리어(Pali語) 한글 표기법에 따라 적되,
대중에게 친숙한 일부 단어의 경우 널리 통용되는 한글 표기를 사용하였습니다.

예) 빠딸리뿟다(빠알리어 한글 표기), 브라만(로마자 한글 표기)

정찬주 장편소설

아소까대왕 1

불광출판사

불경을 가까이하듯 정독하기를

신년 초에 정찬주 작가가 내가 머물고 있는 서운암으로 찾아온 일이 있습니다. 작년에 작가의 소설책 한 권을 받은 뒤 전화로 "통도사에 한번 오라"고 덕담했는데 약속을 지킨 것입니다. 그때 나는 정찬주 작가가 글쓰기를 수행 삼아 살아온 불자이구나 하는 인상을 받았습니다. 참선이든 예술이든 평생 동안 거기에만 매진한다는 것은 일행삼매(一行三昧)의 체득 없이는 불가능하다고 생각합니다. 차를 마시면서 나는 정찬주 작가가 인도의 아소까왕을 소재로 한 장편소설《아소까대왕》집필을 마쳤다는 얘기를 듣고 격려해 주었습니다. 작가의 물러서지 않는 불퇴전(不退轉)의 의지에 차를 한 잔 더 권하지 않을 수 없었습니다.

불가에서는 아소까왕을 전륜성왕이라고도 부릅니다. 나는 인도의 부처님 성지를 순례하면서 아소까왕에게 마음속으로 합장했습니다. 부처님 성지마다 아소까탑이나 석주(石柱)가 있었기 때문입니다. 부처님보다 뒤에 태어난 아소까왕이 불교에 귀의한 뒤 부처님 성지를 순례하면서 조성했던 것입니다. 아소까왕은 지중해 연안의 그리스, 이집트, 시리아까지 전법사를 파견한 사실이 있습니다. 또한 출가한 자신의 아들 마힌다와 딸 상가밋따를 전법사로 보내 스리랑카에 불법의 꽃을 피우게 했습니다. 불법이 스리랑카에서 동남아로 전해진 사실은 우리 모두가 다 아는 불교 역사입니다. 이를 보더라도 아소까왕은 불교를 세계화시킨 전륜성왕입니다.

우리나라 삼국시대 왕들이 아소까왕을 흠모했다는 기록이 《삼국유사》에 나오는 것도 흥미롭습니다. 물론 아소까왕 시대와 우리 삼국시대는 연대 차이가 많이 납니다. 신라 진흥왕이 아소까왕이 조성하려던 불상의 황금과 철을 전해 받아서 황룡사의 본존인 석가모니 장육존상을 완성했다는 이야기가 《삼국유사》 탑상편(塔像篇)에 나옵니다. 고구려 광개토왕의 이야기도 마찬가지입니다. 광개토왕이 요동성을 순시하던 중 아소까탑을 발견하고 그곳에 7층 목탑을 세우려고 했다는 기록입니다. 이는 광개토왕이나 진흥왕 모두 불교에 귀의했던 아소까왕을 본받고 싶어 했다는 연기설화인 것입니다.

내가 정찬주 작가의 장편소설 《아소까대왕》을 추천하는 이유는 분명합니다. 부처님 진리로 제국을 통치했던 아소까왕의 진면목을 알 수 있기 때문입니다. 또한 불교를 세계화시킨 아소까왕을 찬탄하는 마음이 우러나서이고, 삼국시대부터 우리나라 왕들이 존숭했던 친숙한 아소까왕이라는 사실 때문입니다. 우리 불자들이 불경을 가까이하듯 부처님 진리가 녹아 있는《아소까대왕》을 한 번 정독하기를 권합니다. 더불어 정찬주 작가의 노고를 치하합니다.

계묘년 정월 서운암에서

중봉 성파(대한불교조계종 종정)

정법을 세계로 펼친 아소까대왕

내가 인도를 처음 간 것은 1995년 2월 초순이었다. 28년 전의 일로 여행 기간은 한 달간이었다. 인도 비하르주의 부처님 유적지와 수도 델리의 간디기념관과 국립박물관, 힌두교 최대 성지인 바라나시, 영화 산업이 발달한 뭄바이 등을 둘러보았다. 후배 작가 두 사람과 동행했는데 모두가 초행길이었다. 그때 우리는 부처님 유적지에서 아소까석주와 아소까탑을 발견하곤 했다. 그것들은 그 자리에서 부처님의 흔적이 어려 있음을 오롯이 증명하고 있었다. 불자인 나는 그때 아소까왕을 새롭게 인식했는데, 나만 그런 것이 아니라 동행했던 후배 윤제림 시인도 마찬가지였다.

한 달간의 여행을 마치고 돌아온 나는 아소까왕에 대한 호기심 때문에 서적이나 논문 등을 살펴보기 시작했다. 서적이나 자료만 보는 것이 실감 나지 않아서 다음 해부터는 2년 터울로 인도에 가곤 했다. 그러고 보니 지금까지 인도를 열다섯 번이나 다녀온 셈이 됐다. 처음에는 단순한 여행이었지만 차츰 아소까왕 유적지 답사나 부처님 성지순례로 바뀌었다. 그러는 동안 자연스럽게 아소까왕을 형상화하는 소설 집필이 작가로서 숙원 작업으로 바뀌어버렸다. 장편소설이나 산문집을 수십 권 발간하면서 나이 칠십에 이르도록 항상 머릿속에 아소까왕 소설 구상을 놓아버린 적이 없었다.

"발원이 간절하면 이루지 못할 일이 없다." 불가의 스승이셨던 법정 스님께서는 생전에 종종 이런 말씀을 하셨는데, 마침내 재작년 1월 나에게 연재할 기회가 선물처럼 주어졌다. 〈현대불교신문〉에 매주 1회씩 신문 한 면 분량을 2년 동안 연재할 수 있게 되었던 것이다. 비로소 나는 아소까왕의 진면목을 펼쳐 보일 수 있을 것 같았다. 아소까왕은 알렉산더왕이나 칭기즈칸과 더불어 세계 3대 대왕이라고 불리어왔기 때문에 충분한 지면이 필요했다. 더구나 아소까왕은 알렉산더왕이나 칭기즈칸이 가지지 못한 덕목이 있었다. 세 명의 위인 모두 정복왕이기는 하지만 아소까왕에게는 21세기 리더십으로도 손색이 없는 특별한 철학이 있었다. 아소까왕은 선왕이 이루지 못했던 깔링가국 정복을 완수하고서 전쟁의 참혹함을 목격하고는 칼을 버리고 부처님의 가르침, 즉 '담마의 정복자'가 되기로 맹세했던 것이다.

　이 같은 아소까왕의 심리적인 대전환은 갑자기 이루어진 즉흥적인 것이 아니었다. 99명의 왕자들을 죽이고 잔혹한 권력 투쟁에서 성공하여 왕권이 안정된 이후였다. 왕위에 오르기로 돼 있었지만 독살당한 이복형 수시마의 아들인 어린 니그로다 사문으로부터 짧은 《법구경》 법문을 듣고 마음이 움직였다. 그때 아소까왕 마음속에 이복형 수시마에 대한 미안함이 남아 있었던 것도 니그로다를 환대한 요인이었다고 본다. 그리고 자신이 창건한 아소까라마의 수석 장로 목갈리뿟따띳사를 자주 만나면서 마음의 문을 조금씩 열어갔다. 마우리야왕국의 도시마다 8만 4천 개의 사원과 탑을 조성하고, 고명한 장로들을 왕궁으로 초대하여 공양하는 등 '승가의 보호자'가 되었다. 뿐만 아니라 자신의 가족들을 출가시켰다. 친동생 비가따소까, 사위 악기브라흐마, 외손자 수마나, 아들 마힌다, 딸 상가밋따 등을 출가시키어 '믿음의 상속자'가 되었다. 그러다가 십여만 명 이상의 사상자를 낸 깔링가 전쟁의 참상을 목격한 뒤 다야강에 칼을 버리고 '북소리의 정복자' 대신에 부처님 법으로 세상을 통일하는 '담마의 정복자'가 되기로 결심했던 것이다.

　나는 이러한 아소까왕의 다중적인 캐릭터를 그의 혈통에서 찾아냈다. 마우리야왕국을 건국한 할아버지 짠드라굽따왕은 주도면밀하고 영악했다. 동방원정에 나선 알렉산더왕에게 다가가서 어떤 식으로든 도움을 받아 인도를 통일하려 했던 그의 야망을 살펴보아도 그랬다. 기원전 329년, 알렉산더왕은 네팔의 국경 지방인 뻽팔라바나에서 온 한 젊은 장수를 만났다. 그가 바로 짠드라굽따였다. 마우리야족인 그는 동인도 한 지역을 본거지로 해서 영토를 확장하고 있던 난다왕국을 멸망시키겠으니 군대를 지원해 달라고 요청했다. 그러나 알렉산더왕은 짠드라굽따의 청을 거절했다. 들어줄 수 없는 형편이었다. 인도를 정복하는 동안 자신의 군대가 풍토병과 독충 등으로 큰 피해를 입고 있었던 것이다.

알렉산더왕은 자신의 권위를 모욕했다는 죄목으로 오히려 짠드라굽따를 감옥에 가두고 사형을 언도했다. 짠드라굽따는 천신만고 끝에 정글로 도망쳐 나와 목숨을 구했다. 이후 와신상담하던 짠드라굽따는 뜻밖의 기회를 잡았다. 알렉산더왕이 인도 서북 지역을 정복한 지 1년 만에 주력부대를 점령지에서 철군시킨 뒤 갑자기 죽었기 때문이었다. 이에 짠드라굽따는 점령군에게 핍박을 받던 인도 서북 사람들을 선동하여 인도에 남아 있던 알렉산더 군대를 격파했다. 이후 짠드라굽따는 여세를 몰아 딱사쉴라와 인도 서북 지역을 완전히 장악한 뒤 파죽지세로 난다왕국을 멸망시키고 인도 전역을 정복해 갔다. 마침내 짠드라굽따는 마우리야왕국을 건국했다. 짠드라굽따는 마우리야왕국을 24년간 통치했다고 전해진다.

마우리야왕국의 제2대왕은 짠드라굽따왕의 아들인 빈두사라였다. 빈두사라왕 역시 무자비한 정복전쟁을 멈추지 않았다.

그의 영토는 더 넓어져 중앙인도와 데칸고원까지 내려갔다. 제국이 된 영토를 분할통치하기 위해 그는 많은 왕자를 두었다. 열여섯 명의 부인을 맞아들이어 101명의 왕자를 보았다. 첫째 왕자인 태자는 수시마였고 맨 마지막 왕자는 아소까의 친동생인 비가따소까였다. 빈두사라왕은 자신의 성격을 빼닮은 아소까를 싫어했다. 아소까는 장성해서도 빈두사라의 눈에 들지 못했다. 태자인 수시마 부왕이 다스리는 딱사쉴라 지방에서 반란이 일어났을 때 빈두사라왕은 아소까를 보냈다. 충분한 군사를 지원해 주지 않은 채 사지로 보낸 셈이었다. 그러나 아소까는 민심을 얻어 반란을 평정하는 공을 세웠으므로 대신들의 신뢰를 얻었다. 빈두사라왕이 병석에 눕자 웃제니 지방을 다스리던 아소까 부왕은 마우리야왕국의 수도인 빠딸리뿟따로 올라가 99명의 이복형제 왕자들을 죽이고 왕위에 올랐다. 4년 동안 살육이 끊이지 않는 왕자의 난이 벌어진 것이다. 살아남은 왕자는 친동생 비가따소까뿐이었다.

아소까왕의 캐릭터 형성에 있어서 또 하나 주목한 인물은 아소까왕의 어머니 다르마 왕비와 아소까가 웃제니에 부왕으로 내려가 있을 때 만났던 데비였다. 다르마 왕비는 브라만 신분으로 고향 짬빠성에서는 아지비까교 수행자들에게 공양했지만 빠딸리뿟따성에 들어온 이후에는 목갈리뿟따띳사나 우빠굽따 같은 장로들에게 감화를 받으면서 독실한 불교 신자가 되었다. 데비는 바이샤 신분으로 상인 수장이었던 아버지가 산치 동산에

개인 원찰을 조성했을 만큼 어린 시절부터 불교적인 분위기 속에서 성장했다. 아마도 아소까왕은 다르마 왕비와 데비에게서 부처님의 자비가 무엇인지 알게 모르게 훈습되지 않았을까 싶다. 아소까왕의 캐릭터를 보면 차가운 야심도 있고, 잔혹하기 짝이 없는 비정함도 있고, 숨을 거둘 때는 자신이 먹어야 할 과일 조각까지 승가에 보시하는 자비가 있었으니, 그 심리들이 어떤 인물에게서 비롯되었는지를 작가적인 관점에서 나름대로 살펴보지 않을 수 없었다.

한편, 나는 소설을 집필하기 전에 아소까왕의 위대함을 불자의 입장에서 먼저 찾아보았다. 그 첫 번째는 아무래도 아소까왕에 의한 불교의 세계화였다. 불교가 세계적인 종교가 된 것은 아소까왕이 담마사절단 혹은 전법사를 스리랑카는 물론 지중해 연안인 이집트, 그리스, 시리아 등에 파견했기 때문이며 그 영향으로 오늘날에도 한중일 삼국은 물론 동남아 전체에 불교가 전통 종교로 자리매김하고 있다고 봐야 옳았다. 다시 말하면 아소까왕이 세상에 출현하지 않았다면 불교는 세계적인 종교가 되지 못한 채 인도에서 소멸했을지도 모른다. 부처님이 정법을 세상에 처음 드러내 보여주신 분이라면, 아소까왕은 정법의 불빛이 꺼지지 않게 세계로 펼친 전륜성왕이라는 게 역사적인 사실이다.

두 번째는 종교 간의 화합을 도모한 관대함을 들지 않을 수 없다. 아소까왕은 승가를 정화하되 모든 종교 수행자들을 우대했는데, 아지비까교 교단에 사원의 규모와 버금가는 동굴법당을 세 개나 기증한 것만 봐도 그의 종교적 태도를 알 수 있다.

세 번째는 석주나 바위에 새긴 담마칙령을 통한 통치이다. 담마칙령 중에서 가장 눈에 띄는 것은 사람과 동물의 행복을 추구한 복지와 자선 정책이다. 서구의 르네상스가 신본주의에서 인간중심의 휴머니즘사상을 일으켰다면, 아소까왕을 통한 부처님 정법은 신본주의나 인본주의가 아니라 모든 생명의 존엄성을 일깨운 생명중심사상이라고 해야 할 터이다. 이는 21세기 오늘날의 지도자들과 우리들이 본받아야 할 생태복지 리더십이 아닐까 싶다.

과학이 발달하고 종교가 무성한 오늘날이지만, 현실은 인류가 소망하는 세상으로 나아가지 못하고 있다. 곳곳에서 발생하는 전쟁과 살상은 지구별의 생명과 평화를 무참히 훼손하고 있다. 국가이기주의가 난무하는 매우 위험한 세상으로 돌변하고 있는 까닭에 아소까왕이 더욱더 위대해 보이고 그립다. 이미 2,300년 전에 동물을 사랑하고 평화와 공존이란 통치철학으로 제국을 다스린 전무후무한 대왕이었기 때문이다. 내가 이 소설을 집필한 동기가 있다면 바로 그러한 부분도 여러 요인 중에 하나였을 것이다.

끝으로 '작가의 말'을 맺으려고 하니 고마운 분들이 눈앞을 스친다. 먼저 추천사를 써주신 자애로운 성파 종정스님께 합장하며 감사의 예를 올린다. 은사이신 동국대 홍기삼 전 총장님의 변함없는 관심과 안국선원 선원장 수불 스님과 무량심 회장보살님의 따뜻한 격려는 집필하는 동안 큰 힘이 되었던바, 그 은혜를 잊지 못할 것 같다. 동인도와 남인도를 함께 답사하면서 소설 집필을 격발시켜 주신 곡성 관음사 대요 스님의 발원도 마음에 늘 새기고 있고, 선뜻 장문의 시적인 해설을 보내준 문학평론가 윤재웅 동국대 총장에게도 진심으로 고마움을 전한다. 또한 몇 분의 스님과 독자가 연재소설을 정독한 뒤 내게 문자로 촌평을 보내와 허술한 부분을 보완하는 계기가 됐으니 감사를 드리지 않을 수 없다. 삽화를 맡아준 화가분과 첫 교정을 보아준 호연보살에게도 고마움을 표하고 싶다. 그리고 불광출판사 류지호 대표와 편집부 여러분에게도 깊은 감사를 드린다.

2023년 3월 이불재에서
소설가 정찬주 합장

갓난아기 왕자는 구름을 벗어난 달처럼 나타나

빈두사라왕과 다르마 왕비의 근심을 잊게 해주었다.

이레 동안이나 보기만 해도 웃게 하는 행복을 선사했다.

빈두사라왕은 다르마 왕비와 칼라따까 제관과 상의하여

갓난아기 왕자 이름을 아소까로 지었다.

아소까란 '근심이 없다(無憂)'는 뜻이었다.

1장

구루 초대

벵골만 쪽에서 아침 해가 떴다. 안개를 뚫고 솟아올라 온 핏덩어리처럼 붉은 해였다. 비로소 짙은 안개에 짓눌려 있던 강가강이 염염하게 드러났다. 드러누운 강은 도도하고도 풍만했다. 짬빠성을 휘돌아 흐르는 강가강은 시바 신의 허리처럼 세 번을 꺾으면서 흘렀다. 짬빠성은 옛 앙가국의 수도였다. 강가강 가트로 나와 강물에 몸을 적시는 사람들은 짬빠성에 사는 브라만들이었다. 가트는 반반한 화강암으로 조성한 계단이었다. 천민 수드라들은 시신을 태우고 있는 화장터 옆의 강변에서 기도했다.

아침 해를 보고 기도하는 브라만들 중에는 다르마 처녀의 아버지도 끼어 있었다. 다르마의 아버지는 브라만 청년들에게 인기가 좋았다. 브라만 청년들은 다르마를 만나려고 온갖 핑곗거리를 만들어 그녀의 아버지를 찾아오곤 했던 것이다. 그런데 훤한 이마와 커다란 눈, 오뚝한 코와 도톰한 입술을 지닌 다르마는 짬빠성 브라만 청년들에게 한 번도 눈길을 주지 않았다. 다르마는 아버지처럼 키가 크고 위엄이 있는 청년을 원했고, 아버지가 정해주는 남자를 만나고 싶어 했다. 그녀는 무엇보다도 아직 남자를 몰랐다. 다르마는 새장 속에서 갇혀 사는 새나 다름없었다.

다르마의 아버지는 옷을 벗지 않고 강물에 들어가기 때문에 엉덩이까지 내려온 흰 도티는 아침마다 흠뻑 젖어 있었다. 기도하는 가트의 자리까지 강물에 젖어서 축축했다. 다르마의 아버지는 하늘과 땅, 불과 물의 신을 찬미하는《리그베다》를 큰 소리로 외었다. 브라만들이 외는 기도는 모두 달랐다. 대부분의 브라만들은《아타르바베다》를 중얼거렸다.《아타르바베다》는 재앙을 물리치고 복 받기를 비는 주문이었다.

그러나 베다를 외지 않는 단 한 사람이 있었다. 외지 않는 것이 아니라 베다의 권위를 부정하는 사람이었다. 그가 강가강의 가트에 나오는 까닭은 아지비까 교리를 알려주기 위해서였다. 그는 브라만들을 상대로 아지비까 교리를 들어주든 말든 몹시 진지한 표정으로 이야기하고 다녔다. 그의 이름은 뻥갈라바뜨사였다. 브라만들은 뚱뚱한 뻥갈라바뜨사를 무시했지만 미워하지는 않았다. 뻥갈라바뜨사가 예언을 잘했고 관상도 제법 보았기 때문이었다. 아지비까 수행자들 중에서 뻥갈라바뜨사 말고도 그의 동료 자나사나는 관상을 보는 데 탁월했다.

강바람이 시원하게 불어왔다. 아침 햇살은 느리게 흘러가는 강물에 떨어져 난반사했다. 강바람은 아침 해의 손길 못지않게 브라만들의 옷과 머리카락을 말려주었다. 다르마의 아버지는 만족스럽게《리그베다》기도를 끝냈다.《리그베다》를 다 암송하지는 않았지만 마음은 더없이 충만했다. 그런데 바로 그때였다. 아지비까교 수행자 뻥갈라바뜨사가 다가왔다. 그와는 거의 매일 마주쳐 왔으므로 경계할 일은 없었다. 뻥갈라바뜨사가 인사를 건넸다.

"브라만이여, 그대는 행복한 사람이오."

"아침마다 강가로 나와 기도하니 하늘의 인드라 신께서 복을 주시고 있소."

브라만이 합장을 하며 대답했다.

"나는 그대의 운명을 알고 있다오."

"또 그 말씀인가요?"

브라만은 뻥갈라바뜨사가 무슨 말을 하려는지 잘 알고 있었다. 그는 아침마다 인사를 건넨 뒤 앵무새처럼 크게 말했던 것이다.

"맞아요! 나는 또 우리의 교주이신 막칼리 고살라의 말씀을 들려줄 수밖에 없다오."

"구루시여, 나는 그대의 이야기를 수십 번 들은 것 같소. 이제는 다 외울 지경이오. 하하."

"또다시 말하건대 그대의 행복은 하늘이 준 것이 아니오. 그대는 행복한 운명을 타고 난 것이오."

브라만은 뻥갈라바뜨사와 생각이 달랐지만 굳이 논쟁을 하고 싶지는 않았다. 브라만은 자신이 복을 받고 있는 것은 수시로 강가강으로 나와 기도해 온 덕분이라고 믿었다. 행복한 운명을 타고 났으니 행복한 것이라는 뻥갈라바뜨사의 말을 받아들이지 않았다. 그러나 그의 주장을 비난할 생각은 없었다. 귀에 거슬리거나 기분 나쁘게 하는 주장은 아니었기 때문이었다. 그래서 브라만은 뼁갈라바뜨사를 '수행자'라고 부르지 않고 '구루'로 높여 호칭했다.

"어쨌든 그대의 말씀은 내 하루를 즐겁게 해줄 것 같소. 하하하."

브라만이 웃음을 터뜨리자 뼁갈라바뜨사가 좀 더 가까이 다가오면서 말했다.

"강가를 보시오. 저 해를 보시오. 저 망고나무 숲을 보시오. 강은 강일 뿐이고, 해는 해일 뿐이고, 망고나무 숲은 망고나무 숲일 뿐이오. 과거에도 그랬고 오늘도 그렇고 미래에도 그럴 것이오. 그대도 사람으로 태어날 운명이어서 사람으로 태어난 것일 뿐이오. 죽으면 또다시 다른 생명체로 태어날 것이오. 그러니 그대의 의지로 운명은 바뀌지 않는다오. 그대는 운명대로 살아갈 뿐이오."

"우리 브라만들 기도가 헛수고란 말이군요. 정말로 우리가 믿는 베다가 틀렸단 말이오?"

"물론 그건 아니오. 다만 신에게 너무 매달리지 말라는 말이오. 8백 40만 겁이 지나는 동안 저절로 그대의 고통이 씻어질 텐데 무엇 때문에 아침마다 강물에 들어가 기도하느냐 말이오."

뼁갈라바뜨사의 말은 지금도 행복하고 미래에는 더 행복할 텐데 무엇 때문에 베다를 중얼거리면서 신에게 비느냐는 것이었다. 브라만은 뻥갈라바뜨사가 또다시 진지해진 것을 보고는 은근히 부담스러워 피하고 싶었다.

"구루시여, 나는 논쟁을 하고 싶지 않소. 오늘도 아무 탈 없이 맞이한 아침을 망치고 싶지 않다오."

그래도 뻥갈라바뜨사는 물러서지 않고 말했다.

"얼마 전에 대왕님께서 나를 왕궁으로 초대했소. 이제 일부 대신들까지 베다를 멀리하고 있소. 부귀공명을 누리는 운명으로 타고 났으니 더 이상 신에게 의지하지 않겠다는 것이오."

"정말이오?"

"단순하게 초대만 받은 것이 아니라 나는 왕자들을 교육할 것이오. 영명하신 대왕님께서 브라만뿐만 아니라 우리 아지비까 수행자들에게도 공양을 하겠다고 선언했소."

대왕이란 빈두사라를 말했다. 빈두사라왕은 마우리야왕국 수도인 빠딸리뿟따 궁궐로 매일 수행자들을 초청하여 공양을 올리는데 모두 6만여 명이나 되었다. 6만여 명 중에는 브라만들이 가장 많았고 그다음이 불교와 자이나교, 이제는 아지비까교 수행자들까지 모여들기 시작했다. 자이나교 수행자들이 모여든 까닭은 빈두사라왕의 아버지 짠드라굽따대왕이 말년에 자이나교로 개종했기 때문이었다. 그러나 아직까지도 베다를 믿는 브라만들의 위세는 대단했다.

브라만 청년들은 해가 지고 어스름이 깔리면 어김없이 강가강 가트로 나가 양을 잡아 제물로 올려놓고 예배 의식인 아르띠 뿌자를 치렀다. 강가강 가트는 타오르는 기름불로 휘황찬란했고 푸르스름한 향불 연기는 여신도들의 옷자락처럼 하늘거리다가 강바람을 타고 허공으로 사라졌다. 북소리가 둥둥둥 고조하면 빠딸리뿟따 성민들도 미친 듯 기도하며 베다를 중얼거렸다. 마우리야왕국을 건국한 이후 이어지고 있는 수십 년의 전통이었다. 지금도 아르띠 뿌자에 들어가는 모든 비용은 빈두사라왕이 후원했다.

이에 비해 불교나 자이나교, 아지비까교 수행자들은 브라만교 신도들의 의식을 비웃었다. 살생을 금한 불교나 자이나교 수행자들은 브라만교와 달리 브라만, 끄샤뜨리야, 바이샤, 수드라 등 신분 규정을 부정했고, 아지비까 수행자들은 까르마(업)에 의한 윤회를 부정했다. 아지비까 수행자들은 인간을 포함한 모든 생명들은 까르마로 윤회하는 것이 아니라 우주의 장대한 법칙에 의해 숙명적으로 정해진 운명에 따라 윤회한다고 주장했다. 때문에 사람의 의지와 노력으로 바꿀 수 있는 운명은 아무것도 없다고 믿었다. 그렇다고 숙명론자인 아지비까 수행자들이 염세주의자이거나 비관론자들은 아니었다. 그보다는 주어진 운명을 받아들이되 경건하고 긍정적으로 즐기자는 낙관주의자들이었다. 다만 고행을 통해서 수행자와 신도들의 정신을 맑게 고양시켜야 한다는 것은 불교나 자이나교와 같았다.

아침 햇살이 금세 따가워졌다. 강바람이 브라만의 목덜미를 간지럽게 했다. 햇살이 떨어지고 있는 강물은 눈부실 만큼 반짝거렸다. 다르마의 아버지인 브라만은 고슬고슬 마른 머리카락을 말아서 정수리 쪽으로 틀어 올렸다. 그제야 뺑갈라바뜨사가 자리를 뜨려고 했다. 브라만이 말했다.

"구루시여, 오늘 저녁 나의 집에서 공양을 올리고 싶소."

"지난번에도 초대해 공양을 받았지만 이번에는 거절할 수밖에 없다오."

"어째서 그러하지요?"

"나는 내일 새벽에 빠딸리뿟따로 떠난다오. 그러니 저녁 공양을 거절하는 것이오."

"다른 구루라도 보내주시지요."

"무슨 일이 있소?"

"나의 딸 다르마의 운명을 점쳐보고 싶어서 그러하오."

뺑갈라바뜨사가 웃으며 말했다.

"하하하. 그 일이라면 걱정 마시오. 나의 친구 자나사나를 보내겠소. 자나사나는 나보다 관상을 더 잘 본다오. 그대의 딸을 보자마자 바로 운명을 읽어낼 수 있을 것이오."

"나는 조금 전에 인드라 신께 오늘 처음으로 만나는 수행자에게 저녁 공양을 올리겠다고 약속했는데 아섭소."

"내일 새벽에 길을 떠나려면 나는 일찍 잠자리에 들어야 하오. 그러나 나의 친구 자나사나가 있으니 더 잘된 일이오. 자나사나에게 공양을 올린다면 반드시 만족할 것이오."

갈매기 한 마리가 뺑갈라바뜨사의 얼굴을 할퀼 듯 가까이 날아왔다가 너울너울 되돌아갔다. 부리와 눈매가 삥갈라바뜨사처럼 날카로웠다. 삥갈라바뜨사가 놀란 채 흠칫 고개를 젖히면서 일어났다. 두 사람은 손을 흔들며 헤어졌다. 브라만은 내일 아침부터 그를 다시 보지 못한다는 생각이 들자 섭섭하기도 했다. 삥갈라바뜨사가 아지비까교로 개종할 것을 은근히 강요했지만 끝내 응해주지 못해 미안한 마음도 조금은 들었던 것이다.

아지비까교 수행자들이 머물고 있는 동굴은 가트에서 십여 리 떨어진 절벽에 있었다. 절벽 바로 밑은 강가강 강물이 넘실거렸다. 그들은 짬빠성 안에 사원을 짓지 않고 동굴에서만 살았다. 동굴 안은 생각보다 넓고 환했다. 강가강에 떨어지는 햇살이 빛기둥처럼 동굴 안으로 들어오곤 했다. 동굴 벽에는 아지비까교 교주 막칼리 고살라의 좌상이 음각되어 있었다. 수행자들은 수시로 막칼리 고살라 좌상을 향해 엎드려 기도했다.

그날 오후. 강가강 언덕에 있는 사원을 들렀다가 짬빠성으로 돌아온 브라만은 아내와 외동딸 다르마를 불러놓고 말했다.

"여보, 오늘 저녁 구루에게 공양을 올리기로 했으니 준비하시오."

외동딸 다르마가 물었다.

"아버지, 어떤 분이 오세요? 우리 집에 여러 번 오신 삥갈라바뜨사 구루세요?"

"원래는 그분을 초대했으나 대신해서 자나사나 구루를 보낸다고 하는구나."

뻥갈라바뜨사에게 공양하기를 좋아했던 부인도 물었다.

"무슨 일이래요?"

브라만이 부인의 귀에 대고 작은 소리로 말했다.

"다르마의 결혼 운세를 알아보려고."

부인은 브라만의 말에 미소를 지었다. 그러면서 다르마에게 말했다.

"다르마야, 나는 음식 준비를 할 테니 너는 집 안을 청소하고 마당을 좀 쓸어라."

"네, 어머니."

브라만 가족은 흙벽돌로 만든 단층집에서 살았다. 정원이 넓어 손님들이 집을 찾아오는 데 잠시 헤매기도 했다. 정원에는 부겐빌리아꽃들이 만개해 있었다. 부겐빌리아꽃은 향기는 없지만 화려했다. 공작의 깃털처럼 보라색, 주홍색, 흰색, 분홍색, 노란색 등 일곱 가지 색의 부겐빌리아꽃이 피고 졌다. 사원에서 흔히 보이는 상록수 짬빠까나무꽃도 하얀 치아처럼 깨끗하고 우아하게 피어 있었다.

대문 앞에는 참나무 일종인 마두말띠꽃이 땅바닥에 떨어져 마치 붉은 카펫을 깔아놓은 듯했다. 바람이 불어 꽃이 떨어질 때면 꽃비가 내리는 것 같았다. 다르마는 마두말띠꽃들을 보면서 수백 수천의 정령들이 붉은 옷을 입고 반딧불이처럼 날아다니며 춤추고 있다고 생각했다.

'구루께서 보시면 무척 기뻐하실 거야.'

다르마를 아쉽게 한 꽃이 있다면, 부모님이 사랑하는 자귀나무 붉은 꽃이 이미 사라지고 없다는 것이었다. 자귀나무는 밤이 되면 양쪽의 이파리가 서로 껴안듯 오므라들었다. 마치 금실 좋은 부부 같은 나무가 자귀나무였다. 다르마는 작은 꽃들을 따서 꽃목걸이를 만들기 시작했다. 저녁에 방문하는 수행자 목에 걸어줄 꽃목걸이였다. 다르마 자신은 짬빠까나무 흰 꽃을 두어 개 따서 머리에 얹었다.

브라만은 베란다 쪽으로 식탁과 대나무 의자를 옮겼다. 삼면이 트인 베란다에서는 정원의 꽃들을 마음껏 감상할 수 있었다.

"다르마야, 화병에 꽃을 꽂으렴."

"예, 아버지. 파파벨라꽃이 좋겠어요."

다르마는 화병에 파파벨라꽃을 한가득 꽂았다. 그러한 딸의 모습을 보고 있던 브라만은 흐뭇했다. 딸이 여러 꽃 중에서 파파벨라꽃을 꽂은 것도 뻥갈라바뜨사의 말처럼 운명이라고 생각했다. 다르마 가족은 자나사나 수행자를 맞이할 준비를 쉬지 않고 부지런히 했다. 정성을 다해 짜빠띠를 굽고, 집안의 해묵은 먼지를 털고, 정원의 오솔길을 쓸었다. 이윽고 망고처럼 붉은 석양이 거풋거리는 대숲 저편으로 지고 있었다. 석양빛이 마지막으로 다르마의 정원과 집을 어루만졌다. 다르마 어머니는 강가강 강물이 담긴 항아리를 베란다 앞에 갖다 놓았다. 자나사나 수행자가 손과 발을 씻을 강물이었다.

자나사나의 예언

석양은 바로 지지 않았다. 강가강 건너편 너른 모래밭 위를 굴렁쇠처럼 구를 듯 한동안 떠 있었다. 새 떼가 석양을 비껴 숲속으로 점점이 날아갔다. 아지비까교 수행자 자나사나는 석양을 등지고 나타났다. 몸집이 비대한 삥갈라바뜨사와 달리 자나사나의 마르고 작은 몸집이 강한 석양빛 탓인지 더욱 도드라졌다. 몸에 걸친 도티 옷자락이 강바람에 펄럭였다. 브라만이 잰걸음으로 나가 자나사나를 맞아들였다.

"구루시여, 어서 오십시오."

"초대해 주어 고맙소."

자나사나는 발 앞에 떨어진 붉은 꽃잎을 피해 다가왔다. 발걸음을 호흡하듯 조심스럽게 떼는 것으로 보아 신중한 수행자임이 분명했다. 말투도 호흡에 따라 느리고 조용했다.

"나의 친구 삥갈라바뜨사는 떠나고 없소."

"알고 있다오. 빠딸리뿟따로 가시고 없다는 것을."

"다시 돌아오지 않을 것이오."

"아쉽군요. 아침마다 강가강에서 만나 인사를 나눈 사이였는데 말이오."

32

베란다 앞으로 다르마와 브라만의 아내가 나와 자나사나를 맞이했다. 다르마가 한 걸음 먼저 나아가 자나사나 목에 한낮에 만든 꽃목걸이를 걸어주었다. 방문을 환영한다는 의식이었다. 그러자 브라만의 아내가 강물이 담긴 항아리를 내밀면서 합장한 뒤 자나사나의 발에 입 맞추는 시늉을 했다.

"나마스떼!"

"나마스떼!"

자나사나도 나직한 소리로 인사했다. '당신 안의 신에게 경배를 드린다'는 뜻이었다. 자나사나가 항아리의 물로 손과 발을 씻는 사이 브라만의 아내는 베란다로 꺼내 온 식탁에 음식을 날랐다. 다르마가 흰 수건을 들고 자나사나 옆에 서 있는 동안 브라만은 휘파람을 불었다. 자나사나를 환영하는 휘파람이었다. 휘파람은 브라만의 특기이기도 했다. 브라만은 기분이 좋아지면 어느 자리에서나 휘파람 소리를 내고 콧노래를 불렀다.

식탁에는 목을 축이는 코코넛 물이 먼저 나왔다. 브라만이 거친 밀로 만든 짜빠띠를 접시에 날랐다. 누런 빛깔의 국물인 커리도 나왔다. 브라만 아내가 샛노란 빛깔의 강황, 후추, 계핏가루, 생강, 마늘 등을 넣고 조금 전에 만들었으므로 모락모락 김이 났다. 붉은 고추 칠리를 넣어 매운맛이 나는 커리는 다르마가 만든 소스였다. 다르마는 브라만 식구 중에서 매운 고추를 가장 잘 먹었다.

자나사나는 대나무 의자에 앉아 잠시 눈을 감았다. 아지비까고 주문을 외웠다. 그가 눈을 감고 있는 동안 브라만 식구들도 음식에 손을 대지 않고 그의 기도가 끝나기를 기다렸다. 이윽고 자나사나가 눈을 뜨고 꽃목걸이를 천천히 내려놓으며 말했다.

"감사의 기도를 드렸습니다."

브라만 아내가 조급하게 말했다.

"다르마야, 너는 여기 앉거라."

브라만 아내가 자나사나 맞은편 대나무 의자를 가리키며 말했다. 그제야 다르마가 식탁 귀퉁이에 앉아 있다가 일어섰다. 자나사나가 다시 말했다.

"부인, 그럴 필요는 없어요. 다르마를 다 보았어요. 그러니 두 분이 맞은편 자리에 그대로 앉으세요."

"아, 그러겠습니다."

브라만 아내가 더듬거리며 대나무 의자를 식탁 쪽으로 끌어당기며 앉았다. 브라만은 아내의 속마음을 알고 있었으므로 웃고만 있었다. 자나사나가 염소 같은 검은 수염을 가지런히 쓸면서 말했다.

"나는 저녁 식사를 하기 위해 여기에 온 것이 아닙니다. 다르마의 운명을 보아달라는 부탁을 받고 온 것입니다. 그러니 다르마의 운명을 먼저 이야기하겠소."

"제 아내가 오후 내내 준비한 음식이오. 시장하실 테니 식사를 하시면서 말씀하셔도 되오."

브라만이 손사래를 치며 말하자, 그의 아내가 자나사나에게 고개를 좌우로 흔들며 합장했다.

"구루시여, 편하실 대로 말씀하세요. 저희 부부 마음이 조급했나 봐요."

다르마는 자신이 준비한 커리에 아무도 눈길을 주지 않자 섭섭했다. 그러나 자나사나에게 쩔쩔매는 부모를 보아 참았다. 모두가 꼼짝을 않고 있기 때문인지 짜빠띠의 구수한 냄새가 콧속을 더욱 자극했다. 강바람에 정원의 꽃향기도 언뜻언뜻 실려 왔다. 이윽고 자나사나가 입을 열었다. 그의 수염이 물러가는 날빛에 반사되어 반짝였다.

"다르마는 빠딸리뿟따궁 안에서 살 운명이오."

자나사나의 한마디에 브라만 식구들 모두가 소스라치게 놀랐다. 특히 다르마는 비명처럼 한마디 했다.

"구루시여, 저는 짬빠성을 떠나기 싫습니다. 부모님 곁에서 살고 싶습니다."

"얼굴이 귀인상이오. 귀인은 궁에서 살아야 행복하오."

브라만 아내는 합장한 채 자나사나의 입을 주시했다. 브라만이 참지 못하고 물었다.

"궁에서 누구와 산단 말이오?"

"궁의 주인과 살 운명이오. 축하드리오."

이번에는 자나사나가 일어나더니 다르마의 얼굴을 그윽하게 쳐다보며 합장했다. 브라만이 다시 물었다.

"대왕님과 살 운명이란 말이오?"

"그렇소. 왕비가 될 운명이오."

"언제 짬빠성을 떠나야 하오?"

"빠딸리뿟따에 빨리 갈수록 좋소."

"왜 그렇소?"

"짬빠성에 산다면 브라만 청년을 만나 결혼할 테지요. 허나 버림을 받아 집으로 돌아오고 말 것이오."

브라만 아내가 울상이 되어 애원하듯 말했다.

"다르마야, 넌 빠딸리뿟따궁으로 가야 행복해지겠구나. 엄마는 네가 불행해지는 것을 원치 않는단다."

"저는 아버지가 정하시는 대로 할 거예요."

그러나 브라만은 아무 말도 못 했다. 당장 결정할 일은 아니라고 생각했다. 무엇보다 자나사나의 이야기를 더 들어봐야 했다. 날이 시나브로 어두워졌다. 브라만 아내는 베란다 양쪽 벽에 걸린 호롱불을 켰다. 두 개의 호롱불 빛이 밖에서 밀려오는 초저녁의 어둠과 섞이면서 신비스러운 분위기를 자아냈다. 식탁에 마주 앉은 사람들도 방금 전의 모습과 달리 보였다. 순간순간 낯설기도 하고 또 어느 부분은 낯익기도 했다. 낮에 숨어 있던 달과 별이 어둠 속에서 나타나듯 당연한 듯 은밀하게 변하고 있었다. 화병에 꽂힌 파파벨라가 작은 새처럼 '파파벨라 파파벨라!' 하고 소리를 내는 듯했다. 자나사나가 말했다.

"무얼 망설이시오. 다르마가 빠딸리뿟따로 가게 되면 나의 친구 뼁갈라바뜨사가 도와줄 것이오."

"구루시여, 다르마의 앞날을 더 이야기해 주시오."

"브라만이시여, 다르마의 얼굴에 나타난 대로 나는 숨김없이 말할 것이니 의심하지 마시오."

갑자기 자나사나는 다르마가 마치 왕비라도 된 듯 예를 갖추었다. 브라만 부부를 바라볼 때와 달리 다르마를 조심스럽게 쳐다보았다. 정면으로 응시하지 않고 약간 고개를 숙이고 말했다.

"다르마가 궁으로 들어가면 왕비와 후궁들의 견제가 심할 것이오. 감수해야만 하지요."

"구루시여, 왕비들이 몇 명이나 됩니까?"

"열다섯 명이오."

"그렇다면 다르마가 열여섯 번째가 된다는 말이오?"

"대왕의 총애를 받고자 다르마를 견제하겠지만 다르마는 결국 왕비가 되고 말 것이오."

다르마는 고개를 절레절레 흔들었다. 브라만의 아내도 물었다.

"왕자가 없어서 새 왕비를 맞이하는 것입니까?"

"아니오. 정식 왕비는 물론 후궁들이 낳은 왕자들까지 수십 명이오."

브라만이 낙심한 목소리로 물었다.

"왕자가 수십 명인데 또 왕비를 맞아들인다는 말이오?"

"내가 볼 때 수십 명의 왕자들은 모두 왕의 자리에 오를 수 없는 운명이오."

"그럼 누가 왕위에 오르는 왕자란 말이오?"

자나사나는 잠시 망설이더니 비밀을 토로하듯 아주 나직한 목소리로 말했다.

"없소. 그들은 모두 죽을 운명이오."

브라만 식구들은 또 놀랐다. 수십 명의 왕자들이 죽을 운명이라니 믿어지지 않았다. 정말로 모두 죽는다면 마우리야왕국의 크나큰 비극이었다. 자나사나도 발설하지 말아야 할 비밀을 누설한 듯 움찔했다. 브라만 식구들과 자나사나는 한동안 침묵했다. 침묵하는 순간에도 브라만은 다르마의 운명을 헤아리는 듯했다. 눈꺼풀을 파르르 떨면서 무언가 중얼거렸다.

"구루시여, 그렇다면 다르마가 낳을 대왕의 아들도 죽을 운명인가요?"

"그렇지 않습니다."

자나사나의 말에 브라만 식구들 모두가 안도했다. 마치 사지로 갔다가 돌아온 사람들 같았다. 브라만 아내 얼굴에는 자애로운 기운이 돌았고 브라만 눈에는 기쁨이 가득 찼다. 자나사나가 말했다.

"다르마는 두 명의 아들을 낳을 것이오."

"오! 인드라 신이시여. 감사합니다."

브라만 아내가 눈물을 흘리며 말했다. 호롱불 빛에 눈물이 반짝였다. 브라만의 눈가도 촉촉해졌다.

"구루시여, 오늘 밤 나는 더없이 행복하오. 최고의 선물을 받았으니까요.”

“최고의 선물이지요. 그대의 손자는 왕위를 이어받는 대왕이 될 것이오.”

“다르마야, 어서 구루께 경배를 드려라.”

“아니오. 경배는 내가 드려야지요. 내 마음속에는 이미 다르마가 왕비로 점지돼 있기 때문이오.”

자나사나는 조용히 일어나 다르마 앞으로 가서 무릎을 꿇었다. 그러더니 다르마 발에 입을 맞추었다. 그러자 브라만 부부도 무엇에 홀린 듯 다르마 앞으로 가 자나사나와 같이 행동했다. 다르마가 어리둥절해하며 말했다.

“저는 왕비가 아니에요!”

“다르마야, 맞는 말이다. 그러나 언젠가는 왕비가 된다고 구루께서 말씀하시지 않느냐? 그러니 미리 네 발에 입을 맞추는 것도 틀린 행동은 아니다.”

“아버지, 그때는 그때고 지금은 지금이란 말이에요.”

자나사나도 한마디 했다.

“다르마여, 그대는 왕비가 될 운명인 데다 왕위를 물려받을 왕자까지 낳을 분이니 경배를 받을 만한 자격이 충분하오.”

브라만 아내까지 거들었다.

“다르마야, 나는 행복하다. 네 발에 입을 맞출 생각을 언제 해보았겠느냐. 이런 날이 올 줄 내가 어찌 알았겠느냐. 여보 당신도 행복하지요?”

"행복하고 말고요. 오늘 밤 다르마가 우리를 기쁘게 해주는구려."

비로소 자나사나는 짜빠띠를 찢어 먹기 시작했다. 따뜻한 짜빠띠가 식어 딱딱해지기는 했지만 구수한 맛은 사라지지 않고 그대로였다. 자나사나는 짜빠띠를 커리에 묻히지 않고 먹었다. 그런 뒤 식은 카레를 게걸스럽게 먹어치웠다. 브라만 부부는 식사를 하지 않아도 기쁨이 충만해 배가 불렀다. 다르마는 여느 때처럼 매운 칠리소스를 밥 위에 얹어 우아하게 먹었다.

브라만이 콧노래를 부르며 화덕에서 짜이를 만들었다. 홍차에 소젖과 사탕수수 물을 넣고 끓인 짜이는 달달했다. 수드라 여인들이 만든 토기잔은 시장에서 사 온 것이었다. 브라만은 토기잔을 식탁 위에 여러 개 놓고 짜이를 따랐다. 당연히 첫 잔은 자나사나에게 갔다. 짜이를 마신 자나사나는 매우 흡족한 표정으로 말했다.

"저기를 보시오. 보름달이 떴소. 이런 밤에 짜이를 마시지 못한다면 불행한 일이오. 그대들의 생각은 어떻소?"

"보름달이 우리의 행복을 시샘하는 것 같소. 하하하."

브라만이 유쾌하게 대답했다. 그러자 브라만 아내가 말했다.

"구루시여, 그래도 저는 다르마의 앞날이 불안해요. 빠딸리뿟따궁에 갔을 때 왕비들이 우리 다르마를 못살게 굴면 어떡하지요?"

"행운의 여신은 불행의 여신과 늘 함께하지요. 그러니 염려

할 것은 없어요. 시련을 견디지 못한 사람은 행복을 누릴 자격이 없으니까요."

자나사나는 짜이를 다 마시고 일어났다. 그러면서 한마디 했다.

"다르마 왕비는 두 아들을 낳을 것이오. 한 아들은 대왕이 될 것이고, 또 다른 아들은 수행자가 될 것이오. 그러니 다르마는 왕도와 법도를 보게 되는 유일한 왕비가 될 것이오."

자나사나가 툭 던진 한마디는 한 왕자가 권력의 길을 간다면 또 다른 왕자는 진리의 길을 간다는 말이었다. 브라만 부부는 자나사나가 어두운 숲 저편으로 사라져 보이지 않을 때까지 그 자리에 서서 합장했다. 강바람이 조금 세게 불어왔다. 보름달 빛에 희끗거리며 날리는 것은 부겐빌리아 흰 꽃들이었다. 바람결이 다르마의 코끝을 간질였다. 바람결에는 꽃향기가 묻어 있었다. 다르마는 보름달 빛과 바람결에 들뜬 마음을 진정시켰다.

부모와 작별하다

두 달 후. 보름날 밤이었다. 보름달이 검푸른 강가강 너머에서 떠올랐다. 브라만과 다르마는 빠딸리뿟따로 가기 위해 나루터로 나와 있었다. 자나사나와 약속한 날 밤이었다. 다르마가 타고 갈 나룻배는 가트 말뚝에 매인 채 흐르는 강물에 당나귀처럼 끄덕끄덕 움직였다. 브라만 아내는 눈물을 흘리는 다르마를 꼬옥 껴안으며 말했다.

"다르마야, 울지 마라. 자나사나 구루께서 너를 친절하게 데려다줄 거야."

"어머니, 왜 이 밤에 떠나야 하나요?"

"뱃사공이 내일 아침까지 여기로 급히 돌아와야 한단다. 그래서 지금 떠나는 거야."

"슬프고 무서워요."

"무서워하지 마라. 저 보름달처럼 인드라 신께서 널 지켜주실 거다."

보름달만 쳐다보고 있던 다르마의 아버지 브라만도 한마디 했다.

"다르마야, 우리는 브라흐마 신의 입에서 태어난 사람이다.

조금만 기다려라. 신의 축복이 반드시 내릴 것이다."

수드라 신분의 뱃사공도 다르마를 위로했다.

"아무 걱정하지 마십시오. 빠딸리뿟따는 눈 감고도 갈 수 있는 곳이죠. 뻥갈라바뜨사 구루께서도 이 배를 타고 가셨습죠."

"네가 뻥갈라바뜨사를 알고 있다는 말이냐?"

브라만 아내가 물었다.

"알고 있습죠. 지금도 가끔 심부름을 하고 있습죠."

"그렇다니 안심이 되는구나. 뻥갈라바뜨사 구루께서는 우리 집에 초대를 받아 여러 번 오셨어."

실제로 뻥갈라바뜨사는 다르마의 아버지 브라만과는 늘 데면데면했지만 다르마의 어머니를 만나면 말수가 많아지는 등 활발해졌다. 브라만이 다르마가 가지고 갈 짐을 뱃사공에게 건네주었다. 이미 도착해 있던 자나사나는 나룻배에서 다르마를 기다리며 기도하고 있었다. 다르마가 두 손으로 얼굴을 감싸며 또다시 소리 내어 흐느꼈다. 브라만의 아내도 다르마를 마지막으로 껴안으며 울었다. 브라만은 인드라 신을 찾으며 중얼거렸다.

"인드라 신이시여, 다르마에게 행복을 주소서!"

나룻배에서 보름달을 쳐다보며 기도하던 자나사나가 뱃사공을 불렀다. 보름달 달빛이 강물에 떨어져 금 조각처럼 반짝였다. 드디어 뱃사공이 말뚝에 매인 밧줄을 풀었다. 그런 뒤 뱃머리로 올라가 손바닥만 한 유등에 불을 켜더니 두 손을 이마에 대고 무어라고 중얼거렸다. 브라만 아내는 뱃사공이 기도하는 모습을 보고서 조금 안도했다. 이윽고 뱃사공이 조그만 유등을 강물에 띄웠다. 그때였다. 나룻배가 한쪽으로 기울었다. 브라만이 갑자기 나룻배에 올라탔다. 자나사나가 놀라 물었다.

"브라만이여, 어제 다르마를 내게 부탁하지 않았소?"

"지금 마음이 변했소. 다르마를 혼자 보낼 수 없소. 궁궐에 무사히 들어가는 것을 내 눈으로 확인하겠소."

"부모 마음을 이해하지 못하는 것은 아니지만 다르마의 운명은 궁궐로 들어가게 되어 있소."

"나도 빠딸리뿟따까지 따라가겠소."

유등이 강에서 솟아난 연꽃처럼 피어났다가 나룻배에서 멀어졌다. 유등불은 꺼지지 않고 어둠 속 어딘가에 있을 강가강의 신에게 가고 있었다. 브라만의 아내가 손을 흔들자 다르마가 따라서 했다. 브라만의 아내는 짐승처럼 구슬프게 울부짖었다. 그러나 다르마는 곧 가물가물 사라지고 말았다.

노 젓는 소리만 철퍼덕철퍼덕 들릴 뿐 강가강은 적막했다. 자나사나는 앉아 웅크린 채 졸고 있었다. 다르마는 강물에 떨어져 부서지는 보름달 빛을 꼼짝하지 않고 바라보기만 했다. 간혹 강물에 어린 자신의 얼굴이 드러나곤 했다. 그러다가도 출렁거리는 물결에 지워지면서 사라졌다. 다르마가 자신의 얼굴을 오랫동안 들여다보기는 처음이었다. 강물에 어린 자신의 얼굴을 통해서 자신이 누구인지를 찾고 있는지도 몰랐다. 잠을 자지 않기는 브라만도 마찬가지였다. 브라만은 나룻배가 짬빠성을 떠

날 때부터 다르마의 앞날을 위해 《리그베다》와 《아타르바베다》
를 번갈아 외면서 기도했다.

보름달이 중천에 떠올라 다르마와 브라만의 정수리에 쏟아
졌다. 자나사나가 토막잠에서 깨어나 소리 나게 하품을 하며 차
가워진 밤공기에 진저리를 쳤다. 그러자 머리부터 어깨까지 두
른 두꺼운 숄이 벗겨졌다. 브라만이 자나사나에게 말했다.

"안개가 사방에서 몰려오는 것 같소."

"강물이 차갑게 식어버린 시각이오. 그래서 더 춥지요. 원한
다면 빠딸리뿟따성 밖에서 화톳불을 피워 몸을 녹일 수 있소."

브라만이 다르마를 돌아보며 물었다.

"너는 오들오들 떨고 있구나."

"아버지, 춥기도 하지만 안개도 무서워요."

밤안개가 강가강을 삼켜버릴 듯 사방을 뒤덮고 있었다. 보
름달도 안개에 빛을 잃은 채 창백해졌다. 그래도 뱃사공은 능숙
하게 물살을 거스르며 노를 저었다. 다르마는 눈만 보이게 숄을
둘러쓰고서 두려움에 떨었다. 자나사나가 말했다.

"화톳불을 쬐면 나아질 거요. 불이 몸뿐만 아니라 마음까지
녹여줄 거요."

뱃사공이 말했다.

"잠시 후에는 물살이 거세지니 앉아서 배 옆구리를 꼭 붙잡
고 계셔야 합니다. 갑자기 물살이 회오리치는 위험한 곳이죠."

뱃사공이 말한 위험한 곳이란 히말라야산에서 발원한 간

다끼강, 골고라강, 야무나강이 합쳐진 강가강과 데칸고원에서
흘러온 손강이 만나 굽이치는 좁은 수역이었다. 네 강물이 합류
해 좁은 수역을 빠져나가므로 물살이 빨라질 뿐만 아니라 거칠
게 회오리쳤다. 다만 강변 쪽은 거꾸로 흐르는 반류가 생겨 노
를 젓기가 조금 수월했다. 뱃사공은 강변 쪽으로 붙어서 노를
저었는데 강바닥에 바위가 삐쭉삐쭉 솟은 곳이 있어 몹시 조심
해야 했다.

뱃사공은 노련하게 밤안개를 뚫고 올라갔다. 그러나 잠시
후 나룻배가 강물 속에 솟아 있는 바위를 스쳤다. 쿵 하는 소리와
함께 나룻배가 심하게 기우뚱했다. 모두가 나룻배 바닥에 바싹
엎드려 숨을 죽였다. 강물이 튀어 올라 나룻배 안으로 쏟아져 내
렸다. 뱃사공은 물벼락을 맞았지만 동요하지 않고 노를 놓지 않
았다. 브라만이 불안하게 말했다.

"얼마나 남았는가?"

"이곳만 빠져나가면 안전합죠. 강물이 곧 양처럼 순해질 겁
니다요."

얼굴에 물벼락을 맞은 자나사나가 웃으며 말했다.

"브라만이여, 오늘은 강물에 몸을 적실 필요가 없어졌소. 강
가의 신이 성수를 뿌려주었으니 말이오. 하하하."

"구루시여, 물귀신 같은 소리 하지 마시오. 죽는 줄 알았소.
사람이 죽고 난 뒤에 성수를 뿌린들 무슨 축복이 되겠소. 다르마
야 그렇지 않니?"

"아버지 추워 죽겠어요. 어서 불을 쬐고 싶어요."

자나사나가 말했다.

"다르마여, 우리가 내릴 곳이 얼마 남지 않았어요. 곧 불빛이 보일 거요."

불빛이란 빠딸리뿟따성 초입에 있는 나루터의 세관을 말했다. 밤새 기름불을 켜고 있는 나루터에는 통행세를 받는 세관이 있었다. 지독한 안개가 강가강을 삼켜버린 밤에는 세관의 불빛이 등대 구실을 해주었다. 다르마는 자나사나가 내뱉은 불빛이란 말에 잠시 마음의 안정을 되찾았다. 그러나 이내 작은 새처럼 가엽게 떨었다. 브라만은 빠딸리뿟따로 가는 험난한 뱃길에 고개를 절레절레 흔들었다.

과연 강물이 소용돌이치는 수역을 빠져나가자 깜박거리는 불빛이 보였다. 어느새 물살은 유순해졌고 강은 호수처럼 넓어졌다. 밤안개가 푸른빛으로 변해 꼭두새벽임을 알렸다. 빠딸리뿟따성이 가까운 듯 멀리서 닭이 홰치고 개 짖는 소리가 들려왔다. 나뭇가지에 매달린 북처럼 희멀건 보름달은 이제 자취를 감추고 보이지 않았다.

안도의 한숨을 길게 쉰 브라만은 다르마를 위해 《아타르바 베다》를 외기 시작했다. 간밤에 오랫동안 했던 기도였다. 다르마를 위해 할 수 있는 것은 기도뿐이었다. 다르마의 운명을 자나사나로부터 들었던 브라만의 마음은 복잡했다. 다르마가 빠딸리뿟따성으로 간다고 해서 바로 왕비가 되는 것은 아니었다. 후궁이 되었다가 빈두사라왕의 눈에 들어야만 왕비로 점지될 터였다. 자나사나는 다르마가 반드시 왕비가 될 운명이라고 단언했지만 거기까지 오르는 과정은 짬빠성을 떠나 빠딸리뿟따성으로 오는 뱃길처럼 순탄치 않을 것이었다. 그러니 다르마에게 축복을 내려주도록 기도하지 않을 수 없었다. 뱃사공은 세관이 아직 보이지 않는데도 소리를 질러 신고했다.

"짬빠성 사공이요! 짬빠성 사공이요!"

소리를 지르는 까닭은 밤안개 때문이었다. 적이 아니라고 신고하고 나루터에 접근해야 했다. 그러지 않으면 나루터에서 경계 서고 있는 군사들이 쏜 화살에 맞아 죽을 수도 있었다. 곧 종소리가 서너 번 들려왔다. 나루터 접근을 허락하는 종소리였다. 뱃사공이 말했다.

"세관에 통행세를 낼 필요는 없습죠. 뼁갈라바뜨사 구루께서 세리에게 당부해 두었습죠."

자나사나는 수행자이고, 다르마는 빈두사라왕의 부름으로 가기 때문에 통행세가 면제되었다. 브라만은 다르마의 아버지였으므로 세리가 통행을 묵인해 줄 것이었다. 마침내 세 사람은 나루터에서 내렸다. 너른 강변 모래밭도 안개가 자욱했다. 보초 서는 군사들이 여기저기서 화톳불로 피우고 있었다. 세관은 볼품없는 움막이나 다름없었다. 지붕에는 갈대를 얼기설기 얹었고 출입문은 거적을 두르고 있었다. 세리가 나와서 뱃사공을 보더니 말했다.

"뻥갈라바뜨사 구루께서 말씀하신 사람들인가?"

"예. 이분은 자나사나 구루시고, 이분은 브라만, 이분은 브라만의 따님….'

"귀한 분들이시구먼.'

세리의 태도가 금세 달라졌다. 뻥갈라바뜨사로부터 다르마가 왕비가 될 것이라는 귀띔을 들었는지 친절하게 맞이했다.

"세관 안으로 드시지요. 따뜻한 짜이를 대접하겠습니다."

움막 안은 생각보다 넓었다. 세관의 책상 위에 놓인 호롱불이 움막 안을 환하게 밝혔다. 긴 대나무 의자에 앉은 세 사람은 세리가 내민 잔을 하나씩 받아 들었다. 세리가 밖에다 뭐라고 소리치자 군사 한 명이 짜이가 든 주전자를 들고 왔다. 주전자는 불에 그슬려 숯덩이처럼 새까맸다. 그래도 주전자 안에서 나온 짜이는 뜨겁고 달콤했다. 세 사람 모두 짜이가 기도를 타고 배 속으로 들어가자 밤공기에 굳었던 몸이 나른하게 풀어졌다.

"날이 밝아질 때까지 화톳불을 쬐시오."

"세리 나리, 이거 집에서 담근 술입죠."

뱃사공이 세리에게 바치는 일종의 선물이었다. 뱃사공은 세관을 들를 때마다 세리에게 선물을 상납함으로써 호의적인 관계를 유지했다.

"화톳불을 어디에 필깝죠?"

"여기서 좀 떨어진 곳에 하게. 강바람이 불면 세관이 위험하니까."

세 사람은 강변 모래밭 언덕 밑에 자리를 잡았다. 화톳불 땔감은 세리가 챙겨주었다. 뱃사공은 갈대 한 단 위에 잡목들을 얹고는 불을 붙였다. 갈대에 불이 붙자 금세 따다닥 따다닥 소리 내며 불길이 치솟았다. 뱃사공이 말했다.

"저는 이제 짬빠성으로 돌아가야 합니다. 그러니 브라만께서는 따님과 여기서 헤어져야 합죠."

밤안개가 좀 전과 달리 푸르스름하게 변해가고 있었다. 새벽빛이 간밤의 어둠을 시나브로 밀어내는 중이었다. 강변 너머의 망고나무 숲도 어렴풋이 드러났다. 자나사나가 돌아가는 브라만과 뱃사공을 위해 잠시 기도를 해주었다. 화톳불 불빛 속에 드러난 다르마의 표정은 뜻밖에 담담했다. 이제 자신의 운명을 받아들이겠다는 표정의 얼굴이었다. 기도를 마친 자나사나가 말했다.

"브라만이여, 이제 돌아갈 시간이오. 마지막으로 다르마에게 할 말은 없소?"

"다르마의 얼굴을 보니 마음이 놓이오. 하지만 작별하려고 하니 마음이 아프오."

"아버지, 걱정하지 마셔요. 저는 운명을 받아들일 거예요."

브라만이 말했다.

"너를 한번 안아보고 싶구나."

다르마가 뚱뚱한 브라만에게 안겼다. 브라만이 다르마에게 속삭였다.

"네 인생은 짬빠성에서 오는 뱃길처럼 순한 길도 있고, 사나운 길도 있고, 평온한 길도 있을 것이다. 우리가 빠딸리뿟따성에 이른 것은 그 모든 길을 다 지났기 때문이다. 어떤 길을 만나든 좌절하지 말거라. 좌절하지 않는 것이 신의 축복이더라."

"아버지, 알겠어요. 다르마는 어떤 길이든 좌절하지 않을 거예요."

"그래, 나는 네가 자랑스럽구나."

브라만은 다르마와 포옹한 뒤 그곳을 떠났다. 뱃사공을 따라 나루터로 가면서 뒤돌아보지 않았다. 자나사나는 다르마를 데리고 빠딸리뿟따성 동문으로 걸어갔다. 빠딸리뿟따성은 강가 강과 손강 사이에 있었다. 날카로운 목책이 이중으로 석성을 에워싸고 있었다. 석성 안에는 많은 수행자와 성민들이 거주했고, 온갖 꽃이 피고 지는 정원과 왕궁은 언덕 한가운데에 우뚝 자리 잡고 있었다.

거만한 '빠빠 왕비'

자나사나가 이중 목책을 지나 외성 동문 앞에서 걸음을 멈추었다. 빠딸리뿟따 외성 동문의 크기는 짬빠성의 성문과 비교할 수 없을 정도로 웅장했다. 외성 동문 앞에 서면 누구라도 주눅이 들 수밖에 없었다. 다르마는 주춤거리며 자신도 모르게 한 발 물러섰다. 누각 난간에 나와 경계를 서는 보초병이 난장이처럼 작아 보였다. 누각은 마치 허공에 매달린 것 같았다. 누각에 서 있던 수문장이 달려 나와 자나사나를 맞이했다.

"구루시여, 어서 오십시오. 삥갈라바뜨사 구루께서 잘 모시라고 분부하셨습니다."

수문장은 아지비까교 승복을 두른 자나사나를 바로 알아보았다. 이는 빈두사라왕의 신임을 받고 있는 아지비까교 수행자들의 위상을 증명하는 것이기도 했다. 아지비까교 수행자들이 몸에 걸친 승복은 말할 수 없이 남루했다. 승복은 누더기나 다름없었고 겨우 가슴과 엉덩이를 가렸다. 가능한 한 천을 줄여서 승복을 만들어 입었다. 아지비까교에서는 브라만 제사장처럼 천을 너울너울 늘어서 입는 것을 금했다.

자나사나는 아지비까교 사원으로 곧장 걸어갔다. 사원은

빠딸리뿟따 내성 안의 궁궐 맞은편 언덕에 있었다. 외성에 사는 주민들의 집은 보잘것없었다. 거적을 둘러쓴 움막이 대부분이 었다. 움막에서 흘러나온 하수는 악취를 풍겼다. 공동우물이 드 문드문 있고, 성민들은 공동우물 터 웅덩이에서 손발을 씻고 빨 래를 했다. 시커먼 상체를 드러낸 사내와 젖가슴과 엉덩이만 가 린 여인들이 거리를 활보했다. 아이들은 아예 벌거숭이로 뛰어 놀았다.

상점들은 도로변에 다닥다닥 늘어서 있었다. 짬빠성의 초 라한 상점들과는 달랐다. 토기점에는 항아리부터 그릇, 아기 손 바닥만 한 짜이잔까지 토기들이 한가득 진열돼 있었고 한쪽에 서 여인 두세 명이 토기를 빚었다. 대장간에서는 농기구나 칼을 팔았고 포목점에서는 사내들의 흰색 도티, 여인들의 붉고 노란 사리와 숄을 줄에 매달아 놓고 호객했다. 귀걸이, 팔찌, 목걸이, 반지 등을 파는 가게도 눈에 띄었다. 다르마는 짬빠성을 떠날 때 어머니가 준 돈으로 은팔찌와 은반지를 하나씩 샀다.

"다르마여, 다시 보지 못할 수 있으니 잘 봐요."

"왜 그러죠?"

"왕족만 사는 내성에 들어가면 나올 수 없으니까."

외성과 내성에 사는 사람의 신분은 달랐다. 외성에는 바이 샤 상인과 농사꾼, 수드라 이발사와 대장장이, 달리뜨 백정 등이 살지만 내성에는 브라만 왕족과 끄샤뜨리야 귀족, 수행자들만 거주할 수 있었다.

내성 성문은 외성의 그것보다 작았다. 내성을 두른 석성도 외성에 비해 낮았다. 경계도 삼엄한 외성 성문과 달리 느슨했다. 콧수염을 팔자로 기른 수문병사가 신분과 용건을 낱낱이 확인한 뒤 들여보냈다.

"뼁갈라바뜨사 구루를 만나러 가오."

"아! 왕자님들을 가르치는 구루를 만나러 가는군요. 어서 들어가시오."

빠딸리뿟따성에서는 뼁갈라바뜨사 이름만 대면 어느 문이든 쉽게 통과할 수 있었다. 수문장들은 왕자에게 줄을 서려고 지나친 호의를 베풀기도 했다. 수문장이 소리쳤다.

"아지비까교 사원까지 안내해 드려라!"

"난 이미 여러 번 드나든 사람이오. 그러니 굳이 안내할 필요는 없소."

그래도 수문장은 막무가내였다. 눈을 부라리며 수문병사에게 지시했다.

"이놈아! 저 여인 분의 보따리라도 들어 주라는 말이다."

"예, 알겠습니다."

수문병사가 다르마의 보따리를 빼앗다시피 해서 들었다. 그러자 자나사나가 난처해하는 다르마에게 안심하라는 듯 미소를 지어 보였다. 내성과 외성의 집들은 판이하게 차이가 났다. 내성 안은 하늘나라 같았다. 베란다가 달린 집들은 깨끗하고 우아했다. 모든 집에는 사각의 붉은 벽돌담이 있고, 벽돌담 안의 정원에는 만발한 부겐빌리아꽃과 위엄 있는 공작야자수가 서너 그루씩 자라고 있었다. 도티와 사리를 입고 거리를 오가는 행인들의 표정은 밝았다. 어떤 이는 마차를 타고 달렸다. 오가는 마차끼리 부딪치기도 했다. 신분이 높은 것 같은 한 여인은 서너 개의 팔찌를 차고 뽐냈다. 그녀가 걸을 때마다 두 발목에 찬 발찌들이 부딪치면서 경쾌한 소리를 냈다.

이윽고 눈앞에 아지비까교 사원이 보였다. 사원은 휑하니 지붕이 없었다. 벽돌로 바닥을 깔아 기도하는 구획만 표시해 놓았을 뿐이었다. 숙소는 사원 옆의 숲인 모양이었다. 크기가 어마어마한 반얀나무 고목이 한 그루 있는데 그곳은 뻥갈라바뜨사의 숙소이자 기도처라고 했다.

"우리 수행자들은 잠잘 때는 숲속으로 들어갑니다. 뻥갈라바뜨사 구루는 저 반얀나무 밑에서 기도하고 잠을 자지요."

"자나사나 구루께서도 노숙을 하세요?"

"동굴에서 나오면 노지에서 기도하고 잠을 자지요. 다리를 뻗고 자본 지 오래됐어요."

수문병사가 기도하는 벽돌 바닥 위에 보따리를 놓고 돌아갔다. 뻥갈라바뜨사가 기도하고 잠을 잔다는 반얀나무의 허리에는 진언이 새겨진 조그만 깃발들이 허리띠처럼 둘러쳐 있었다. 뻥갈라바뜨사는 보이지 않았다. 자나사나가 말했다.

"여기서 좀 기다리시오. 궁으로 들어가 뻥갈라바뜨사를 만나고 오겠소."

"구루시여, 저도 따라갈래요."

"안 되오. 헛걸음할지 모르니까."

자나사나는 다르마를 조금이라도 고생시키고 싶지 않았다. 다르마는 머잖아 왕비가 될 몸이었다.

"다르마여, 잠시 쉬고 있는 것이 좋겠소. 내가 빨리 다녀오겠소."

그런데 바로 그때 삥갈라바뜨사가 숲길 쪽에서 오고 있었다. 다르마가 먼저 보았다. 다르마는 삥갈라바뜨사를 잘 알고 있었다. 그의 걸음걸이는 약간 절뚝거리는 것이 특징이었다. 오랜 좌선으로 무릎관절이 헐어 생긴 습관이었다.

"구루시여, 저기 삥갈라바뜨사 구루가 오고 있어요."

"오! 맞습니다."

삥갈라바뜨사는 황금색 비단 승복을 입고 있었다. 자나사나가 놀란 채 입을 다물지 못하자 삥갈라바뜨사가 말했다.

"자나사나여, 무얼 그리 놀라시오? 대왕께서 하사하신 승복이라오."

"아지비까교 수행자들은 누더기 승복을 자랑스럽게 입고 다니지요. 그런데 그런 비단 승복을 입어도 되는 것이오?"

"나도 처음에는 거절했으나 대신들이 왕자들을 교육시키는 사람이 누더기를 입어서는 안 된다고 강요해서 할 수 없이 입고 있다오."

"그렇다면 모르지만."

자나사나가 할 수 없다는 듯 받아들였다. 뻥갈라바뜨사가 고개를 좌우로 흔들면서 말했다.

"다르마여, 부모님은 잘 계시오?"

"네, 어머니는 뻥갈라바뜨사 구루께서 계시니 안심이 된다고 했어요."

"어머니에게 공양받은 것을 이제 내가 갚아야 될 때요. 내가 대왕의 마지막 왕비에게 말해두었소. 조금 있다가 왕비를 만나러 가야 해요."

"알겠습니다, 구루시여."

뻥갈라바뜨사가 말하는 왕비는 열다섯 번째 젊은 왕비였다. 왕비가 될 여인이 들어오면 마지막 왕비가 단속을 했다. 첫 번째 왕비인 정비가 우두머리가 되고, 그 이하 왕비들 사이에 서열과 질서를 잡기 위한 궁내 전통이었다. 빈두사라왕의 마지막 왕비인 열다섯 번째 왕비는 춤도 잘 추고 미모가 빼어났다. 다만 질투심이 많은 데다 언행이 가볍고 궁녀들을 모질게 닦달하여 잡일을 하는 여종들끼리 수군댈 때는 '왕비님'이라고 하지 않고 '빠빠님'이라고 불렀다. 빠빠란 평민들이 사용하는 말인데 악행이란 뜻이 있었다. 뻥갈라바뜨사가 왕비 별궁으로 가면서 말했다.

"다르마여, 왕비가 젊어서 때로는 언행이 민망하게 느껴질 때도 있어요. 그러니 잘 참아야 해요."

"아버지가 신신당부를 하셨어요."

"브라만께서 뭐라 하시던가요?"

"네 인생은 짬빠성에서 오는 뱃길처럼 순한 길도 있고, 사나운 길도 있고, 평온한 길도 있을 것이다. 우리가 빠딸리뿟따성에 이른 것은 그 모든 길을 다 지났기 때문이다. 어떤 길을 만나든 좌절하지 말거라, 라고 말씀하셨어요."

"오, 현명하신 브라만!"

"저는 아버지에게 약속했어요. 어떤 길이든 좌절하지 않겠다고요."

자나사나가 합장하며 말했다.

"다르마여, 이제 내 할 일은 끝났소. 그러니 짬빠성으로 돌아가겠소."

"고맙습니다, 자나사나 구루시여. 이것들을 부모님께 전해주셔요."

다르마가 호주머니에서 꺼낸 것은 외성에서 산 은팔찌와 은반지였다.

"꼭 전해드리겠소."

"팔찌는 어머니 것이고 반지는 아버지께 드리셔요."

자나사나는 들어왔던 내성 성문으로 다시 향했다. 뻥갈라바뜨사는 무덤덤하게 자나사나와 헤어졌다. 그러나 다르마는 자나사나가 돌아서 등을 보이는 순간 눈물을 한두 방울 떨어뜨렸다. 짬빠성으로 돌아가는 자나사나가 부럽기도 하고 부모 생각이 나서였다. 자나사나는 곧 행인들에 가리어 보이지 않았다. 그제야 다르마는 뻥갈라바뜨사를 따라가고 있다는 것을 실감했다. 마음이 곧 심란해졌다.

'젊은 왕비님 언행이 민망하다고 하는데 나를 어떻게 대할까? 나보다 나이가 많을 테니 언니처럼 친절하지 않을까? 왕비님이 시키는 대로 하면 나를 좋아하게 될지도 몰라. 아니야, 무조건 트집을 잡아 나를 혼낼지도 몰라.'

다르마는 침을 삼키면서 주먹을 쥐었다. 마음속으로 좌절하지 않겠다고 다짐했다. 그래도 가슴은 조마조마하고 심장은 쿵쾅거렸다. 이윽고 뻥갈라바뜨사는 별궁 앞에 서서 머리를 조아리며 말했다.

"뻥갈라바뜨사이옵니다. 다르마를 데려왔사옵니다."

"수고했소."

왕비가 문을 조금 연 채 다르마를 살펴보았다. 다르마는 왕비의 차가운 눈빛을 느꼈다. 왕비가 짧게 한마디 물었다.

"어디서 왔는가?"

"짬빠성에서 왔사옵니다."

"시골뜨기군."

"제가 왕비님께 말씀드리지 않았사옵니까? 짬빠성 브라만 따님이라고요."

"어쨌든 대왕님을 바로 만날 수는 없지. 빠딸리뿟따성의 공기를 더 마셔야겠어. 시골뜨기 냄새가 빠질 때까지."

뻥갈라바뜨사가 놀라서 물었다.

"대왕님께 허락을 받았다고 소승에게 말씀하시지 않았사옵니까?"

"허락은 받았지요. 하지만 이런 시골뜨기를 바로 보낼 수는 없소."

"그렇다면 제가 데리고 갔다가 부르실 때 다시 오면 어떻겠사옵니까?"

"구루시여, 그럴 필요는 없소."

왕비는 공작새 깃으로 만든 부채로 얼굴을 가린 채 잠시 생각에 잠겼다. 다르마는 입 안에 침이 마르고 입술이 탔다. 왕비가 무섭고 왕궁에서 생활할 것이 두려웠다. 왕비가 부채를 내렸다. 다시 드러난 왕비의 얼굴은 더 차가웠다. 왕비가 별궁 화원에 물을 주고 있던 궁녀를 불렀다.

"지금 이 시골뜨기를 이발소로 보내 이발하는 일을 배우게 하라."

"아니 되옵니다, 왕비님. 이발은 수드라가 하는 천한 일이 아니옵니까?"

"대왕님 머리를 깎는 일이니 귀한 일이오. 이발사가 되려면 잡일부터 부지런히 배워야 할 것이오."

다르마는 이발사라는 왕비의 말에 기절할 뻔했다. 현기증이 일어나 쓰러지지 않으려고 겨우 두 발에 힘을 주며 버텼다. 뻥갈라바뜨사가 미안해 어찌할 줄을 모르고 당황했다. 왕비가 문을 쾅 소리 나게 닫았을 때에야 두 사람은 정신을 차렸다.

"다르마여, 왕비 되실 분에게 이발 일을 시키다니 이런 날벼락이 어디 있소?"

"구루시여, 제 마음은 바위처럼 단단합니다. 저는 이겨낼 거예요."

다르마는 왕비 별궁 시녀를 따라갔고, 뻥갈라바뜨사는 탄식을 하며 아지비까교 사원으로 걸어갔다. 다르마의 눈에는 궁중 정원의 꽃들이 슬프게 비쳤다. 조금도 아름답거나 화려하지 않았다. 정원 우리 안에 갇힌 공작새가 긴 꼬리를 끌고 가면서 고개를 젖힐 때마다 꺄아악 꺄아악 하고 울었다. 빠딸리뿟따 궁중 정원에는 유독 공작새가 많았다. 하루에도 몇십 마리씩 왕실 식탁에 오른다는 공작새였다.

이발소 수난

왕실 이발소는 궁중 정원 안의 별채 회랑 끝에 있었다. 옆에는 왕실 목욕탕도 있었다. 왕족들만 이용하는지 별채 출입구에 경계 군사가 서서 사람들이 가까이 오면 눈을 희번덕거렸다. 회랑 안쪽 창고에는 전단향나무 장작과 뿌리가 한가득 쌓여 있었다. 장작은 물을 데울 때 군불로 사용하고, 뿌리는 가루로 만들어 전단 향나무 향기를 내기 위해 세숫물과 목욕물에 뿌렸다. 경계군사는 궁녀를 보자마자 장난스럽게 눈을 찡긋했다. 궁녀가 말했다.

"이발소에서 일할 사람이에요. 왕비님 분부랍니다."

"궁녀님이여, 시간 좀 내주시오."

"말만 그러지 말고 정원 관리나 도와주세요!"

"말단 군사는 시간이 한가하지 않습니다. 지적을 받으면 이곳에서 쫓겨납니다."

"나도 바쁜 몸이에요. 정원 관리는 날마다 하지만 시작도 끝도 없어요."

다르마는 두 사람 간에 연정이 싹트고 있음을 느꼈다. 제 할 일에 쫓기지만 남녀 간에는 눈이 맞기도 하는 듯했다. 궁녀가 다르마를 뒤돌아보더니 자신의 마음을 들킨 듯 정색하며 이발소문을 열었다. 이발소 안에는 서너 명의 수드라 여인들이 이발을 하는 우두머리 이발사 여인을 거들고 있었다. 청동거울에 비친 사람이 다르마를 보기 위해 슬쩍 고개를 돌렸다. 왕족인 듯 위엄이 있어 보였다. 큰 눈과 코, 입이 위풍당당했다. 이발사 여인이 왕족의 이발을 끝낸 듯 마지막으로 빗을 들어 머리를 다듬고 있었다. 왕족이 의자에서 내려올 때까지 궁녀는 이발사 여인에게 다르마를 소개하지 못했다.

다르마는 이발소 안에서 어정쩡하게 서 있을 수밖에 없었다. 열다섯 번째 왕비의 심복인 이발사는 다르마에게 눈길도 주지 않았고 잡일을 하는 수드라 여인들만 슬쩍슬쩍 다르마를 보았다. 이윽고 왕족이 자신의 팔을 붙들고 안마를 하던 수드라 여인을 뿌리치고 의자에서 내려왔다. 왕족이 궁녀에게 물었다.

"여기서 일할 수드라인가?"

궁녀가 왕족에게 다가가 작은 소리로 말했다.

"브라만입니다. 왕비가 될 여인인데 막내 왕비님께서 이리 보냈습니다."

"브라만이 여기 이발소에서 일한다고! 더구나 왕비가 될 여인이?"

왕족이 소리를 지르는 바람에 수드라 여인들이 놀랐다. 그러나 이발사 여인은 별일이 아니라는 듯 덤덤한 표정을 지었다. 왕족이 혀를 차며 한마디 툭 던졌다.

"쯧쯧, 행운의 여신이 질투를 하고 있군!"

왕족이 이발소를 나가자 이발사 여인이 말했다.

"이발을 배우려면 허드렛일부터 시작해야 해요."

"그럴게요."

이발사 여인 역시도 신분은 수드라였고 얼굴은 숯덩이처럼 유난히 검었다. 그녀뿐만 아니라 이발소에서 안마 등 잡일을 하는 여인들 모두 검게 번들거리는 얼굴이었다. 그래서인지 다르마의 얼굴은 흙탕물에 하얀 연꽃이 피어난 듯 도드라졌다.

"오늘부터 이발소 안의 청소부터 하세요."

"빗자루는 어디 있는가요?"

"동료들에게 물어보세요. 난 한가한 사람이 아니니까요."

왕비가 될 사람이라고 알고 있는지 반말은 하지 않았지만 태도는 거만했다. 잡일을 하는 가장 앳돼 보이는 수드라 소녀가 다르마에게 말했다.

"적응하면 좋아질 거예요. 여기 오면 비질 청소와 수건 빨래부터 한답니다. 그다음에는 안마를 하고요, 그다음에는 이발 가위를 잡지요. 저는 아직도 빗자루만 잡고 있답니다. 오늘부터 저와 함께 청소하면 됩니다."

수드라 소녀가 이발사 여인의 눈치를 흘끗흘끗 보면서 친절하게 말했다. 다르마는 눈을 희번덕거리는 수드라 여인들이 왠지 무서웠지만 가장 앳된 수드라 소녀의 말을 듣고는 다소 안심했다.

'어디를 가든 친절한 사람이 있기는 하지.'

이발사 여인이 또다시 퉁명스럽게 말했다.

"방금 왕족이 흘린 머리카락은 누가 쓸어야 하나요?"

다르마가 당황하자 어린 수드라 소녀가 빗자루를 얼른 다르마에게 주었다. 그제야 다르마는 의자 옆에 뭉툭뭉툭 떨어진 왕족의 머리카락을 쓸었다. 긴장한 탓에 비질을 빨리하자 먼지가 일었다. 이발사 여인이 또 타박을 했다.

"물을 먼저 뿌리고 쓸어야죠. 누구더러 먼지를 마시라고 그러는 거예요."

"비질부터 빨리하라고 하시니…."

이발사 여인이 대꾸하는 다르마를 잠시 노려보다가는 야릇한 미소를 흘리며 이발소를 나가버렸다. 잡일을 하는 수드라 여인들이 다르마에게 다가와 위로했다.

"우리도 처음에는 그랬어요."

"신고식 치고는 부드러운 거예요."

"저 언니도 빠빠 왕비님 못지않아요."

잠시 휴식하는 시간인 듯 수드라 여인들이 우르르 나갔다. 다르마는 소리 나게 한숨을 쉬었다. 수드라 소녀와 둘만 남았다.

"모두 어디로 가는 거예요?"

"이발사 언니가 나가니 덩달아 나간 거죠."

"함께 나가서 쉬지 그래요."

"청소를 더 해야 하는걸요. 머리카락이 한 올이라도 발견되면 벌을 선답니다."

다르마가 비질을 시작하려 하자 수드라 소녀가 빗자루를 빼앗다시피 했다.

"왕비님이 되실 분이니 천한 일은 하지 마셔요."

"짬빠성 집에 있을 때 청소를 많이 해봤어요."

"집 안 청소야 천한 일이 아니지요. 집 안이 깨끗해지니 기쁜 일이죠. 그러나 이런 일은 수드라나 하는 천한 일이에요."

"남의 이발을 멋지게 해주는 일이니 천한 일이 아니에요. 남을 위하는 일이면 다 공덕을 쌓는 일이지요. 그러니 정성껏 해야 돼요."

"아름다운 락슈미 여신 같은 분! 저는 오늘부터 시종이 될래요."

다르마는 자신을 락슈미라고 부르는 수드라 소녀를 한 번더 쳐다보았다. 다르마가 보기에는 수드라 소녀가 연꽃에 앉은 락슈미로 보였다. 락슈미를 연상시키는 수드라 소녀가 이발소에 와서 일한다는 사실이 믿기지 않을 정도였다. 비슈누의 배우자인 락슈미는 부와 행운을 가져다주는 풍요의 여신이었다. 그래서 사람들은 누군가에게 행운이 찾아오면 '락슈미가 그와 함께 있다'고 말하고 반대로 불행해지면 '락슈미로부터 버림을 받았다'고 말했다.

그날 밤 다르마는 잠을 잘 자지 못했다. 창고 같은 방에서는 곰팡이 냄새가 역하게 났고 도마뱀이 천장에서 떨어지곤 했다. 락슈미 여신에게 버림을 받은 것 같아서 울컥 눈물이 나려고도 했다. 그러나 다르마는 아버지와 한 약속을 생각하며 입술을 깨물었다. 웅크린 채 누워서 눈을 감고 있으면 짬빠성의 망고나무 동산과 성 밖의 에메랄드빛 각가라호수가 떠올랐다. 짬빠까나무 숲이 감싼 고요한 각가라호수에는 날갯죽지가 유난히 긴 흰 새가 너울너울 날았다.

'아, 내가 새라면 짬빠성 어머니에게 내 처지를 전할 수도 있을 텐데.'

다르마는 쪽잠을 자다가도 순찰 도는 병사의 발자국 소리에 눈을 떴다. 창문을 따고 들어올 것만 같아서였다. 그러다가도 자박거리는 발자국 소리가 멀어지면 다시 눈을 감았다. 잠은 멀찌감치 달아났지만 억지로 눈은 감고 있었다. 다르마가 눈을 떴을 때는 문틈으로 햇빛이 스며들어 왔다. 새벽이 강가강 너머로 물러갈 무렵에 깜빡 쪽잠을 잔 모양이었다. 이발소 어린 수드라 소녀가 잠을 깨웠다.

"왕비님, 일어나셔요."

마치 시종이 된 양 수드라 소녀가 문밖에서 소리쳤다. 다르마는 헝클어진 머리를 주섬주섬 매만진 뒤 문을 열고 나갔다.

"오, 끼사락슈미여. 늦잠을 자버렸네요."

다르마는 수드라 소녀에게 아직 이름이 없었으므로 락슈미처럼 아름답고 몸이 사탕수수대처럼 말랐다고 해서 끼사를 붙여 불렀다. 끼사락슈미가 말했다.

"수드라들이 아침을 먹는 식당이 있어요. 얼른 가서 먹어야 해요. 그러지 않으면 굶어야 해요."

"난 밥 생각이 없는데."

"그래도 먹어야 해요. 그래야 견디니까요."

왕비가 될 사람이 이발소에서 일한다는 입담거리가 벌써 궁 안에 돈 듯했다. 공동 식당으로 가보니 궁녀와 수드라들이 다르마가 구경거리라도 된 듯 쳐다보았다. 궁녀들이 식탁에 앉아서 수군거리기도 했다. 수드라들은 아침식사를 바닥에 앉아서 먹었다. 다르마는 따뜻한 짜빠띠를 한 조각 먹는 둥 마는 둥 했다. 끼사락슈미가 가져온 짜이를 한 잔 하고는 일어섰다. 식당 안 사람들의 눈총이 따가워 더 앉아 있을 수가 없었다.

비로소 다르마는 자신이 전혀 다른 세상에 온 사실을 절감했다. 다르마는 이발소가 있는 곳으로 가다가 강가강이 보이는 정원에서 걸음을 멈추었다. 강가강은 빠딸리뿟따 외성 밖으로 포근하게 흐르고 있었다. 고향인 짬빠성으로 흘러가는 강가강이었다. 강가강을 보자 다르마는 자신도 모르게 눈물이 났다. 다르마는 혼자서 중얼거렸다.

'어머니가 내 모습을 보면 얼마나 슬퍼하실까? 이발소에서 머리카락이나 쓸고 있다는 것을 아신다면 뼁갈라바뜨사 구루를 얼마나 원망하실까?'

끼사락슈미가 다르마 옆에 앉았다.

"왕비님, 저도 울적하면 강가강을 바라보는 버릇이 있어요. 그러면 강가강이 저를 위로해 주어요. 강가강은 엄마같이 저를 맞아주어요."

"어머니는 외성에 사는가요?"

"저는 엄마를 몰라요. 갓난아기 때 길에 버려졌으니까요. 외성에 양부가 살고 있죠. 그래도 저는 운이 좋은 사람이에요. 궁중 이발소에서 일하게 돼서요."

멀리 보이는 강가강이 끼사락슈미에게 화답하듯 햇살에 반짝였다. 강가강은 다르마도 위로해 줄 것처럼 자애롭게 보였다. 아침마다 아버지 브라만과 어머니가 몸을 담그고 해가 뜨기를 기다렸다가 기도했던 강가강이었다. 그러니 강가강은 다르마에게도 부모나 다름없었다.

"끼사락슈미여, 일어나야겠어. 늦으면 혼날 테니까."

"이발사 언니가 거만한 것은 빠빠 왕비님을 믿고 그러는 거예요."

"빠빠 왕비님?"

"대왕님의 마지막 왕비님이죠. 젊고 아름답지만 성질이 못됐어요."

"함부로 그렇게 말하지 마세요. 낮말은 새가 듣고 밤말은 쥐가 듣는다고 했어요."

"쥐는 제 말을 일러바치지 않을 거예요. 신의 아들이거든요. 죽으면 사람으로 태어날 신의 자식이죠. 양모는 쥐들에게 우유를 구해와 주기도 했어요."

"끼사락슈미는 쥐가 귀여운가 봐."

"그럼요. 외성에 살 때는 양모가 키우는 쥐들이 제 손에도 올라오고 그랬어요."

"신의 아들인지 알지만 난 아직 쥐와 친해지지는 못했어."

다르마는 끼사락슈미와 이야기하는 동안은 앞날에 대한 두려움이 사라지는 것을 느꼈다. 궁중 이발소에 갇혀 절망하면서 살 뻔했는데 끼사락슈미를 만난 사실이 그나마 행운이었다.

"오늘은 왕자님들이 이발하는 날이에요."

"날이 정해졌군요."

"네, 순서가 있어요. 대왕님, 왕족님, 왕자님 순이에요. 왕자님이 오실 때는 삥갈라바뜨사 구루님도 함께 오실 때가 있답니다. 삥갈라바뜨사 구루님께서 어린 왕자님들을 가르치고 계시거든요."

끼사락슈미는 이발소로 먼저 들어갔다.

"언니들이 왕비님에게 친절하다고 저를 나무랄 수 있으니 그래요."

"무슨 말인지 알아요."

끼사락슈미는 영민해서 눈치도 빨랐다. 가능하면 다르마를 편하게 해주려고 움직였다. 이발소에는 벌써 어린 왕자 한 명이 이발을 하고 있었다. 우두머리 이발사 여인이 가위질을 능숙하게 하고 있는 중이었다. 왕자의 머리를 다듬는 가위질 소리가 사각사각 이발소 안에 나직이 울려 퍼졌다. 수드라 여인들이 세숫물에 전단향나무 뿌리로 만든 가루를 뿌리고, 또 다른 여인은 왕자 옆에 서서 안마를 하려고 준비했다. 다르마는 얼른 빗자루를 들고 왕자가 앉아 있는 의자 뒤로 갔다. 이발사 여인이 지시하기 전에 왕자의 머리카락을 쓸려고 했다. 끼사락슈미가 눈을 찡긋하며 응원했다.

오전은 아무 일 없이 지나갔다. 그러나 오후 늦게 뼁갈라바뜨사가 어린 왕자를 데리고 이발소에 들어오면서부터 분위기는 돌변했다. 뼁갈라바뜨사는 다르마가 빗자루를 들고 있는 모습을 보고는 몹시 당황했다.

"다르마여, 그대는 이발을 배우러 왔지 청소하러 온 것이 아니라오."

"구루시여, 이발을 배우려면 누구나 잡일부터 시작해야 한답니다."

"이발소에서 먼지나 쓸고 있다는 게 말이나 됩니까? 왕비가 되실 분이!"

잡일을 하던 수드라 여인들이 모두 놀라 벌을 서듯 뼁갈라바뜨사 앞에서 고개를 숙였다. 이발사 여인도 마지못해 뼁갈라바뜨사 앞으로 와서 합장했다.

"왕비님에게 가서 항의해야겠소."

뼁갈라바뜨사가 화가 난 채 이발소를 나가버렸다. 무슨 영문인지 모르는 어린 왕자가 철없이 의자에 앉았다가 벌떡 뛰더니 엉덩방아를 찧었다. 다른 수드라 여인들과 달리 이발사 여인은 아무 일 없는 듯 어린 왕자의 머리를 가위질하기 시작했다. 뼁갈라바뜨사의 노기를 무시하는 태도였다. 끼사락슈미는 혼잣말로 '빠빠 왕비님을 믿고 저러는 거겠지' 하고 중얼거렸다. 다르마는 좀 전의 일을 머릿속에서 지우고 비질을 했다. 어린 왕자의 머리카락을 쓸어 담아 쓰레기통에 버렸다.

이발사 다르마

뻥갈라바뜨사는 열다섯 번째 왕비가 머무는 별궁으로 갔다. 절룩거리는 데다 서둘러 잰걸음으로 걸어간 탓에 숨이 찼다. 평소에는 들숨 날숨 호흡하듯 한 걸음 한 걸음 걷곤 했던 그였으므로 잰걸음은 전에 없던 일이었다. 왕비 별궁 정원지기 궁녀가 뻥갈라바뜨사를 보고는 합장했다. 정원지기 궁녀는 막내 왕비가 좋아하는 꽃을 구해서 심고 관리하는 것이 주된 일이었다. 시간이 남으면 궁중 정원으로 나가 다른 궁녀들과 함께 호미를 들고 잡초 뽑기 울력을 했다. 하루 종일 잠시도 쉬지 못했다. 정원지기 궁녀가 말했다.

"왕비님은 안 계십니다."

"대왕님을 뵈러 갔소?"

"아닙니다. 지금 후원에 계십니다."

"후원에서 누구를 만나고 계시오?"

"혼자 계십니다."

"그럼 내가 그쪽으로 가봐야겠소."

정원지기 궁녀가 뻥갈라바뜨사 앞으로 나서며 말렸다.

"지금 가시면 안 됩니다. 아무도 만나고 싶지 않다고 하셨습니다."

"왕비님을 꼭 봬야 하니 그렇소."

"구루시여, 용서하십시오."

"여기서 기다리겠소."

정원지기 궁녀가 합장하며 고개를 숙였다. 자신이 왕자들을 가르치는 뻥갈라바뜨사의 발걸음을 막았다는 것에 죄책감을 느꼈다. 잠시 후 뻥갈라바뜨사는 자신이 다르마의 일로 화가 나 있음을 알아차리고는 호흡을 조절하며 평상심을 되찾았다. 입안이 곧 평소처럼 촉촉해졌다. 얼굴이 붉게 상기되면 입안의 침도 바짝 말랐던 것이다. 정원지기 궁녀가 말했다.

"왕비님은 종잡을 수 없답니다. 울다가 웃다가 느닷없이 화를 내니까요."

"소문은 들었지만 그 정도 심한 줄은 몰랐소."

"한때는 대왕님께서 자주 별궁에 오셨는데 요즘은 뜸합니다. 그래서 왕비님이 우리 궁녀들을 못살게 구는 것 같아요."

"대왕님을 혼자 독차지하겠다는 욕심이지요."

빈두사라왕을 독차지하겠다는 열다섯 번째 왕비의 소유욕은 강하고 집요했다. 왕비 별궁에 궁녀가 배속되면 미모부터 따졌다. 잘생긴 데다 나이까지 젊으면 트집을 잡아 별궁에서 쫓아냈다. 참을성이 많은 궁녀도 결국 견디지 못하고 떠났다. 도망치다가 성문 수문장에게 붙잡혀 와 매를 맞고 감옥에 갇히는 궁녀도 있었다.

평상심을 되찾은 뺑갈라바뜨사는 다음 날 찾아올까 하고 망설였다. 마음이 괴롭고 심란한 왕비에게 다르마를 위해 부탁한들 들어줄 리 만무했기 때문이었다. 그러나 정원지기 궁녀가 뺑갈라바뜨사 앞을 휙 달려갔다. 왕비가 후원 쪽에서 걸어오고 있었다. 정원지기 궁녀가 왕비에게 말했다.

"왕비님, 구루께서 한참 동안 기다리고 계셨습니다."

"구루시여, 무슨 일로 오셨습니까?"

"왕비님, 청이 하나 있어 왔사옵니다."

"혹시 다르마를 위한 일이 아니오?"

"맞습니다. 왕비님께서 다르마를 이발소로 보낸 까닭은 이발을 배우도록 하기 위함인데, 다르마는 비질을 하고 있었사옵니다. 이발사가 왕비님의 지시를 잘못 이행하고 있으니 시정케 하여 주시옵소서."

"호호호. 구루시여, 그게 그렇게 급한 일이오?"

"급한 일은 아닐지 모르나 대왕님께서 아시면 왕비님께 누가 될 줄 압니다."

"어째서 그렇소?"

"대왕님께서 다르마를 왕비로 점지한다는 허락을 제가 받았기 때문입니다. 대왕님께서 다르마가 비질하고 있는 모습을 보신다면 실망할 것입니다."

"그런 일은 없을 것이니 걱정 마시오. 대왕님은 이발사를 별실로 불러 이발을 한다오. 이발소를 가지 않으니 언제 다르마를 보겠소?"

"다르마가 이발소에서 비질한다는 소문은 궁 안에 벌써 돌고 있습니다."

"그게 사실이오?"

왕비가 멈칫 놀라는 얼굴을 했다. 삥갈라바뜨사는 왕비가 놀라는 순간을 놓치지 않고 말했다.

"왕비님께서 이발사를 불러 시정한다면 아마도 좋은 일이 생길 것입니다."

"좋은 일이란 무엇이오?"

"대왕님을 위해 왕비님께서 다르마에게 이발을 배우게 했다고 하면 칭찬이 있지 않겠습니까?"

"구루시여, 내게 무슨 일이 일어나겠소?"

"아마도 대왕님께서 왕비님을 부르거나 별궁으로 친히 오실 것입니다."

왕비는 얼굴에 금세 화색이 돌았다. 빈두사라왕이 곧 왕비 별궁에 오기라도 할 것처럼 얼굴 표정이 환하게 바뀌었다.

"지금 이발사를 불러오너라."

정원지기 궁녀가 사라지고 나자 왕비가 삥갈라바뜨사에게 말했다.

"구루시여, 이발사를 불러 혼내줄 것이니 이제 안심하고 돌아가시오."

"왕비님, 돌아가서 왕비님을 위해 기도하겠습니다."

뻥갈라바뜨사는 자신의 염력이 통했다고 생각했다. 후원에서 오는 왕비를 보는 순간 짧고 강하게 '왕비님은 내 청을 받아줄 것이다!'라는 생각을 일으켰던 것이다. 뻥갈라바뜨사는 사원으로 돌아와 자신의 기도처인 반얀나무 고목 밑으로 걸어갔다. '빠빠 왕비'라고 비웃음을 받는 왕비이지만 다르마를 위해 기도하기 시작했다. 왕비가 자비심을 갖도록 기도했다. 바람이 불어오자 반얀나무 이파리들이 팔랑거리며 떨어졌다. 오랜만에 나타난 뻥갈라바뜨사를 발견한 아지비까교 수행자들이 숲속에서 나와 반얀나무 주위로 둥글게 앉았다.

늙은 수행자는 두 다리를 쭉 뻗고 염주를 돌렸다. 그의 맨발바닥이 악어가죽 슬리퍼를 신은 것처럼 우둘투둘했다. 젊은 수행자 두 사람이 뻥갈라바뜨사에게 화톳불 공양을 올렸다. 마른 나뭇가지를 주워 오더니 반얀나무 낙엽을 모아 얹고는 불을 지폈다. 푸른 연기가 풀풀 반얀나무를 감싸며 오르다가 허공에서 흔적 없이 사라졌다.

초저녁에 끼사락슈미가 다르마 방으로 찾아왔다. 끼사락슈미는 활짝 웃고 있었다. 다르마에게 희소식을 가지고 온 것이 분명했다.

"왕비님, 내일까지 참지 못하겠어요. 그래서 왔어요."

"무슨 일인데?"

"이제 빗자루를 들고 먼지를 마시지 않아도 되겠어요."

“무슨 소식을 들었어?”

“낮에 정원지기 궁녀 언니가 이발사를 만났어요. 왕비님이 밖에서 전단향나무 뿌리를 찧을 때 왔다가 갔어요.”

다르마는 낮에 쇠공이로 절구질을 했다. 이발하는 손님이 없자 이발사 여인이 시켰다. 절구질을 도맡아서 하는 수드라 여인이 있었지만 다르마에게 심술을 부렸다. 전단향나무 뿌리를 가루로 만들려면 수백 번 같은 동작을 반복해야 했다. 돌절구 속에 마른 전단향나무 뿌리를 넣고 수백 번 쇠공이로 짓찧으면 가루가 되었다. 그 가루를 체에 넣고 거르면 전단향나무 향기가 나는 분말을 얻을 수 있었다.

“궁녀 언니가 이발사 언니에게 말했어요. 빠빠 왕비님 지시라면서요. 이제부터는 왕비님에게 허드렛일을 시키지 말고 바로 이발 기술을 가르치라고요.”

“그래?”

“뻥갈라바뜨사 구루께서 빠빠 왕비님을 찾아가 항의했을 거예요. 빠빠 왕비님에게 말할 수 있는 분은 대왕님과 구루뿐일 테니까요.”

“나 때문에 뻥갈라바뜨사 구루께서 고생하시는구나.”

“궁 안의 모든 사람들은 구루를 존경하지요.”

끼사락슈미가 품 안에서 무언가를 꺼냈다. 껍질이 노란 망고 두 개였다.

“궁녀 언니가 가져온 것을 제가 슬쩍 챙겼어요. 수드라 언니들은 바나나보다 망고를 좋아하거든요. 챙기지 않으면 순식간에 없어져 버리죠."

"끼사락슈미, 고마워. 우리 한 개씩 나눠 먹자."

"아니에요. 저는 낮에 한 개 먹었어요."

달빛이 손바닥만 한 창으로 흘러들어 와 끼사락슈미의 얼굴에 비쳤다. 귀엽고 똑똑한 수드라 소녀였다. 그녀의 커다란 눈망울이 마주친 생쥐의 눈처럼 반짝거렸다. 끼사락슈미는 수드라 언니들이 찾을지 모른다며 서둘러 나갔다. 다르마는 누워서 가만히 합장했다. 날마다 고단하고 울적하지만 끼사락슈미가 옆에 있어서 마음이 따뜻해지곤 했다. 보름달이 창 너머에서 미소를 보내는 듯했다.

'아, 내가 빠딸리뿟따성에 오던 날 밤에도 보름달이 떴었지.'

다음 날. 다르마는 이발소 수드라 여인들이 자신을 대하는 태도가 달라졌음을 느꼈다. 끼사락슈미의 말대로 분위기가 부드럽게 바뀌어져 있었다. 수드라 여인이 부러운 눈으로 쳐다보며 머리를 좌우로 흔들기도 했다. 끼사락슈미는 시치미를 뗀 채 수건을 빨고만 있었다. 이윽고 이발사 여인이 다르마에게 말했다.

"오늘부터 잡일은 하지 마세요. 이발 기술을 가르쳐주겠으니 내 옆에 있어야 해요."

"고마워요."

"그동안 고생했으니 이발 기술을 배울 자격이 생긴 거죠."

이발사 여인의 말투도 어제와 달랐다. '빠빠 왕비'의 지시가 떨어졌음이 분명했다. 그녀는 왕비가 죽으라고 하면 죽는시늉까지 한다고 소문이 나 있었다. 왕비가 옛 왓지국 시골 마을을 지나다가 굶어 죽어가는 그녀 가족에게 망고와 빵을 던져 주었기 때문이었다. 이발사였던 그녀의 아버지가 병사하자 가족이 구걸하며 떠돌다가 그런 모습으로 길바닥에 누워 있었던 것이다. 왕비는 그녀를 암바니가마라고 불렀다. 암바는 망고, 니가마는 시골이라는 뜻이 있었다. 다르마는 암바니가마에게 칭찬을 듣기도 했다.

"가위질을 제법 하네요. 손재주를 타고난 것 같아요."

"집에 손님들이 올 때 화병에 꽃꽂이한 일밖에 없어요."

"손재주가 없으면 아무리 잘 가르쳐줘도 절대로 가위질을 못하거든요."

그러나 암바니가마의 호의는 거기까지뿐이었다. 그녀의 눈빛에는 서리 같은 차가움이 묻어 있었다. 다르마를 견제하는 눈빛이었다. 다르마는 그런 기색을 느끼고는 조심하곤 했다. 끼사락슈미는 암바니가마가 '빠빠 왕비'를 만났다는 얘기를 여러 번 전해주었다. 빈두사라왕의 머리를 만지고 온 암바니가마는 반드시 '빠빠 왕비'를 만났다. 왕비에게 왕의 근황을 전해주기 위해서였다.

빈두사라왕은 이발할 때가 되면 암바니가마를 궁으로 불러들였다. 그래서 암바니가마는 빈두사라왕의 동태를 누구보다도 정확히 알았고, 그 첩보를 왕비에게 낱낱이 전해주었던 것이다. '빠빠 왕비'가 가장 신경을 곤두세우는 것은 왕이 다른 왕비들의 별궁에 드나든다는 소식이었다.

"왕비님, 오늘은 첫째 왕비님의 아들인 수시마 왕자님을 보러 가셨답니다."

"수시마 얘기를 왜 꺼내는가!"

"왕비님도 왕자를 낳으시면 되지 않사옵니까?"

"수시마 말만 들어도 하늘이 무너지는 것 같다니까!"

"알겠습니다. 조심하겠습니다."

"대왕님께서는 요즘 어느 별궁에 자주 드시는가?"

"왕자님을 가장 많이 출산한 왕비님 별궁인 것 같사옵니다."

"아이고, 내 신세야!"

'빠빠 왕비'의 불행은 왕자를 갖지 못한 데에 있었다. 빈두사라왕은 '빠빠 왕비'가 왕자를 잉태하지 못하자 다른 왕비와 후궁들에게 발길을 돌려버렸던 것이다. 빈두사라왕은 수십 명의 왕자가 필요했다. 마우리야왕국을 통치하려면 자신이 정복한 소국들을 많은 왕자들이 다스려야 했으므로 그랬다. 빈두사라왕은 왕자들 중에서도 능력이 출중한 왕자를 뽑아 자신을 대신하여 통치하는 부왕(副王)으로 삼으려고 했다.

마우리야왕국이 복속한 소국들은 열여섯 나라나 되었다. 그러므로 빈두사라왕에게는 적어도 열여섯 명 이상의 부왕이 필요했다. 빈두사라왕은 어린 왕자들을 눈여겨보는 것이 일과

중 하나였다. 어린 왕자들은 8세 이전에는 글자를 읽고 쓰는 철자법과 산수를 배웠다. 그리고 8세가 넘어가면 산스끄리뜨 고급 언어를 익히고 여러 수행자들에게 가르침을 받았다. 교조가 다른 수행자들에게 가르침을 받도록 한 것은 다양한 세계관과 우주관을 심어주기 위한 조치였다.

2장

열여섯 번째 왕비가 되다

다르마는 암바니가마의 호의와 견제라는 기묘한 분위기 속에서 몇 달을 보냈다. 어느새 가위질이 손에 익어 왕족과 어린 왕자들의 이발을 도맡아 할 때도 많았다. 암바니가마가 빈두사라왕의 부름에 궁으로 갈 때는 다르마가 왕족과 어린 왕자들의 이발을 책임지곤 했다. 처음에는 손이 떨렸지만 익숙해지자 얼굴 형태에 따라 멋을 부려보기도 했다.

암바니가마가 또다시 궁으로 불려 들어간 날이었다. 끼사락슈미가 희소식을 물고 와서 이발소 문을 연 채 말했다.

"왕비님, 밖으로 좀 나와보셔요."

"왜 그래?"

수드라 여인들이 귀를 쫑긋거렸지만 끼사락슈미가 다르마를 이발소 밖으로 불러냈다.

"방금 뻥갈라바뜨사 구루를 만났어요."

"무슨 말씀을 하시던가?"

"수시마 왕자님이 이발을 한대요. 저더러 이발소 안을 청결하게 하라고 했어요."

"구루 말씀대로 하자. 첫째 왕비님의 아드님이 오신다고 하니 나도 설레는구나.”

“수시마 왕자님은 이발을 싫어해서 언제나 머리만 감고 가곤 했죠.”

“어쨌든 준비하고 있자꾸나. 나는 이발 도구를 청소해 놓아야겠어.”

이발소 안으로 들어온 다르마는 전단향나무 분말을 뿌린 물에 가위와 면도를 씻었다. 끼사락슈미는 수건으로 의자를 닦았다. 이발소 안은 전단향나무 향기가 진동했다. 수드라 여인들은 세수하고 머리 감는 물을 데우기 시작했다. 과연 나무통에 든 물에서 수증기가 모락모락 올라올 무렵에 뻥갈라바뜨사와 수시마 왕자가 나타났다. 수시마는 공부하기를 좋아하는 듯 어른 손바닥만 한 나무판자를 들고 있었다. 다르마가 곁눈으로 보니 나무판자에는 산스끄리뜨어 글자들이 빼꼭히 쓰여 있었다. 한눈에도 수시마는 전쟁놀이보다는 책 읽기가 취미인 듯했다. 다르마가 뻥갈라바뜨사에게 물었다.

“왕자님께서 이발하러 오신 거죠?”

“이발사여, 오늘은 이발을 할 거예요. 물론 머리도 감을 거고요.”

어린 수시마가 또박또박 말했다. 말투로 보아 총명하고 신중했다. 다른 때는 머리만 감고 갔는데 오늘은 이발까지 하겠다는 자기 의사표시를 분명히 했다. 다르마는 수시마를 의자로 안내했다. 수시마가 의자에 앉자마자 뻥갈라바뜨사는 다른 왕자를 만나야 한다며 이발소를 나갔다. 다르마가 물었다.

"어떻게 머리를 만질까요? 왕자님."

"알아서 해주세요. 의자에 앉아서도 산스끄리뜨어를 외울 수 있나요?"

"왕자님, 그건 안 된답니다. 옷에 머리카락이 떨어지기 때문입니다."

"그렇다면 별수 없고요."

수시마는 다르마의 말에 고분고분했다. 산스끄리뜨어가 쓰인 나무판자를 다르마에게 맡겼다. 다르마는 푸른 비단 천으로 수시마를 감쌌다. 수시마의 작은 얼굴만 청동거울에 비쳤다. 그런데도 수시마의 눈길이 자꾸 나무판자로 가는 것 같아 다르마는 끼사락슈미를 불렀다.

"끼사락슈미여, 왕자님을 위해 나무판자를 좀 들고 있어 봐요."

"예, 알겠습니다."

그러자 수시마의 얼굴에 미소가 번졌다.

"오, 이발사여. 나의 엄마 같군요."

"그럴 리가 없습니다. 저는 이발사일 뿐입니다."

끼사락슈미가 대담하게 거들었다.

"왕자님, 이분은 왕비님같이 기품이 있는 분이랍니다."

"맞아요, 내 눈으로 봤으니까. 엄마에게 얘기해서 대왕님을 뵐 수 있도록 할게요."

"아닙니다. 저는 실력이 미치지 못합니다."

수시마는 자신의 머리를 청동거울에 이리저리 비춰 보면서 말했다.

"내 얼굴이 훤해졌어요. 이 정도 실력이면 궁에서 따를 사람이 없을 것 같아요."

수시마는 수드라 여인이 안마를 하려고 가까이 오자 물리쳤다.

"난 안마는 간지러워서 싫어요."

수드라 여인이 무색해했다. 그러나 왕자가 거부하니 물러서야 했다. 이발을 마친 수시마가 갑자기 나무판자를 다르마에게 내밀었다.

"자, 선물이니 받아요."

"왕자님, 나무판자에 적힌 산스끄리뜨어를 다 외우셔야 합니다."

"이발하면서 마저 다 외웠으니 이젠 필요 없어요."

"아, 총명하시군요."

"빠알리어는 강물이 흐르는 소리같이 밋밋한데 산스끄리뜨어는 새들이 노래하는 것처럼 아름답죠."

수드라 여인들이 다르마를 부럽게 쳐다보았다. 끼사락슈미는 수시마 왕자가 다르마의 매력에 빠질 수밖에 없다고 생각했다. 다르마가 엄마처럼 자애롭게 수시마 왕자의 요구를 다 받아주면서 이발을 해주었기 때문이었다. 이발이 끝나자 뼁갈라바뜨사는 정확하게 이발소로 수시마를 데리러 왔다. 뻥갈라바뜨사도 수시마의 머리를 보더니 만족했다.

"이제 더 배울 것이 없겠소."

"구루시여, 왕자님께서 선물로 주셨는데 제가 가지고 있을 물건은 아닌 것 같습니다."

다르마는 산스끄리뜨어가 적힌 나무판자를 뻥갈라바뜨사에게 내밀었다. 뻥갈라바뜨사는 나무판자를 받아 들고는 놀라는 표정을 지었다.

"다르마여, 이건 왕자님들이 돌려가며 보고 익히는 나무판자지요. 그러니 선물이 될 수 없는 물건이오."

뻥갈라바뜨사가 혼잣말로 중얼거렸다.

'왕자님은 마음씨는 좋으나 공사가 분명하지 못해 탈이야.'

다르마는 뻥갈라바뜨사의 입술을 보고 무슨 말인지 알아들었다. 마음은 착하지만 무언가 분명하지 못하다는 뻥갈라바뜨사의 불만이었다. 그러나 다르마가 보기에는 수시마의 선함이 더 성장한 후에라도 그런 허물까지 덮고도 남을 것만 같았다.

어린 수시마 왕자가 궁중 이발소를 다녀간 지 한 달 닷새 만이었다. 이발사 암바니가마가 외출하고 없을 때였다. 수시마가 첫째 왕비에게 무슨 말을 했는지 모르지만 빈두사라왕의 전령이 이발소로 왔다. 전령은 빈두사라왕께서 다르마를 부른다는 명을 전하고 기다렸다. 다르마는 당황했지만 끼사락슈미가 도와주었다. 끼사락슈미가 말했다.

"암바니가마 언니가 궁에 들어갈 때는 전단향 물에 몸을 씻고 새 옷을 갈아입었어요."

"대왕님을 뵈러 가는 길이니 예의를 갖추어야겠지."

"이발 도구는 제가 챙길게요."

"고마워. 지금 내 머릿속은 하얗게 변해버렸어. 아무것도 생각나지 않아."

"제가 따라가 드릴까요?"

"제발 그래 줘. 몸이 떨려서 실수할지도 몰라."

"제가 락슈미 신에게 기도할게요."

수드라 여인들이 수건에 물을 묻혀 내실에 있는 다르마의 몸을 닦아주었다. 어디서 구했는지 까시국에서 생산한 붉은 비단 사리를 내놓았다. 암바니가마의 옷은 아니었다. 뚱뚱한 암바니가마의 옷은 다르마에게 맞지 않았다. 아마도 왕족이 분실한 옷이 틀림없었다. 수드라는 비단옷을 입을 수 없었다. 바이샤 이하는 흰색 무명옷만 입어야 했다. 다르마는 브라만이기 때문에 붉은 사리를 입을 수 있었다.

다르마는 빈두사라왕이 보낸 전령을 따라갔다. 끼사락슈미도 이발 도구가 든 바구니를 들고 다르마를 뒤따랐다. 궁궐은 온통 대리석 건물이었다. 귀족들이 사는 벽돌집보다 웅장하고 천장이 높았다. 날씬한 대리석 기둥들이 천장을 떠받치고 있었다. 햇살이 대리석 기둥들 사이로 스며들어 궁궐 안은 생각보다 밝았다. 그러나 왕과 귀족의 위엄이 써늘한 냉기처럼 감돌아 다르마와 끼사락슈미를 위축시켰다. 궁궐 안으로 들어갈수록 대리석 벽면에 새겨진 벽화와 조각품들이 많아졌다. 어떤 벽화는 벽면을 한가득 채우고 있었다. 빈두사라왕의 아버지 짠드라굽따왕이 마가다국을 정복한 뒤 마우리야왕조를 건국하는 조각품도 눈에 띄었다.

다르마와 끼사락슈미는 별실로 들어갔다. 왕이 이발하는 장소인 듯 의자가 하나 덩그러니 놓여 있고 별다른 장식은 없었다. 높다란 천장 바로 밑에 뚫린 창문에서 햇빛이 들어와 빛기둥을 이루고 있었다. 빛기둥은 의자에서 멈추었는데, 의자는 황금색으로 눈부셨다. 이윽고 복도에서 발자국 소리가 들려왔다. 다르마는 직감적으로 빈두사라왕이 오고 있다는 것을 느꼈다. 두 사람은 고개를 숙인 채 문 옆에 섰다. 왕의 전령이 큰 문을 열자 빈두사라왕이 긴 옷자락을 끌며 들어왔다. 다르마와 끼사락슈미는 빈두사라왕을 감히 쳐다보지 못하고 엎드렸다. 잠시 후 빈두사라왕이 말했다. 건물에 공명이 되어 마치 먼 곳에서 들려오는 소리 같았다.

"그대가 다르마인가?"

"예, 짬빠성에서 온 다르마이옵니다."

"고개를 들라."

순간 다르마는 빈두사라왕의 목소리가 아버지와 닮았다는 것을 느끼고는 안도감이 들었다.

"대왕님, 이발하는 솜씨가 뛰어나지 않사오나 최선을 다하 겠사옵니다."

"허허허. 겸손하구나."

끼사락슈미는 빈두사라왕의 위엄에 압도당한 나머지 사시 나무처럼 떨었다. 그런 탓에 이발 도구가 든 바구니를 떨어뜨릴 뻔했다. 다르마는 바구니에서 비단 천을 꺼내 빈두사라왕의 가 슴에 둘렀다. 왕의 몸에 머리카락이 한 올이라도 떨어지면 안 되 기 때문이었다. 빈두사라왕은 몹시 피곤한지 의자에 앉자마자 바로 토막잠을 잤다. 코를 드르렁드르렁 골았다. 끼사락슈미는 빈두사라왕의 잠든 자세가 흔들릴 때마다 안절부절못했지만 다 르마는 차분하게 이발을 했다. 이발사 암바니가마로부터 혹독 하게 이발 기술을 배운 덕분이었다. 머리카락을 자르는 가위질 은 빠르고 정확했다. 면도 역시 쓱쓱 빗나가는 실수가 없었다. 눈 을 뜬 빈두사라왕이 청동 손거울을 들고 보더니 매우 만족해했 다. 암바니가마가 고지식하게 항상 똑같이 이발하는 데 비해 다 르마는 자신을 훨씬 젊어 보이게 머리를 손질한 듯했다. 빈두사 라왕이 큰 소리로 말했다.

"내가 10년 정도 젊어 보이는구나."

"대왕님, 원래 젊으시옵니다."

"허허허. 너의 소원이 무엇이냐?"

다르마는 기회가 왔다고 생각하며 용기를 내어 말했다.

"오직 위대하신 대왕님께서 저를 사랑해 주셨으면 하는 바람뿐이옵니다."

빈두사라왕이 의아해하며 다르마에게 물었다.

"나는 끄샤뜨리야 왕이요 너는 천한 이발사인데 어찌 감히 나를 사랑할 수 있겠느냐?"

"대왕님, 저는 본래 이발사가 아니라 붉은 사리를 입고 있는 브라만의 딸이옵니다. 저의 아버지는 저를 대왕님의 아내로 보내주셨습니다."

그제야 빈두사라왕이 고개를 크게 끄덕이며 말했다.

"오, 뼁갈라바뜨사 수행자한테서 너의 얘기를 들은 것도 같다. 내가 허락을 했지. 그런데 내가 잊어버리고 있었구나."

실제로 빈두사라왕은 다르마의 존재를 까마득히 잊고 있었다. 언젠가 뼁갈라바뜨사에게 짬빠성에 사는 여인을 왕비로 삼아달라는 청을 받고 허락했지만 열다섯 명의 왕비와 후궁들 때문에 곧 망각해 버렸던 것이다. 빈두사라왕이 다시 물었다.

"누가 너에게 이발 기술을 배우라고 했느냐?"

"막내 왕비님께서 저를 이발소로 보냈사옵니다."

"무슨 사연이 있었는지 모르겠으나 이제 너는 더 이상 이발 일을 할 필요가 없다. 오늘부터는 왕비 별궁에서 살 것이니라."

"대왕님, 마침내 저의 소망은 이루어졌으나 또 하나 청이 있사옵니다."

"무엇인가? 말해보아라."

다르마는 끼사락슈미를 가리키며 말했다.

"이 이발소 소녀를 왕비 별궁에 두면 안 되겠사옵니까?"

"그거야 시중 들 사람이니 네 마음대로 하거라."

빈두사라왕은 곧 손을 휘휘 저으며 별실을 나갔다. 별실의 큰 문이 닫히는 순간 다르마와 끼사락슈미는 약속이나 한 듯 서로를 바라보며 웃었다. 그러다가 기쁨을 이기지 못하고 서로 부둥켜안은 채 나직이 흐느꼈다.

왕자를 잉태하다

다르마는 마침 비어 있는 왕비 별궁으로 거처를 옮겼다. 왕비 별궁은 빈두사라왕의 침전에서 가까운 곳에 있었다. 왕비 별궁에는 이전의 왕비가 사용하던 패물과 장롱 속의 옷가지가 그대로 보관돼 있었다. 그 왕비가 병사하자 빈두사라왕은 애석한 나머지 그녀가 사용했던 물건들을 단 하나도 치우지 말라고 명했던 것이다. 빈두사라왕은 그만큼 병사한 왕비를 사랑하였는데, 다르마가 살게 된 왕비 별궁은 왕비들이 사는 여러 별궁 중에서도 가장 크고 아름다웠다.

왕비 별궁 앞에는 연못이 두 개나 있었다. 하나는 백련 연못이었고 또 하나는 홍련 연못이었다. 일 년 내내 흰 연꽃과 붉은 연꽃이 번갈아 가며 피고 졌다. 정원과 후원에는 온갖 꽃들이 피어나 까치나 노랑할미새를 불러들였다. 할미꽃 같은 선홍빛 파파벨라, 낮은 담을 덮은 부겐빌리아, 안개초, 짬빠까나무꽃 등이 꽃동산을 이뤘다. 특히 마두말띠 붉은 꽃이 별궁으로 드는 대문 앞에 떨어져 있을 때는 짬빠성의 고향 집 생각이 났다. 고향 집 정원에도 자귀나무와 마두말띠꽃이 떨어져 붉은 카펫을 깔아놓은 듯했던 것이다. 다르마는 행복한 마음이 들 때마다 자나사나와 뻥갈라바뜨사를 떠올리며 고마워했다. 다르마는 늙은 궁녀 한 명과 함께 짬빠까나무 흰 꽃을 줍고 있는 끼사락슈미를 불렀다. 그녀가 물었다.

"왕비님, 벌써 가실 거예요?"

"그 정도 꽃이면 공양 올리는 데 부족하지 않을 것 같아."

끼사락슈미가 들고 있는 바구니에는 짬빠까나무 흰 꽃이 한가득 담겨 있었다. 향기가 다르마의 코를 기분 좋게 자극했다. 아지비까교 사원으로 가서 뻥갈라바뜨사에게 공양할 꽃이었다. 향기가 짙은 짬빠까나무꽃은 연꽃 못지않게 사원에 바치는 꽃으로 인기가 있었다. 그래서 사람들은 '절꽃'이란 별명으로 불렀다. 별궁 궁녀를 미리 보내 약속한 날이므로 뻥갈라바뜨사는 사원에 있을 터였다. 다르마로서는 별궁에 들어온 이후 첫 외출이었다. 끼사락슈미가 말했다.

"왕비님, 제 생각으로는 대왕님께서 오실 것만 같은데 꼭 오늘 가셔야 돼요?"

"대왕님께서는 밤에 오시지 않느냐. 그러니 괜찮을 거야."

"어젯밤에 대왕님께서 오시는 꿈을 꾸어서 그런답니다."

"때로 꿈은 반대야. 또 오늘 고마운 구루에게 가지 않으면 언제 갈지 몰라."

"왜 그런 말씀을 하세요?"

"나중에 말해줄게. 그런 일이 있어."

다르마는 호수 같은 푸른 비단 사리를 걸치고 있었다. 왕비가 되었을 때 빈두사라왕이 선물한 까시국에서 구해 온 번들거리는 비단 사리였다. 다르마는 끼사락슈미를 앞세우고 아지비까교 사원이 있는 숲으로 갔다. 열여섯 번째 왕비가 온다는 소문이 퍼졌는지 사원 기도처에는 수행자들이 줄을 지어 앉아서 기도하고 있었다.

뼁갈라바뜨사는 반얀나무 아래서 몇몇 수행자들과 함께 주문을 외우고 있는 중이었다. 짬빠성에서 자나사나에게 들었던 주문과 같았다. 아마도 왕비의 행운을 비는 주문이 분명했다. 다르마는 뼁갈라바뜨사에게 먼저 가서 그의 발밑에 짬빠까나무 흰 꽃을 바쳤다. 꽃향기가 반얀나무 가지 사이로 안개처럼 스며들었다. 뼁갈라바뜨사가 매우 기뻐하며 뚱뚱한 몸을 일으켰다.

"왕비시여, 꽃 공양이 아니라 향 공양이군요."

"평소에 공양받지 않으시니 향기로운 꽃을 모아 왔습니다."

"대왕님께서 날마다 끼니 공양을 올리시니 저희들은 필요한 것이 아무것도 없습니다."

"저를 궁으로 인도하신 구루께 늘 감사드리고 있습니다."

"왕비시여, 자나사나와 저는 왕비님의 운명대로 움직였을 뿐입니다."

뼁갈라바뜨사는 다르마가 왕비가 되는 과정에서 자신들은 예언대로 행동했을 뿐이라고 겸손해했다. 그런데 다르마가 왜 자신을 찾아왔는지 기쁘면서도 한편으로는 궁금하기도 했다.

"왕비시여, 무슨 일이 있으십니까?"

"시간이 흐르면 뵙지 못할 것 같아서 서둘러 왔습니다."

"대왕님께서 또 전쟁을 준비하고 계십니까?"

빈두사라왕은 소국을 정복할 때 반드시 왕비를 한 명 데리고 떠났는데 이번에는 다르마 차례인가 싶어 물었다.

"당장에 떠날 계획은 없는 것 같습니다."

"며칠 전에 기도할 때입니다. 제 눈에 대왕님과 왕비님이 북서쪽으로 떠나는 모습이 보였습니다."

마우리야왕국을 세운 짠드라굽따 선왕이 정복한 딱사쉴라는 빠딸리뿟따에서 북서쪽에 있었다. 먼 곳이어서 반란이나 소요가 자주 일어나는 소국이었다. 빈두사라왕이 딱사쉴라를 늘 염두에 두고 있는 까닭은 선왕의 비원이 서려 있기 때문이었다. 짠드라굽따왕이 딱사쉴라에서 알렉산더가 남기고 간 침략군을 마저 진압하고 나서야 비로소 마우리야왕국을 건국할 수 있었던 것이다. 따라서 자신이 딱사쉴라를 잃거나 소요를 방치한다면 선왕의 기대를 저버렸다는 백성들의 비난을 피할 수 없고 왕의 권위는 추락할 것이 뻔했다.

"구루시여, 그런 이유가 아니라도 저는 당분간 구루를 뵙지 못할 것입니다."

옆에 있던 끼사락슈미도 처음 듣는 말이어서 뻥갈라바뜨사 못지않게 궁금했다. 뻥갈라바뜨사가 다시 말했다.

"왕비시여, 제 눈에는 그렇게 보이니 준비하고 계셔야 합니다."

"저는 빠딸리뿟따가 좋으니까 떠나기 싫습니다. 또 그럴 만한 이유가 있습니다."

"이유를 알고 싶습니다."

벵갈라바뜨사는 다르마를 돕고 싶어서 물었다. 그러나 다르마는 얼굴을 붉히며 대답하지 못했다. 그제야 영리한 끼사락슈미는 다르마에게 무슨 일이 있다고 생각했다. 벵갈라바뜨사를 당분간 만나지 못할 만한 변화가 있음이 분명했다.

"구루시여, 제 운명을 다 아시면서 어째서 저에게 생긴 변화는 알지 못하십니까?"

"저의 수행이 부족해서 그러하니 조금만 기다려주십시오. 답을 찾아 알려드리겠습니다."

"사원을 참배했으니 저는 이만 별궁으로 가보겠습니다."

아지비까교 사원을 나온 다르마와 끼사락슈미는 바로 별궁으로 가지 않고 예전에 강가강을 바라보곤 했던 궁중 정원 언덕으로 올라갔다. 부겐빌리아 가지들이 덩굴처럼 얽혀 있어 은밀한 곳이었다.

"강가강을 보고 싶어."

"예, 왕비님."

부겐빌리아꽃들이 풀밭에 떨어져 꽃방석에 앉는 느낌이 들었다. 끼사락슈미는 참지 못하고 물었다.

"왕비님, 좋은 변화인가요 나쁜 변화인가요?"

"좋은 변화이지."

다르마가 갑자기 푸른 비단 사리를 가슴 위로 걷어 올렸다. 끼사락슈미가 비명을 질렀다.

"어머나!"

"내 배를 좀 봐."

다르마의 배는 이미 볼록했다. 왕자를 잉태하고 있었다. 끼사락슈미는 손으로 자신의 눈을 가렸다.

"천한 제가 봐서는 안 되겠어요, 왕비님."

"넌 내 수족과 같으니 괜찮아."

"아니에요. 대왕님께서 아신다면 저는 정말로 살아남지 못할 거예요."

"아무도 보지 못한걸."

"하늘이 보고 강가강이 봤어요."

"끼사락슈미여, 내가 허락했으니 괜찮을 거야. 다만 아무에게도 말하지 말아줘."

다르마가 왕자를 잉태했다는 소문이 나면 다른 왕비들의 견제가 심해질 수도 있었다. 특히 '빠빠 왕비'가 자신의 궁녀들에게 지시하여 모사를 꾸밀 것이 틀림없었다. 음식에 독을 탄다거나 점술가를 불러 잉태한 왕자를 낙태시키도록 무서운 음모를 꾸밀지 몰랐다.

"강가강은 우리의 엄마니까 다 눈감아 주실 거야. 자, 더 가까이 와봐."

다르마가 끼사락슈미의 손을 잡아당겨 자신의 배에 댔다.

끼사락슈미는 뿌리쳤으나 그녀의 손은 이미 다르마의 배에 닿아 있었다. 그런데 이상한 일이었다. 힘껏 뿌리친다고 했지만 강력한 자석에 이끌리듯 자신의 손이 다르마의 배에서 떨어지지 않았다.

"왕자가 발로 툭툭 차고 있어."

"네, 느껴져요."

"기분이 좋아서 그럴 거야."

"오, 머잖아 왕자님이 태어나시겠네요."

"다섯 달 정도 남았어."

"왕비님, 이제야 알았어요. 왕비님께서 왜 뺑갈라바뜨사 구루를 서둘러 만나시려고 했는지요."

"왕자님이 더 자라면 배가 불러 어떻게 다니겠어. 넘어지기라도 하면 큰일 날 수 있는데."

"이제는 외출하시지 마셔요."

배가 부르면 소문이 나 다른 왕비들의 질투를 받을 수도 있고, 넘어지기라도 하면 유산이 될 수도 있기 때문에 다르마는 외출을 자제할 수밖에 없었다. 끼사락슈미가 말했다.

"왕비님을 더 잘 모시겠습니다."

"끼사락슈미도 이 일은 비밀로 해야 돼. 다른 궁녀들에게 말하지 마. 알게 되는 때가 오겠지만. 알았지?"

"말하지 않을 거라고 강가강에게 약속하겠습니다."

끼사락슈미가 강가강을 내려다보면서 기도했다. 그사이에

다르마는 서너 걸음 앞서 별궁으로 내려갔다. 끼사락슈미가 뛰듯이 잰걸음으로 뒤따라갔다. 다르마가 입고 있는 비단 사리에는 부겐빌리아꽃들이 달라붙어 있었다.

"왕비님 사리에 꽃들이 붙어 있어요. 뗄까요?"

"아니, 내가 뗄게."

아무리 시중드는 궁녀라 하더라도 왕비의 몸에 천한 수드라 신분의 궁녀가 함부로 손을 댈 수는 없었다. 그러나 일그러진 흰 꽃은 떨어지지 않았다.

"얼룩이 지겠어요, 왕비님."

"그럼 네가 떼어다오."

끼사락슈미가 사리에 붙은 꽃들을 떼었다. 별궁으로 돌아온 다르마는 대나무 침대에 누워 쉬었다. 왕자를 잉태해서 그런지 아지비까교 사원을 들렀다가 궁중 정원 언덕까지 올라갔다 내려온 거리가 힘들었다. 끼사락슈미가 끓여 온 짜이 한 잔을 마시고 나서야 대나무 침대에서 짧지만 깊은 낮잠을 잤다.

그날 밤 빈두사라왕이 별궁에 들었다. 순간 다르마는 벵갈라바뜨사의 예언이 생각나 긴장했다. 빈두사라왕과 다르마가 북서쪽으로 떠나는 모습이 보인다고 했던 것이다. 다르마는 빈두사라왕의 입을 주시했다.

"왕비여, 요즘 어떻게 보내고 있소?"

"왕자님에게 새소리도 들려주고 꽃도 보여주고 있사옵니다. 제가 새소리를 들으면 배 속의 왕자님도 듣고 제가 꽃을 보면 왕자님도 꽃을 본답니다."

"허허허."

빈두사라왕은 태교가 무엇인지 알지 못했지만 다르마가 배 속의 왕자를 위해 애를 쓰고 있다는 말에 감격했다.

"원하는 것이 있으면 무엇이든 말하시오. 나 역시 왕자를 위해 다 들어주리다."

"매운 칠리소스를 먹고 싶사옵니다."

"왕자가 맵다고 하지 않겠소? 하하하."

빈두사라왕은 별궁에서 밤을 보냈다. 잠에서 깨어날 때마다 다르마의 배를 만져보곤 했다. 이른 새벽쯤이었다. 빈두사라왕이 침대 머리맡에서 무언가 깊은 생각에 잠긴 채 서 있었다. 다르마가 눈을 비비고 일어나 물었다.

"궁에 무슨 일이 있사옵니까?"

"있지요."

"불길한 일이옵니까?"

"어제 신하로부터 딱사쉴라에서 소요가 났다는 보고를 받았소."

"그럼 딱사쉴라로 가실 것이옵니까?"

"선왕의 명예를 위해서라도 가야 하오."

다르마는 뼹갈라바뜨사의 예언에 소름이 끼쳤다. 그래도 자신은 궁에 남고 싶었다. 먼 길을 가다가 배 속의 왕자가 유산될지도 몰랐다.

"저는요?"

"물론 함께 가야 하오."

"왜 가야 합니까?"

"내가 없는 빠딸리뿟따성은 위험하오. 무슨 음모가 꾸며질 지 모르오. 그러니 나와 함께 가는 것이 왕자를 위해서도 좋을 것 이오."

"언제 떠납니까?"

"출발 날짜는 비밀이오."

다르마는 눈앞이 노래졌다. 짬빠성에서 아주 먼 곳으로 떠 난다니 그만큼 충격이 더 컸다. 빈두사라왕은 곧 궁으로 돌아갔 다. 혼자 남은 다르마는 대나무 침대에 혼절하듯 쓰러졌다. 끼사 락슈미가 뛰어 들어와 흔들었지만 일어나지 못했다. 아침 해가 강가강에 난반사할 무렵에야 다르마는 일어났다. 외성 안에 갑 자기 불어난 군사들의 구령 소리가 내성 안까지 들려왔다. 옛 소 국에서 차출한 전투 경험이 많은 군사들이었다. 딱사쉴라 소요 를 진압하기 위한 정예군이었다. 왕을 호위하는 친위대는 내성 안에서 따로 진압훈련을 받는 중이었다.

꾸루국 사람들의 환대

빈두사라왕 군사는 딱사쉴라로 향했다. 정예군사로 구성한 선봉부대가 앞장을 섰고 그다음은 코끼리를 탄 친위대가 빈두사라왕을 앞뒤로 호위했다. 이어서 물자를 수송하는 군수부대가 따랐고 맨 마지막은 활처럼 휘어진 칼을 옆구리에 찬 보병들이 달리듯 걸었다.

빈두사라왕이 탄 대왕 코끼리가 단연 돋보였다. 오색 구슬로 머리를 장식한 대왕 코끼리는 몸에 황금색 비단을 두른 채 겅중겅중 움직였다. 코끼리 등 위에는 전단향나무로 만든 의자가 놓였고 왕을 상징하는 대형 일산이 고정돼 있었다. 빈두사라왕은 일산 속에서 친위대장에게 이런저런 지시를 했다.

"행군을 멈추거라! 잠시 휴식을 하라!"

다르마 왕비가 탄 코끼리도 눈에 띄었다. 작은 창문이 사방으로 나 있는 가마가 코끼리 등에 얹혀 있었고, 창문에는 주렴이 주렁주렁 늘어뜨리어져 군사들은 가마 안의 왕비를 볼 수 없었다. 다르마는 가끔 주렴을 들어 올리면서 바깥의 동정을 살피곤했다. 끼사락슈미와 보따리를 손에 든 궁녀들은 다르마 왕비가 탄 코끼리 뒤에서 종종걸음으로 뒤따랐다.

빈두사라왕 군사는 하루에 1요자나 거리만 이동했다. 1요자나란 왕이 하루 행군하는 40리 정도의 거리를 뜻했다. 물론 빈두사라왕 군사가 1요자나를 더 갈 때도 있었다. 좋은 숙영지를 찾아야 하기 때문이었다. 좋은 숙영지란 빈두사라왕의 군사가 적으로부터 은폐할 수 있는 장소였다. 또한 숙영지의 조건 중에 하나는 식수가 풍부하고 코끼리 먹이를 쉽게 구할 수 있는 곳이어야 했다. 코끼리는 날마다 습지의 부드러운 풀이나 산자락의 딱딱한 나무껍질과 뿌리 등 어마어마한 양을 가리지 않고 먹어 치웠다.

빈두사라왕은 권력을 상실한 옛 소국의 왕들에게 환대를 받았다. 소국이란 옛 말라국과 꼬살라국 등이었다. 물론 소국뿐만 아니라 웨살리, 빠와, 꾸시나가라 등 도시를 지날 때도 마찬가지였다. 소국의 왕들은 빈두사라의 환심을 사기 위해 정성을 다했다. 빠딸리뿟따와 딱사쉴라의 중간쯤 되는 꾸루국에서도 큰 접대를 받았다. 꾸루국 왕은 숙영지 부근으로 악사와 무희들을 데리고 달려왔다. 꾸루족 요리사들은 공작새 요리를 머리에 이고 왔다. 물이 가득 찬 야자수는 물론 잘 익은 망고와 바나나 등 과일도 몇 대의 들것에 가득 싣고 나타났다.

"대왕님이시여, 저희 나라를 방문하시어 영광입니다. 편히 쉬었다가 가시기를 기원합니다."

"환대를 해주니 고맙소."

젊은 꾸루국 왕은 빈두사라왕의 심기를 살피면서 말했다.

"꾸루국을 방문해 주시어 영광입니다. 불편한 것이 있다면 다 말씀해 주십시오. 이미 대왕님을 위해 꾸루국 악사는 물론 공작새 요리를 한 요리사까지 와 있습니다."

옛 꾸루국 왕은 빈두사라에게 머리를 조아리며 말했다. 고개를 숙이는 데는 그럴 만한 이유가 있었다. 마우리야왕국 북서쪽에 있는 꾸루국은 마우리야왕국의 눈엣가시인 깔링가국과 연합해 왔던 것이다. 깔링가국은 비록 소국이지만 마우리야왕조 짠드라굽따 시기부터 함부로 다루지 못했던 나라였다. 깔링가국은 마우리야왕국에 복속하고 있는 듯 엎드려 있지만 언제든지 기회만 되면 반란을 일으킬 그런 나라였다. 그런데도 옛 꾸루국은 깔링가국의 눈치를 보면서 은밀하게 협력해 왔던 것이다. 빈두사라왕이 꾸루국 왕의 속마음을 모를 리 없었다.

"환대를 잊지 않겠소. 나는 꾸루국에 피해를 주고 싶지 않소. 우리 군사들이 너무 피곤하니 악사들의 연주는 사양하겠소. 그러나 왕께서 가져온 공작새 요리는 내일 행군하는 데 힘이 될 것 같소."

그때 빈두사라왕을 보좌하는 브라만 제관 칼라따까가 귓속말로 조언했다.

"꾸루국 왕은 간사하기 그지없사옵니다. 악사나 요리사들이 품속에 칼을 숨기고 있을지 모르니 조심해야 하옵니다."

"그 점을 미처 생각지 못했소. 우리 숙영지 안으로 불러들일 때는 몸수색을 하시오."

꾸루국 왕이 빈두사라왕의 눈치를 보면서 말했다.

"대왕님이시여, 저희들 호의를 물리치지 마십시오. 저희 전통음악과 공작새 요리로 대왕님의 피로를 풀어드리겠습니다."

"알겠소. 그런데 하나 양해를 구할 것이 있소."

빈두사라왕이 경계하는 듯한 눈치를 보이자 꾸루국 왕이 더욱 고개를 주억거리며 말했다.

"무엇이든 말씀만 하십시오. 분부대로 따르겠습니다."

"깔링가국과 손을 떼시오."

"꾸루국은 깔링가국이 협조하지 않으면 바다로 나갈 수 없습니다. 바다로 나가지 못하면 저희 나라에서 생산하는 물건들을 바다 너머에 있는 나라에 팔 수 없습니다. 그래서 깔링가국에 협조하는 척하고 있습니다."

꾸루국 왕의 말에 빈두사라왕은 반박하지 않았다. 그때 또다시 제관 칼라따까가 다가와 귓속말을 했다.

"속지 마십시오. 저 간사한 왕은 자기 나라에 이익이 된다면 무엇이든 다할 것입니다. 조공을 감면해 줄 테니 깔링가국과 손을 떼라고 하십시오."

빈두사라왕이 웃으며 말했다.

"내가 미처 생각하지 못했소. 꾸루국이 장사를 하고 있다는 사실을 몰랐소. 우리나라에 바치는 조공을 감해줄 테니 깔링가국과 협력을 끊으시오."

조공을 감해준다는 말에 꾸루국 왕이 땅바닥에 엎드렸다.

산악이 대부분인 꾸루국은 공작새 수십 마리와 코끼리 다섯 마리를 매년 마우리야왕국에 조공하는 일이 힘겨웠던 것이다.

"관대한 대왕님이시여, 공작새는 키워서 바칠 수 있으나 코끼리는 다른 나라에서 구해 보내기 때문에 매우 힘이 듭니다. 그러니 코끼리 조공을 면제해 주신다면 대왕님의 덕은 더욱더 빛날 것입니다."

"좋소. 코끼리 조공을 면제해 주겠소."

"대왕님이시여, 대왕님이 계시는 마우리야왕국은 영원할 것입니다. 모든 소국들이 대왕님을 우러르며 따를 것입니다. 다만."

"더 할 말이 있소?"

"다만 바로 깔링가국과 손을 떼면 이미 나가 있는 저희 나라 장사꾼들이 잡혀 죽을 것이니 일정한 기간을 유예해 주시면 어떠하겠습니까?"

"그렇게 하시오."

그러나 칼라따까는 꾸루국 왕을 의심했다. 깔링가국과 내통하면서 장사를 계속할 것이라고 추측했다. 칼라따까가 다시 빈두사라왕에게 작은 소리로 말했다.

"시간이 흐르고 나면 꾸루국 왕과의 약속은 흐지부지되고 말 것이옵니다."

"그럴 수도 있지만 경각심을 주었을 것이니 그것으로 만족하겠소."

빈두사라왕은 열대여섯 걸음 정도 떨어져 있는 옛 꾸루국 왕을 자신에게 좀 더 가까이 오도록 허락했다.

"이리 오시오. 친해지고 싶소."

빈두사라왕은 신하들의 마음을 살필 때 그들의 눈을 보는 습관이 있었다. 신하가 자신을 속이고 있을 때는 눈동자를 이리저리 굴리거나 지나치게 눈을 깜박거렸던 것이다. 그런데 꾸루국 왕의 태도는 주눅이 들어 있을 뿐 당황한 기색은 없었다. 빈두사라왕은 꾸루국 왕을 믿어보기로 하고 조언해 주었다.

"내가 깔링가국과 협력을 끊으라고 한 이유는 또 이런 것이 있소. 자, 제관께서 깔링가국 사람들이 얼마나 형편없는 사람들인지 이야기해 보시오."

칼라따까가 빈두사라를 한 번 쳐다보더니 곧 꾸루국 왕을 무시하듯 곁눈질하면서 말했다.

"꾸루국 왕이시여, 깔링가국 백성들은 종교가 없는 사람들이라오. 옛날부터 브라만이 살고 있기는 하지만 그들은 최하층의 브라만이라오. 그들에게는 베다가 없어진 지 오래됐고, 하늘과 별에 대한 지식도 무지하며, 산 짐승을 신에게 바치는 희생제도 없다오. 신들은 깔링가국 사람들로부터 아무런 제물을 받지 못하고 있다오. 그러니 깔링가국은 축복받을 수 없는 땅이라오."

빈두사라왕이 칼라따까의 말을 자르며 꾸루국 왕에게 말했다.

"이제 알겠소? 깔링가국은 발을 들여놓지 못할 땅이라는 것을. 그러니 깔링가국에 들어가는 자는 누구나 발로 죄를 짓는 것이라오."

꾸루국 왕은 위축되어 바들바들 떨었다. 겨우 입을 열어 말했다.

"아그니(火神) 제사를 지내야 벌을 면할 것 같습니다."

아그니는 바이슈바나라의 별칭이었다. 마우리야왕국 브라만들이 깔링가국 사람들을 무시하는 이유는 그들이 베다의 권위를 무시하고 브라만 제사장들이 벌이는 희생제를 비난하기 때문이었다. 그러나 마우리야왕국의 불교와 자이나교, 심지어 아지비까교 수행자들은 빈두사라왕의 신하들이 깔링가국 사람들을 멸시하는 것에 마음속으로는 동조하지 않았다. 깔링가국 사람들은 브라만보다 불교와 자이나교 수행자들을 더 존경하기 때문이었다. 실제로 깔링가국에서는 브라만들이 마우리야왕국과 달리 대접받지 못했다.

"대왕님이시여, 저희 악사들이 꾸루국 음악을 연주하고 싶어 합니다."

"좋소. 우리 군사가 몸수색을 하더라도 결코 불편해하지 마시오."

"제가 먼저 자원해서 받으면 저의 신하들도 거부하지 않을 것입니다."

꾸루국 왕은 흔쾌하게 몸수색을 받겠다고 나섰다. 사실 그는 코끼리 조공을 면제받은 것만도 큰 수확이라고 생각했다. 콧

노래라도 부르고 싶을 만큼 뿌듯했다. 꾸루국에서 코끼리를 조공할 때는 온 나라가 한바탕 소동을 벌였다. 그만큼 꾸루국에서는 코끼리가 귀했다. 코끼리는 금이나 청동 같은 귀한 광물을 가지고 다른 나라에 가서 구하는 수밖에 없는 동물이었던 것이다. 코끼리를 바치곤 했던 이유는 마우리야 군사가 언제 보복할지 모르기 때문이었다.

그날 밤 빈두사라왕과 군사는 꾸루국에서 바친 공작새 요리를 먹으며 악사들이 연주하는 노래와 무희들의 춤을 감상했다. 악사들은 꾸루국 현악기인 사랑기, 입에 대고 부는 마충가, 작고 길쭉한 북인 마달, 소라고둥으로 만든 샹카를 들고 흥겹게 연주했고 무희들은 팽이처럼 빙빙 돌면서 머리카락과 옷자락을 휘날렸다. 악기들은 낯익었지만 음악은 마우리야왕국과 달랐다. 꾸루국 전통음악은 감미롭기는 하지만 폭포수 떨어지듯 빠른 소리가 많은 데다 격렬했다. 마우리야왕국의 전통음악은 강가강의 흐름같이 느리고 드넓은 평야처럼 때로는 부드러웠던 것이다.

빈두사라왕은 꾸루국의 전통음악과 무희들의 춤에 흥미를 잃고 곧 자리를 떴다. 다르마도 궁녀들이 마련한 임시 잠자리로 돌아갔다. 그러자 군사들은 무희들에게 함성을 지르며 호응했다.

"와아! 와아!"

무희들 앞에 수십 명이 달려 나와 미친 듯 춤을 추었다. 다르마의 잠자리는 강변에 마련한 흰색 군막이었다. 친위대 군사

몇 명이 보초를 서고 있었다. 흰색 군막 앞에는 모닥불이 타올랐다. 밤공기가 차가워지자 끼사락슈미가 다르마를 위해 모닥불을 피웠던 것이다. 모닥불 위에 놓인 청동 주전자 속에서는 강물이 끓었다. 다르마가 마실 식수였다. 그리고 군막 앞 토기 항아리에는 강물이 가득 담겨 있었다. 다르마가 손발을 씻을 강물이었다. 꾸루국 전통악기 소리와 군사들의 노랫소리가 강변까지 또렷하게 들려왔다. 다르마가 끼사락슈미에게 말했다.

"피곤하구나. 나는 배 속의 왕자를 위해 지금 자야겠어."

"왕비님, 저는 모닥불을 더 피우다가 자겠습니다."

다르마가 군막의 문을 닫았다. 끼사락슈미는 혼잣말을 하면서 웃었다.

'그런데 왕자님이 아니고 공주님이면 어떡하지? 아니야, 뻥갈라바뜨사 구루께서 왕자라고 예언했어. 운명을 아시는 구루시니까 틀림없어. 대왕님도 왕비님도 그렇게 믿고 있는걸.'

끼사락슈미는 장작개비들을 모닥불 위에 던지며 고개를 좌우로 흔들었다. 모닥불에 던져진 장작개비들이 탁탁 소리를 내며 탔다. 끼사락슈미는 한 걸음 물러서 쭈그리고 앉았다. 강물을 뜨러 다니던 궁녀들은 어느새 한 사람도 보이지 않았다. 흰색 군막 뒤의 숲속으로 들어가 숄 같은 것을 모포 삼아 둘러쓴 채 잠든 것이 분명했다. 숄을 둘러쓴 모습은 마치 누에고치 같았다.

밤새 이어질 것 같던 꾸루국 전통악기의 합주 소리와 군사들의 노랫소리도 거짓말처럼 잦아들었다. 강변 숲에서 뜻밖의 침입자들을 경계하는 부엉이 날갯짓 소리가 들려왔다. 간간이 들리는 코끼리의 울음소리는 강물이 흐르는 소리에 섞이었다. 끼사락슈미는 잉걸불로 변한 모닥불 옆에서 쭈그리고 앉은 채 졸았다. 빈두사라왕의 친위대 경계군사들이 피웠던 모닥불이 일제히 꺼졌다. 숙영지는 비로소 밤의 적막에 휩싸였다. 순찰을 도는 경계병들의 발걸음 소리만 자박자박 들릴 뿐이었다. 마침 내 보름달이 구름을 뚫고 나왔다. 초하룻날 빠딸리뿟따성을 출발했으니 보름 걸려 꾸루국에 도착한 셈이었다.

잔인한 빈두사라왕

빈두사라왕 군사는 딱사쉴라 부근 산자락에서 머물며 반란군의 동태를 살폈다. 브라만 제관 칼라따까는 이른 새벽에 강으로 나가 빈두사라왕을 위해 기도했다. 이윽고 딱사쉴라로 잠입해 들어갔던 정찰조 조장이 돌아와 빈두사라왕에게 보고했다. 정찰조 조장은 딱사쉴라 출신으로 그곳 지리에 밝은 장수였다.

"대왕님이시여, 반란군의 군사력은 보잘것없는 오합지졸이옵니다. 반란수괴는 딱사쉴라의 왕이라도 된 듯 행세하고 있사옵니다. 매일 연회를 열고 술에 취해 협력하지 않은 자들을 감옥에서 꺼내 한 사람씩 죽이고 있사옵니다."

"선왕의 친구들은 반란에 동조하지 않았을 텐데 살아 있을지 걱정이오."

"반란군에 협조하지 않은 이들을 아마도 살해했을지도 모르옵니다."

"그렇다면 피는 피를 부를 수밖에 없소."

선왕이란 빈두사라왕의 아버지 짠드라굽따였다. 짠드라굽따는 소년 시절을 딱사쉴라에서 성장하여 친구들이 많았던 것이다. 아버지의 친구라면 빈두사라왕에게는 스승이나 다름없었다. 짠드라굽따를 도운 대신 까우띨리야나 짜라나비슈누 등이 바로 그들이었다. 그들은 나이가 들자 빠딸리뿟따에서 모두 향수병에 걸려 고향인 딱사실라로 돌아갔던 것이다. 혹시라도 그들을 살해했다면 빈두사라왕은 반란수괴 일당에게 몇 배로 보복할 작정이었다.

"지금 공격해도 되겠는가?"

"연회를 열기 전이니 이르옵니다. 연회가 절정에 이르렀을 때 공격하는 것이 효과적이옵니다."

"제관의 생각은 어떻소?"

"대왕님이시여, 지금은 해가 뜨는 신성한 시간입니다. 그러니 악마가 날뛰는 오후 늦은 시간이 적기일 것 같습니다."

칼라따까의 대답에 빈두사라왕은 공격 시간을 정했다.

"제관의 의견을 따르겠소. 조장은 선봉장을 불러오시오."

정찰조 조장이 왕의 군막을 나가자 칼라따까가 말했다.

"용맹한 선봉장은 오합지졸이라 반란군을 바로 진압하고 말 것입니다."

"이번 공격에는 우리 군사의 사기를 위해서 내가 선봉에 서겠소. 우리 군사는 빠딸리뿟따를 떠난 지 한 달이 지났소. 출발할 때는 사기충천했지만 지금은 모두가 지쳐 있소. 그러니 왕이 선봉에 서야 할 것 같소."

"친위대인 코끼리부대가 선봉에 나선다는 말씀입니까?"

"그렇소. 코끼리부대로 성안을 짓밟아 가루로 만들어버리겠소."

칼라따까는 피의 보복이 시작되는가 싶어 소름이 끼쳤다. 가루로 만들겠다는 것은 성안의 성민들을 모두 몰살하고 건물들을 모조리 파괴해 버리겠다는 응징의 표현이었다. 빈두사라왕의 보복전은 이전에도 잔인했다. 공격 목표가 정해지면 산목숨은 남아나지 못했다. 어린아이, 노인, 여자 할 것 없이 참혹하게 살해했다. 쓰러진 시체마저 낱낱이 확인하면서 목을 잘랐다. 그런 뒤 성 밖의 해자나 웅덩이에 던져버렸다. 20대 중반의 선봉장이 왕의 군막으로 들어와 무릎을 꿇었다.

"대왕님이시여, 부르셨습니까?"

"여기 산악까지 행군하느라 수고 많았소. 큰 사고 없이 이곳에 당도한 것은 선봉장의 공이 크오."

"과찬입니다. 황공하옵니다."

"오늘 오후 늦은 시각에 딱사쉴라를 공격할 것이오."

"명령만 내려주시기를 바라옵니다. 선봉장으로서 목숨을 아끼지 않고 선두에서 돌진하겠습니다."

"여기까지 무사히 온 것만도 선봉장의 공이 크니 이번에는 내가 선봉에 나서겠소."

칼라따까 옆에 있던 선봉장이 무릎걸음으로 다가와 애원하듯 말했다.

"아니 되옵니다. 대왕님께서 다치시기라도 한다면 군사들의 사기가 크게 떨어질 것입니다. 그러니 소장이 선봉에 서야 합니다.”

“군사들은 크게 지쳐 있소. 이럴 때는 왕이 공격의 선봉에 서야만 사기가 오르는 법이오.”

빈두사라왕이 손을 크게 저으며 말하자 선봉장은 다시 무릎걸음으로 칼라따까 옆으로 돌아갔다. 빈두사라왕이 말했다.

“코끼리부대가 성안에 먼저 입성해 진압할 것이니 선봉장은 뒤따라 들어와 도망치는 반란군 일당을 소탕하시오. 샅샅이 수색하여 반드시 반란수괴를 생포하시오. 수괴의 칼도 찾아오시오. 큰 상을 내리겠소. 나는 수괴의 칼로 반란수괴와 일당을 한 사람씩 목을 쳐 죽일 것이오. 피는 피로 다스려야 한다고 일찍이 선왕의 대신 까우띨리야로부터 배웠소.”

짜나꺄 또는 비슈누굽따로 불리었던 까우띨리야는 선왕 짠드라굽따의 대신이었다. 사실 그는 짠드라굽따의 스승 같은 존재였다. 마우리야족의 삡팔라바나국에서 딱사쉴라로 도망쳐 와서 목동 우두머리가 된 짠드라굽따를 발탁하여 제왕학을 가르친 브라만이기 때문이었다. 천민 출신의 마하빠드마가 세운 난다왕국에 반감을 가지고 있던 그는 당시 동서양문화의 중심지였던 딱사쉴라에서 여러 학문을 수학한 대학자였다. 난다왕국의 신하들에게 멸시를 받기까지 했던 그는 통치술과 의술, 천문학과 점성술에 달통한 대학자로서 목동들의 우두머리 짠드라굽따를 앞세워 난다왕조의 전복을 꿈꾼 이상가이기도 했다.

짠드라굽따와 의기투합한 또 한 명의 인물은 장수 짜라나비슈누였다. 청년 짠드라굽따는 딱시쉴라를 점령한 마케도니아 대왕인 알렉산더의 진영을 자주 드나들었다. 그런데 짠드라굽따는 알렉산더의 명예를 훼손했다고 하여 하옥됐다가 사형당할 위기에 처하고 말았다. 알렉산더에게 불경죄를 저지른 것은 사실이었다. 까우띨리야가 하늘의 별자리를 보고 예언한 바를 알렉산더의 신하들에게 말하고 다녔기 때문이었다. 알렉산더는 수년 안에 딱시쉴라를 떠날 수밖에 없고, 마케도니아로 가는 도중에 병사하리라는 예언을 퍼뜨리고 다녔던 것이다. 이는 알렉산더가 거느린 동방원정군의 사기를 떨어뜨리기 위한 까우띨리야의 은밀한 심리전이었다.

이때 감옥에 갇힌 짠드라굽따를 구출해 준 인물이 바로 장수 짜라나비슈누였다. 그 역시도 알렉산더의 부하가 되기는 했지만 마음속으로는 늘 딱시쉴라의 해방을 꿈꾸었던 청년 장수였다. 그는 한밤중에 옥문지기를 단칼에 죽이고 짠드라굽따를 구출한 공로에다 난다왕국을 무너뜨릴 때 알렉산더의 동방원정군을 물리쳐야 한다는 대의명분으로 소국의 왕들을 설득시킨 인물이었다. 그래서 소국의 왕들은 덕행으로 짠드라굽따의 대업(大業)을 도운 인물이라 하여 그를 짜라나비슈누라고 불렀다.

아무튼 딱시쉴라 출신의 까우띨리야는 브라만이었고, 삡팔라바나국에서 온 짠드라굽따는 끄샤뜨리야였다. 두 사람은 천민 계급이 아니라는 공통점이 있어 바로 의기투합할 수 있었다. 대국인 마가다국을 무너뜨리기는 했지만 천민이 세운 난다왕국에 대한 거부감이 컸던 것이다. 난다왕국을 세운 수드라 출신의 천민 마하빠드마의 부하가 된다는 것은 상상조차 할 수 없었다. 하늘의 신들로부터 허락받은 귀족계급으로서 자존심이 허락하지 않았다.

해가 기울 무렵, 빈두사라왕의 친위대 코끼리부대는 딱사쉴라성으로 거침없이 돌진했다. 기마부대를 앞세운 알렉산더의 동방원정군을 여지없이 격퇴시켰던 코끼리부대의 공격이었다. 바윗덩어리가 구르듯 거대한 코끼리가 밟고 지나가는 곳은 쑥대밭이 되었다. 알렉산더가 남기고 간 반란군의 장창(長槍)은 코끼리 앞에서는 무용지물이었다. 장창을 든 군사들은 코끼리에게 밟히어 배가 터지고 팔다리가 떨어져 나갔다. 비명을 지를 사이도 없이 처참하게 시신으로 나뒹굴었다. 코끼리를 탄 빈두사라왕은 선두에서 긴 칼을 휘두르며 소리쳤다.

"반란자들을 처단하라! 협조한 성민들도 처단하라!"

친위대를 뒤따르는 빈두사라왕의 군사는 성안의 건물에 불을 질러 숨어 있는 성민들을 불태워 죽였다. 손을 들고 나오는 성민들도 가차 없이 살해했다. 전투라기보다는 일방적인 공격이었다. 살육전은 초승달이 뜰 무렵 극에 달했다. 딱사쉴라 거리는 피냄새가 진동했다. 빈두사라왕은 잔인함으로 자신의 존재를 증명하듯 군사들을 지휘했다. 반란수괴가 벌이고 있던 연회장은 피의 난장판으로 바뀌었다. 무희들과 악사들은 도망치다가 칼에

찔려 죽었고, 반란수괴 부하들의 목은 가차 없이 잘려나갔다.

"시신의 목을 잘라 광장에 쌓아두라. 딱사쉴라의 귀신도 두려움에 떨게 하라."

초승달이 지고 나서야 빈두사라왕은 살육을 멈추었다. 선봉장이 빈두사라왕에게 보고했다.

"대왕님이시여, 반란수괴를 아직 생포하지 못했습니다. 그러나 외부로 나가는 길에 군사를 배치했기 때문에 멀리 도망치지는 못했을 것입니다."

"반란수괴를 잡을 때까지 나는 딱사쉴라의 반란자들을 죽일 것이니라. 날이 샐 때까지 더욱 철저히 수색해서 체포하라."

"예, 명령대로 하겠습니다."

자정 무렵이었다. 다르마는 왕비 군막에서 피 냄새를 풍기는 빈두사라왕을 맞이했다. 빈두사라왕의 갑옷과 투구는 온통 붉은 피로 얼룩져 있었다. 빈두사라왕은 어제의 빈두사라왕이 아니었다. 손에 피를 묻힌 악마로 변해 있었다. 다르마는 두려움에 떨었다. 빈두사라왕이 항아리 물에 손을 씻고는 말했다.

"반란수괴를 생포했어야 단잠을 잘 텐데 몹시 아쉽소."

빈두사라왕이 차고 있는 칼집도 피가 번져 숫제 붉었다. 빈두사라왕이 갑자기 다르마의 볼록한 배를 만지며 말했다.

"왕자는 잘 있소?"

"왕자가 놀란 것 같아요."

"다르마가 놀란 것 아니오?"

"왕자가 꿈쩍을 안 하고 있어요. 놀라면 그렇답니다."

빈두사라왕은 꼬무락거리는 생명이 아니라 단단한 나무토막을 만지는 듯한 기분이 들었다. 빈두사라왕이 손을 떼면서 말했다.

"왕자가 이럴 때도 있소?"

"어제 보았던 대왕님이 아닌 것 같아서 그런가 봐요."

"허허허."

빈두사라왕은 씁쓸한 웃음을 흘리며 왕비 군막을 나갔다. 나가면서 한마디 했다.

"내일부터는 딱사쉴라로 들어가니 고생을 덜 할 것이오."

다르마는 한마디 하려다가 입을 꾹 다물고 말았다. 그러나 그 한마디는 계속 머릿속에서 지워지지 않았다.

'손에 피를 묻히어 왕자가 더 이상 놀라지 않게 해줘요.'

다르마는 딱사쉴라로 따라온 것을 처음으로 후회했다. 피 묻은 갑옷을 입은 빈두사라왕의 잔영이 사라지지 않아 밤새 진저리를 쳤다. 그럴수록 사철 꽃이 피는 빠딸리뿟따성의 궁중 정원이 보고 싶고 자애롭게 흐르는 강가강과 고향 짬빠성이 그리웠다. 다르마는 태어날 왕자에게 선하고 좋은 것만 보여주고 싶었다.

이윽고 다르마는 침상에 앉아서 배 속의 왕자가 평화로운 빠딸리뿟따에서 태어나기를 원한다고 기도했다. 피로 얼룩진 반란의 땅에서 태어난다면 왕자에게도 결코 좋은 리가 없을 것 같았기 때문이었다. 그러나 날카로운 까마귀 울음소리가 기도를 방해했다. 끼사락슈미가 왕비 군막으로 들어와서 말했다.

"밤새 잘 주무셨어요?"

"왕자가 한동안 움직이지 않았어. 마치 딱딱한 나무토막 같았어."

"지금은요?"

"발로 나를 툭툭 차고 그래. 끼사락슈미를 보니 기분이 더 좋은가 봐."

"경계병들이 말하는 소리를 들었는데 반란군을 진압했다고 해요."

"대왕님이 말씀하셨어. 오늘은 딱사쉴라로 들어간대. 그러니 궁녀들에게 전해줘. 가져온 물품들을 잘 챙기라고."

그때 군수부대 장수가 외치는 소리가 들려왔다.

"이동한다, 딱사쉴라성으로!"

군수부대는 전투부대가 아니었다. 코끼리가 이끄는 수레 등을 이용해 군수물자를 나르는 부대였다. 후방을 방어하면서 군수물자를 전투부대에 공급하는 것이 군수부대의 주요 임무였다. 군수부대 장수도 빈두사라왕의 심복이었다. 군수부대 군사들은 산자락 군막들을 철거하기 시작했다. 남쪽 멀리서 연기가 피어올랐다. 딱사쉴라를 함락시켰다는 신호였다. 군수부대 군사가 이동하려고 준비태세에 들어갔다.

왕비가 탄 코끼리를 앞뒤에서 호위하는 임시 친위대가 먼저 움직였다. 임시 친위대는 허리에 긴 칼을 두 개나 찬 군수부대 정예군사들이었다. 날씨는 빠딸리뿟따와 흡사했다. 산등성이 곳곳에 피어난 분홍빛깔의 살구꽃이 더없이 화사했다. 소와 양들은 파릇하게 막 돋아난 풀들을 맛있게 뜯어 먹고 있었다. 산등성이 초원은 평화롭기만 했다. 다르마는 가마 창을 활짝 열고 이른 봄날의 공기를 들이마셨다.

그러나 딱사쉴라에 도착하자 목가적인 풍경은 살벌하게 돌변했다. 시신이 타는 누린내에 불타는 건물에서는 비명소리가 들리는 듯했다. 아직도 반란군을 색출하는 작전은 덜 끝난 것 같았다. 빈두사라왕이 묵는 행궁만 온전할 뿐 대부분의 건물은 지진이 난 듯 불타버렸거나 무너져 있었다. 다르마는 빈두사라왕을 보고 또 놀랐다. 빈두사라왕의 두 손에는 붉은 피가 묻어 있었다. 또다시 배 속의 왕자가 딱딱한 나무토막처럼 움직이지 않았다.

아소까 탄생

딱사쉴라는 예전의 평화를 되찾았다. 빈두사라왕의 군사는 자신들이 파괴한 성안의 건물들을 복구하느라 밤낮 가릴 것 없이 땀을 흘렸다. 그런 모습이 소문나자 성 밖으로 피신했던 성민들이 무리 지어 돌아오기 시작했다. 반란에 협조하지 않았던 명망가들도 하나둘 나타났다. 빈두사라왕이 딱사쉴라에 들어온 지 두 달만이었다.

다르마는 브라만 제관 칼라따까를 불렀다. 그런데 그는 말이 많은 사람이므로 조심해야 했다. 다르마가 칼라따까를 부른 이유는 반란자들을 응징하는 빈두사라왕의 마음을 돌려놓기 위해서였다. 칼라따까는 막 기도를 마친 듯 흰옷 자락을 너풀거리며 왕비 처소로 왔다.

"왕비님이시여, 부르셨습니까?"

"제관께 부탁드릴 일이 있습니다."

"말씀하십시오."

"제관께서 대왕님을 잘 보좌하여 딱사쉴라에 평화가 찾아온 것 같습니다. 그래서 부탁드리려고 하는 것입니다."

"맹세합니다. 왕비님의 청이 이루어지도록 힘껏 노력하겠습니다."

"요즘도 가끔 대왕님께서 칼에 피를 묻히고 들어오는 날이 있습니다. 머지않아 왕자를 출산하게 될 저는 몹시 불안하기만 합니다."

"아, 무슨 말씀인지 알겠습니다. 왕비님, 감축드립니다."

칼라따까는 다르마에게 합장하면서 말했다.

"왕자님 탄생을 축복하는 최상의 방법은 기도이지 칼이 아니라고 말씀드리겠습니다. 왕자님이 태어나시면 감옥에 갇힌 자들을 모두 풀어달라고 말씀드리겠습니다."

"감사합니다."

"왕비님은 참으로 자애로우신 분입니다. 용서는 칼보다 더 위대한 법입니다."

다르마는 미처 생각하지 못한 용서까지 말한 칼라따까가 고마웠다. 그가 나간 뒤 끼사락슈미를 불러 말했다.

"제관을 만나 얘기해 보니 소문하고는 다르구나. 제관의 마음속에도 평화가 있어."

"조심하셔야 해요. 그분은 이쪽에서 하는 말하고 저쪽에서 하는 말이 다르다고 하니까요."

"완벽한 사람이 어디 있겠니? 그러니 눈감아 줄 때도 있어야 해."

"왕비님은 너무 믿어버리는 것이 탈이에요."

"제관의 말을 믿어보자꾸나. 어쨌든 대왕님의 신임을 가장 많이 받는 신하 중에 한 분이니까."

다르마는 끼사락슈미를 달랬다. 끼사락슈미는 영리하여 다르마에게 합당한 조언을 해줄 때가 많았지만 쓸데없는 걱정을 안겨준 적도 더러 있었던 것이다. 그래도 끼사락슈미는 무엇이든 믿어버리는 다르마의 허술함을 보완해 주곤 했던 가장 신뢰할 수 있는 심복 시녀였다. 뿐만 아니라 이발소에서 힘든 시절을 보냈을 때 동고동락했던 동지이기도 했다.

"대왕님의 분노가 풀리셨다면 왕비님의 청이 받아들여질지도 모르겠네요."

"그래, 딱사쉴라에 평화가 정착했으면 좋겠어. 하루빨리 빠딸리뿟따로 떠나고 싶어."

그날 밤 모처럼 왕비 처소로 온 빈두사라왕이 만면에 웃음을 띠며 말했다.

"희소식이오. 반란수괴가 은신해 있는 동굴을 알아냈소."

"딱사쉴라에는 봄이 왔는데 또 피바람이 불겠군요."

"왕비, 넘겨짚지 마시오. 나는 칼라따까의 충언을 따르기로 했소. 그를 생포하면 하옥시켰다가 진실로 반성하면 살려줄 생각이오."

"칼라따까 제관의 말이 옳아요. 대왕님께서는 딱사쉴라 성민들의 마음까지 얻는 승리자가 될 거예요."

"어쨌든 나는 내일 반란수괴를 체포하러 딱사쉴라를 떠날 것이오."

"대왕님 뜻대로 되기를 기도하겠어요."

다르마는 빈두사라왕에게서 평온한 모습을 발견하고는 기뻤다. 빈두사라왕은 반란수괴를 생포해야만 자신의 임무가 끝난다고 여기는 것 같았다. 반란수괴가 은신해 있는 동굴을 발견한 것만으로도 빈두사라왕은 흡족해했다. 동굴에 숨어 있다는 것을 고발한 사람은 반란수괴의 참모였다. 어젯밤에 반란수괴의 참모가 빈두사라왕을 찾아와 밀고했던 것이다. 빈두사라왕은 반란수괴의 참모에게 즉시 포상을 명했다. 딱시쉴라성 밖의 4요자나 땅을 다스릴 수 있는 지배권을 주었는데 아주 드문 일이었다.

다음 날. 빈두사라왕은 선봉대를 앞세우고 반란수괴가 은신한 동굴로 향했다. 동굴은 딱시쉴라 서북쪽 산악의 깎아지른 절벽에 있었다. 절벽은 대규모의 군사가 접근할 수 없는 지형이었다. 그러나 선봉대의 군사들은 절벽으로 난 외길을 원숭이처럼 접근해 갔다. 반란수괴는 빈두사라왕의 군사 공격을 눈치채지 못했다. 아무런 저항이 없었다. 선봉대는 쉽게 동굴 입구에서 침투조를 짰다. 빈두사라왕은 후방에서 지켜볼 뿐 직접 생포 작전에 참여하지는 않았다. 아슬아슬한 절벽의 동굴이기 때문에 위험부담이 컸던 것이다.

잠시 후 동굴 입구에서 연기가 피어오르고 붉은 깃발이 펄럭였다. 생포작전이 성공했고 작전을 끝낸다는 신호였다. 반란수괴라 하여 긴장했지만 작전 시간은 의외로 짧았다. 반란수괴가 자포자기했기 때문이었다. 빈두사라왕의 침투조 군사를 보는 순간 두 손을 들었던 것이다. 그는 시중을 드는 두 명의 여인과 함께 있었다. 반란수괴는 눈을 가린 채 빈두사라왕 앞에 끌려와 무릎을 꿇었다. 두 여인은 선봉장이 다른 장소로 데리고 갔다. 빈두사라왕이 부드럽게 말했다.

"솔직하게 말하라. 너는 물론 저 여인들도 죽이지는 않을 것이니라."

"구차하게 살기를 원하지 않소. 다만 저 여인들은 죄가 없으니 목숨만은 살려주시오."

"딱시쉴라는 마우리야왕국의 영토인데 어째서 반란을 일으켰는가?"

"빠딸리뿟따에서 파견 나온 신하들의 횡포가 너무 심했소. 세금이 불어나 도둑질해서 내야 할 형편이 되었소. 성민들의 원성이 자자했소. 내가 반란에 나섰다기보다는 성민들이 나를 왕으로 추대했소."

"반란에 협력하지 않은 사람들은 왜 죽였는가? 반란을 정당화시키지 마라."

"그들은 딱시쉴라에서 분열을 일삼는 자들이었소."

"분열은 너희들이 했느니라. 딱시쉴라는 원래 잠부디빠(옛 인도) 땅이 아니었느냐. 그런데 너희들은 알렉산더에 대한 향수를 버리지 못하고 분열을 일삼았느니라."

"우리들은 알렉산더가 남긴 군사를 몰아냈소. 그러니 딱사쉴라를 지켜낸 공이 있소."

"수괴답게 함부로 지껄이는구나. 너희들에게 협조하지 않은 딱사쉴라 사람이야말로 침략자 알렉산더를 인정하지 않는 진정한 잠부디빠 백성이 아니겠느냐."

반란수괴는 빈두사라왕의 말에 입을 다물었다. 이윽고 선봉장이 동굴에서 반란수괴로부터 압수한 칼을 빈두사라왕에게 바쳤다. 빈두사라왕은 칼에 새겨진 명문을 보고는 반란수괴의 것임을 확인했다. 칼에는 알렉산더가 부하들에게 한 말이 새겨져 있었다.

'두려움을 정복한 자, 그는 이 세상도 정복하리라.'

알렉산더가 한때 정복했던 딱사쉴라에서 물러가던 중에 누군가에게 하사한 칼이 분명했다. 칼을 챙긴 빈두사라왕이 매우 흡족해하면서 선봉장에게 반란수괴를 압송하라고 지시했다.

"저자를 딱사쉴라 감옥에 가두거라."

반란수괴가 눈앞에서 사라지자 빈두사라왕이 또다시 선봉장에게 명했다.

"이제야 딱사쉴라에 평화가 왔다. 군량미를 풀어 배고픈 성민들에게 나누어 주거라."

빈두사라왕은 반란이 종식되었다는 것을 군사들 앞에서 정식으로 선포했다. 반란수괴를 생포한 데다 수괴의 칼까지 획득했으므로 더 이상의 긴장은 필요 없었다. 산불로 치자면 숨어 있는 잔불까지 다 끈 셈이었다. 성문 밖까지 딱사쉴라 성민들이 나와 빈두사라왕의 군사를 환영했다. 두 달 전까지만 해도 딱사쉴라 왕으로 섬겼던 반란수괴에게 누군가가 돌을 던졌다. 한두 명이 선동하자 여러 명이 합세했다.

"저놈이 우리 잠부디빠 사람의 영혼을 마케도니아 왕에게 팔아먹었소!"

그러나 선봉대 군사들이 반란수괴를 감쌌다. 감옥에 가두어놓은 뒤 신문할 것이 더 남아 있었기 때문이었다. 그제야 사람들이 투석을 멈추었다. 딱사쉴라 성안은 잔치 분위기로 바뀌었다. 군수부대 장수가 빠딸리뿟따에서 가져온 술과 군량미를 나누어 주도록 군사들에게 지시했다. 축제 분위기는 밤낮으로 여러 날 이어졌다. 짠드라굽따를 도왔다가 피신했던 늙은이들이 하나둘 지팡이를 짚고 나타났다. 모두가 늙은 목동들이었다. 짠드라굽따는 소와 양을 치는 이들의 우두머리였던 것이다. 목동 가운데 한 명이 빈두사라왕에게 슬픈 소식을 전했다.

"까우띨리야께서는 우리 목동들 곁에서 병사했습니다. 목동들은 시신을 태우고 난 재를 인두강에 뿌렸사옵니다."

"딱사쉴라에는 의원들이 많을 텐데 어째서 그대들 곁에 있었단 말인가?"

"까우띨리야께서는 알렉산더가 남기고 간 흔적을 몹시 경멸했사옵니다."

"오, 까우띨리야 대신처럼 딱사쉴라를 사랑했던 분은 아마도 없을 것이오."

"그분이 돌아가신 날 우리 목동들은 하늘이 무너지는 것 같은 슬픔에 잠겼사옵니다."

"짜라나비슈누 소식은 듣지 못했는가?"

"짜라나비슈누 장군은 딱사쉴라에서 행방불명이 되었습니다. 반란수괴 왕에게 협조하지 않는다는 죄목으로 굶겨 죽였다는 소문이 돌았습니다만, 우리 눈으로 보지 않아서 뭐라고 단정해 말씀드릴 수는 없습니다."

목동들이 돌아간 뒤 빈두사라왕은 행궁으로 들어가 소리 내어 통곡했다. 브라만 까우띨리야는 아버지 짠드라굽따의 동지이자 스승이었지만, 빈두사라왕에게는 왕자 수업을 시킨 교사였다. 어린 시절에는 산스끄리뜨어를 외우고 읽는 방법과 수학을, 10세가 넘어서는 천문, 점성, 의술, 통치술을 가르쳤던 것이다. 반면에 젊었던 짜라나비슈누는 검술과 궁술, 말타기와 코끼리 타기 등 주로 무예를 가르쳤는데, 까우띨리야와 짜라나비슈누는 왕자 빈두사라에게 있어서 쌍두마차나 다름없었다. 빈두사라왕은 짜라나비슈누의 행방이 궁금해 견딜 수 없었다. 칼라따까 제관에게 기도를 부탁했다.

"칼라따까 제관이여, 인두강으로 나가 기도를 해보시오. 짜라나비슈누를 다시 만날 수만 있다면 이보다 더 큰 기쁨은 없을 것이오."

빈두사라왕의 지시를 받은 칼라따까는 날마다 인두강으로 나가 기도를 했다. 한 달 보름쯤 되었을 때에야 칼라따까는 하늘의 대답을 들었다. 그는 즉시 빈두사라왕에게 달려갔다.

"대왕이시여, 짜라나비슈누 대신은 딱사쉴라를 떠난 적이 없다는 하늘의 대답을 들었사옵니다."

"딱사쉴라에 남아 있다면 누군가는 보았을 것이 아니오? 아무도 본 사람이 없으니 이상한 일이오."

"대왕님이시여, 불행한 일입니다만 어쩌면 반란수괴가 처형한 뒤 우물 감옥에 빠뜨려 버렸는지도 모르겠습니다."

빈두사라왕은 벌떡 자리에서 일어나 발을 동동 구르면서 허둥댔다. 우물 감옥은 성문 안에 있었는데 수백 걸음 깊이여서 죄인을 던져 넣으면 영원히 살아나올 수 없었다. 빠딸리뿟따성의 우물 감옥도 신하들뿐만 아니라 성민들에게 공포의 상징이었다. 빈두사라왕은 선봉장을 불러 명했다.

"반란수괴를 불러 문초하시오. 짜라나비슈누 행방을 대라고 말이오. 만약에 그가 짜라나비슈누를 처형했다면 이보다 비통한 일이 어디 있겠소? 선봉장은 수괴의 목숨을 생각하지 말고 고문해서 반드시 자백을 받아내시오."

빈두사라왕은 선봉장에게 반란수괴의 목숨을 맡긴다고 명했다. 다르마가 이제는 용서하라고 애원했지만 빈두사라왕은 자신의 스승을 죽인 반란수괴를 극형에 처하지 않을 수 없었다.

"반란수괴가 악행을 저질렀다면 우물 감옥도 아까우니 시신을 갈기갈기 찢어 산악에 버리시오. 독수리의 밥이 되게 하시오."

선봉장은 즉시 반란수괴를 불러 고문을 시작했다. 반란수괴는 고문을 한 지 며칠 만에 이실직고했다. 칼라따까의 짐작대로 짜라나비슈누가 협조할 수 없다고 버티자 목을 자른 채 우물 감옥에 던져버렸다는 자백을 받아냈다. 왕비 처소에서 보고를 받은 빈두사라왕은 또다시 통곡했다. 다르마는 빈두사라왕이 왜 통곡하는지 모르고 위로했다.

"대왕님이시여, 왕자가 곧 태어날 것 같사옵니다. 꽃이 피어나는 봄날, 가장 좋은 날에 왕자가 태어날 것 같사옵니다."

"아, 이 무슨 조화인가?"

빈두사라왕은 알 듯 모를 듯한 혼잣말을 하면서 밖으로 나갔다. 끼사락슈미는 궁녀들을 모아놓고 조심스럽게 움직였다. 성수를 떠 온 궁녀, 마른 천을 준비해 온 궁녀, 딱사쉴라 외곽에서 데려온 늙은 산파 등이 왕비 처소 밖에서 대기했다. 빈두사라왕은 칼라따까 제관에게 기도를 부탁했다. 빈두사라왕이 왕비 처소 뒤쪽에서 슬퍼하고 있자 칼라따까가 말했다.

"대왕님이시여, 행복과 불행은 같이 붙어 다닌다고 했습니다. 아침에는 짜라나비슈누의 비보를 들었지만 낮에는 왕자님이 태어날 것이라는 낭보를 듣고 있습니다. 어쩌면 왕자님은 덕행과 무재(武才)를 겸비한 짜라나비슈누의 환생인지도 모르겠습니다."

그제야 빈두사라왕의 얼굴이 조금 밝아졌다. 태어나는 왕자를 통해서 자신이 존경했던 짜라나비슈누의 모습을 볼 수 있다는 말에 위로를 받은 듯했다. 다르마는 약간의 산통 끝에 큰 고통 없이 능숙한 산파의 손놀림으로 왕자를 출산했다. 갓난아기 왕자는 구름을 벗어난 달처럼 나타나 빈두사라왕과 다르마 왕비의 근심을 잊게 해주었다. 이레 동안이나 보기만 해도 웃게 하는 행복을 선사했다. 빈두사라왕은 다르마 왕비와 칼라따까 제관과 상의하여 갓난아기 왕자 이름을 아소까로 지었다. 아소까란 '근심이 없다(無憂)'는 뜻이었다.

스승을 찾다

빠딸리뿟따성으로 돌아온 빈두사라왕은 예전과 같이 평상심을 되찾았다. 그의 눈에서는 살기가 사라졌고 손에 피를 묻히는 잔혹한 일도 없었다. 딱사쉴라가 평온해지니 마우리야왕국에 복속된 옛 소국들은 사신을 정기적으로 보냈으며 조공의 예를 각별하게 갖추었다. 오직 동남쪽 변방의 깔링가국만 조공의 가짓수를 마음대로 줄이는 등 빈두사라왕의 신경을 은근히 곤두서게 했다. 그렇다고 빈두사라왕은 군사를 동원해 정복전쟁을 치를 수도 없었다. 전쟁을 한 번 치르고 나면 승패를 떠나서 국력 손실이 상상 이상으로 컸다. 깔링가국은 보병 6만 명, 기병 1천명, 코끼리부대의 전투코끼리 7천 마리를 보유한 작지만 강한 나라였다. 보병 60만 명과 2만 마리의 전투코끼리를 거느린 마우리야왕국에 비한다면 보잘것없는 전력이었지만 잘 훈련받은 깔링가국 군사들은 용맹했고 무엇보다 왕에 대한 충성심이 강했다.

뿐만 아니라 빈두사라왕은 외교를 생각하지 않을 수 없었다. 깔링가국이 고다와리강 아래쪽의 쫄라국과 연합하는 동맹관계를 막아내는 외교도 중요했다. 쫄라국이야말로 벵골만을 누비고 다니는 해양 강국이기 때문이었다. 그러니 눈엣가시 같지만 깔링가국 왕을 살살 달래가면서 이익과 실리를 도모하는 수밖에 없었다. 선왕 짠드라굽따 때도 다른 소국들과 달리 깔링가국만은 그렇게 상대했던 것이다.

빈두사라왕의 꿈은 왕자들을 잘 교육시킨 뒤, 언젠가 옛 소국을 다스리는 부왕으로 보내는 것이었다. 특히 자신의 왕위를 이을 왕세자는 반란이 잦은 딱사쉴라나 반골 기질이 강한 깔링가국으로 보내 자질을 시험하면서 통치를 경험시킬 작정이었다. 때문에 빈두사라왕은 왕자들을 교육시킬 좋은 선생을 찾는 일에 전념했다. 뼁갈라바뜨사는 병들어 더 이상 역할을 하지 못하고 짬빠성으로 돌아가 버린 상태였다. 브라만 칼라따까 제관이 있지만 그는 너무 브라만 전통만 강조했다. 빈두사라왕은 초조했다. 강가강으로 기도하러 나가려는 칼라따까를 붙잡아 놓고 말했다.

"칼라따까 제관이여, 아직도 왕자를 교육시킬 선생을 찾지 못했소?"

"자이나고 수행자나 아지비까교 구루만 찾으라고 하시니 한계가 있습니다."

"나는 어린 시절에 까우띨리야 대신을 만나 참으로 많은 것을 배웠소. 어찌 그뿐이겠소. *끄샤뜨리야* 무사 신분의 짜라나비슈누 장군도 만나 병법을 배웠소. 어찌 이런 인물들이 우리 마우리야왕국에 없다는 말이오?"

칼라따까는 기도 중에 브라만교와 아지비까교, 자이나교가 지는 해 같고 반면에 불교는 뜨는 해처럼 다가오는 기운을 느꼈지만 차마 말을 못 했다. 마우리야왕국에서 불교는 아직 낯선 종교였다. 더구나 불교는 깔링가국 사람들 대다수가 믿는 종교였다. 브라만이 대접받지 못하는 나라가 깔링가국이었다. 때문에 빈두사라왕은 깔링가국 이야기만 나오면 그곳의 왕을 경멸하고 무시했다.

"말해보시오. 우리가 빠딸리뿟따로 돌아온 지 벌써 3년이 지났소. 왕위를 이을 수시마는 강가강으로 나가 뱃놀이나 하고 있소. 탁월한 선생을 구하지 못했기 때문이오."

"대왕님이시여, 조금만 더 기다리시면 까우띨리야 같은 훌륭한 선생이 수행자들 중에서 나타날 것입니다. 원래 수행자란 태평성대 평화의 시기에는 은거수행을 하는 법이어서 찾기가 힘든 것입니다."

"그렇다면 나의 시대가 평화의 시기란 말이오?"

"전쟁이 사라졌기 때문에 지금은 평화의 시기입니다."

"제관의 말이 맞는 것도 같소."

"대왕님이시여, 현명하십니다. 평화의 시기라고 해서 왕자님들 교육을 소홀히 해서는 아니 됩니다. 평화가 유지되려면 대왕에서 천민에 이르기까지 각자의 직분에 충실해야 하옵니다."

"마우리야왕국을 세우신 나의 할아버지 대왕 짠드라굽따 시절에 까우띨리야와 짜라나비슈누가 출현해 난다왕국을 멸망시키기 위해 날마다 전투를 벌이시던 할아버지를 열정적으로 도왔소. 그들은 나까지 가르쳤던 대신들이었소.”

칼라따까는 까우띨리야 말만 나오면 반색을 했다.

“까우띨리야 대신도 독실한 브라만교 제관이었사옵니다. 브라만교를 신봉하십시오.”

짠드라굽따가 뻽팔라바나국에서는 불교적 분위기 속에서 자랐지만 딱시쉴라로 가서 까우띨리야를 만난 뒤부터 브라만교를 신봉했던 것은 사실이었다. 그러나 그는 말년 무렵 나라에 기근이 들어 수많은 백성들이 굶어 죽자 자신의 무능을 자책하며 자이나교에 귀의, 출가한 뒤 수행자로서 단식 끝에 생을 마감해 버렸다.

“나는 어느 종교에도 빠지고 싶지 않소. 브라만교나 자이나교나 아지비까교나 나라에 도움이 된다면 거부할 이유가 없는 것이오. 그래서 빠딸리뿟따성에는 여러 종교의 수행자들이 들어와 나의 공양을 받고 있는 것이오.”

빈두사라왕의 말은 옳았다. 빠딸리뿟따성에는 여러 종교의 수행자들이 자유롭게 드나들었다. 내성으로 들어와 빈두사라왕의 공양을 받았다. 불교 수행자들만 성 출입을 꺼려했는데, 어떤 불교 수행자는 공양만 받고는 곧 외성으로 나가버렸다. 칼라따까가 갑자기 머리를 조아리며 말했다.

“제 입으로 말씀드리기 어렵습니다만, 기도 중에 불교 수행자들이 자꾸 떠오르옵니다. 이는 대왕님께서 불교 수행자와 인연을 맺을 것이라는 암시이기도 합니다."

"불교 수행자라도 왕자를 잘 교육시킨다면 무슨 문제가 있겠소? 그런 수행자를 보았소? 명성이 있는 수행자라면 데리고 와보시오."

"대왕님이시여, 아직 보지 못했습니다만 지금부터 바로 찾아보겠습니다."

빈두사라왕은 자이나교 수행자가 된 아버지 짠드라굽따를 배신하는 일이었지만 칼라따까에게 불교 수행자라도 찾아보라고 지시했다. 자신이 불교 수행자를 경멸하는 것은 깔링가국에 대한 반감 때문이었지 다른 이유는 없었다. 실제로는 종교를 차별하는 자신의 태도에 회의를 느낀 적도 있었다.

아버지 짠드라굽따는 불교 신자들이 많았던 삡팔라바나국 출신이었다. 삡팔라바나국은 꼬살라국 위두다바왕이 까삘라성을 공격했을 때 도망친 사끼야(석가)족을 받아들인 히말라야 산 속의 마우리야족이 세운 나라였다. 그런 역사를 알면서도 짠드라굽따는 딱사쉴라로 가서 브라만교를 믿고 말년에는 자이나교 수행자가 되었던 것이다.

삡팔라바나국은 마우리야왕국보다 더 오래된, 고따마 붓다 시절 집안에서 공작새를 기르던 마가다국 북쪽에 있는 소국이었다. 붓다가 꾸시나가라국에서 입적했을 때 삡팔라바나국 사신들이 다비식장에 늦게 도착하여 사리 대신 재를 가져가 회탑(灰塔)을 세운 일도 있었다. 꾸시나가라국에 이미 와 있던 마가다국 웨데히 왕비 아들 아자따삿뚜, 웨살리국 릿차비족 사신, 까삘라성 사끼야족 사신, 알라깝빠국의 불리족 사신, 라마가마국 꼴리야족 사신, 웻타디빠국 브라만 사신, 빠와국 말라족 사신, 꾸시나가라국 말라족 사신 등이 붓다의 사리를 8등분하여 나눠 가졌는데 사리 분배를 중재한 브라만 도나가 마지막 남은 사리를 병에 받았고, 뒤늦게 온 삡팔라바나국의 마우리야족 사신은 숯덩이라도 그릇에 담아 가져갈 수밖에 없었던 것이다.

의자에서 일어나려던 빈두사라왕은 칼라따까를 불러 세웠다. 그가 웃으며 말했다.

"원래 우리 조상들은 관대했소. 삡팔라바나국의 마우리야족 조상들은 사끼야족이 피난 왔을 때 물리치지 않고 받아주었소. 뿐만 아니라 붓다의 재를 받아 큰 묘탑을 세운 일도 있었소. 그러니 내가 훌륭한 불교 수행자에게 왕자의 교육을 맡긴다고 해도 아주 이상한 일은 아니오."

"대왕님이시여, 오늘부터 두 눈을 부릅뜨고 찾아보겠사옵니다."

"엄격한 삥갈라바뜨사 구루가 없으니 수시마는 제멋대로 자라고 있소. 그래서야 어찌 마우리야왕국을 통치하겠소. 교육을 시키는 대신들에게 버릇없이 군다는 소문도 들리고 있으니 유념하시오."

"대신들을 궁에서 자주 보니 스스럼이 없어서 그럴 것이옵니다. 수시마 왕자님은 천성이 선한 왕자입니다. 너무 선해서 오히려 걱정입니다."

칼라따까의 말은 거짓이었다. 수시마가 대신들에게 함부로 대한다는 소문은 사실이었다. 칼라따까도 어린 수시마에게 모욕을 당한 일이 있었다. 브라만이 외는 베다를 가르치는 시간에 수시마가 갑자기 장난으로 칼라따까의 뺨을 쳤던 것이다. 이후 칼라따까는 앙심을 품고 수시마에 대해서 친한 신하들에게 은근히 나쁜 소문을 퍼뜨렸다.

'수시마가 나의 뺨을 때렸소. 장차 왕이 되면 나의 목을 칠지도 모르겠소. 아소까가 왕이 된다는 예언을 아지비까 수행자들한테 들었소. 그들의 예언을 믿는다면 우리는 아소까를 지지해야 하오.'

칼라따까의 말에 빈두사라왕은 수시마를 걱정했다.

"수시마가 선하다는 말은 맞소. 허나 왕은 때로는 잔인해야 한다고 까우띨리야 대신에게 배웠소. 다만 왕의 잔인함은 백성을 위해 써야지 왕 자신을 위해서 휘둘러서는 안 된다고 했소."

"대왕님의 통치술은 일찍이 까우띨리야 대신으로부터 배운 것인 줄 저도 알고 있었습니다."

실제로 까우띨리야만큼 빈두사라왕에게 영향을 끼친 인물은 없었다. 까우띨리야는 어린 빈두사라를 가르쳤다. 왕은 권력을 사용할 때 냉혹해야 한다고, 왕이 휘두르는 통치봉은 물고기의 세계처럼 약자가 모두 강자에게 잡아먹히는 약육강식이 횡횡하는 것을 막고자 함이라고, 왕이 행복하면 백성도 행복해지고 왕의 이익은 백성의 이익이라고, 다만 왕의 이익은 자신이 아니라 백성에게 좋은 것이 이익이라고 귀에 못이 박힐 만큼 들었던 것이다. 까우딸리야 교육의 또 다른 특징이 있다면 여러 종교의 수행자들에게 가르침을 받아 왕자가 우주와 세계, 인생을 알게 한다는 점이었다. 그래서 빈두사라왕은 빠딸리뿟따 내성에 여러 종교의 수행자들을 살게 했고 날마다 공양하는 전통을 지켜왔던 것이다. 빈두사라왕이 수행자들을 특별하게 존경해서가 아니라, 이유는 단 하나 왕자 교육을 위해 그래왔던 것이다.

그날 이후 칼라따까는 빈두사라왕에게 여러 명의 불교 수행자를 추천했다. 짧게는 서너 달에 한 번, 길게는 1년에 한 번 궁으로 데리고 와 소개했다. 빈두사라왕이 빠딸리뿟따성으로 돌아온 지 4년이 된 어느 날이었다.

"짬빠성에서 온 구루이옵니다. 다르마 왕비님의 고향에서 온 수행자인데 법력이 높다고 하옵니다."

"법력이 무엇이오?"

"전생을 보는 능력이거나 미래를 보는 능력을 뜻하옵니다."

"구루의 이름이 무엇이오?"

"목갈리뿟따띳사인데 비록 나이는 젊지만 한눈에 봐도 예사롭지가 않습니다."

"수시마를 가르치게 하시오."

칼라따까는 망설였다. 마음속으로 수시마의 스승이 되게

하고 싶지 않았다.

"무얼 망설이시오?"

"수시마 왕자님은 불교 수행자가 맞지 않을 것 같습니다."

"왜 그렇소?"

"수시마 왕자님은 라다굽따 제관을 따라서 강가강으로 나가 인드라 신에게 제사 지내는 것을 좋아하는데 불교에는 그런 의식이 없습니다. 그러니 수시마 왕자님은 불교 수행자에게 곧 흥미를 잃고 말 것입니다."

"수시마의 취향이 그러하니 라다굽따 제관을 계속 붙여주어야 할 것 같소."

라다굽따 제관은 인품이 원만한 브라만이었다. 어떤 왕자든 라다굽따를 싫어하지 않고 따랐다. 좀처럼 화를 내지 않는 성품에다 있는 듯 없는 듯 처신했기 때문에 왕궁 안에 적이 없었다. 그는 언제나 제관의 역할에 충실할 뿐이었고 빈두사라왕을 말없이 보필하는 데 만족했다. 직언하기를 꺼려하는 것이 단점이었지만 그래도 빈두사라왕은 안정감 있는 그를 신임해 항상 옆에 두고 조언을 구했다.

빈두사라왕은 칼라따까의 말에 양미간을 찌푸렸다. 수시마가 법력이 있는 목갈리뿟따띳사를 따르지 않을 것이라는 좀 전의 말에 실망했기 때문이었다. 그래도 빈두사라왕은 목갈리뿟따띳사를 만나고 싶어 아소까를 들먹였다.

"목갈리뿟따띳사를 어렵게 찾았을 텐데 아소까는 어떻소?"

이는 칼라따까가 내심 갈망하던 바였다. 그러나 그는 짐짓 딴청을 피웠다.

"어쩌면 아소까 왕자님도 불교 수행자를 싫어하실지 모르겠습니다."

"법력이 높다는데 또 어디서 그런 인물을 찾을 수 있겠소. 그러니 아소까가 싫어하든 말든 강제로 한번 맡겨보시오. 나는 왕비 별궁에서 구루의 법력을 한번 시험해 보겠소."

빈두사라왕은 칼라따까에게 3일 뒤 젊은 목갈리뿟따띳사를 다르마 왕비 별궁으로 데려오도록 지시했다. 그날부터 칼라따까는 긴장이 되어 안절부절못했다. 목갈리뿟따띳사에게 과거나 미래를 보는 법력이 있다고 추천했는데, 만약에 그렇지 못하면 자신의 처지가 난처해질 수도 있기 때문이었다.

3장

아소까 왕자의 스승

젊은 목갈리뿟따띳사가 삡팔라나무 그늘에서 가부좌를 틀었다. 삡팔라나무 잎들이 햇살에 반짝였다. 그늘에는 싱그러운 공기가 감돌았다. 다른 수행자들이 먼저 와서 자리를 잡았지만 목갈리뿟따띳사의 당당한 걸음걸이를 보고는 스스로 물러났다. 젊지만 그의 몸에서는 함부로 범접할 수 없는 빛이 나고 있었다. 종교가 다르더라도 수행자들끼리는 법력을 알아보는 법이었다. 목갈리뿟따띳사는 언제나 그 삡팔라나무 밑을 떠나지 않았다. 탁발할 때만 잠시 자리를 비울 뿐이었다. 다른 수행자들이 물이 담긴 토기 항아리를 놓고 갔다. 목갈리뿟따띳사가 손발을 씻고 양치할 물이었다. 칼라따까 제관이 목갈리뿟따띳사를 만난 곳도 바로 그곳이었다. 칼라따까 대신이 다가와 말했다.

"지난번에 약속한 대로 대왕님을 만나러 가야겠소."

"궁궐로 갑니까?"

"아닙니다. 왕비님 별궁으로 가 있으라는 대왕님의 분부를 받았습니다."

"좋소, 갑시다."

목갈리뿟따띳사는 자신이 앉았던 자리를 정리했다. 물건이

라고 해봐야 빈 토기발우 한 개, 물이 담긴 항아리 한 개, 담요로
도 사용하는 긴 숄 한 장, 몽당빗자루 한 개뿐이었다. 그의 걸음
걸이는 한결같았다. 빠르지도 느리지도 않았다. 마치 호흡을 하
듯 움직였다. 반개한 눈은 먼저 내디딘 그의 발끝에 가 닿아 있곤
했다. 실로 고요한 연못에서 연꽃이 피어나는 듯한 걸음걸이였
다. 칼라따까는 슬쩍슬쩍 엿보면서 혼잣말로 중얼거렸다.

'걸음마다 연꽃이 피는 것 같구나.'

칼라따까는 불교 수행자라도 제사를 지내는 브라만의 위의
(威儀) 못지않다는 것을 느꼈다. 내성을 드나드는 불교 사문을 수
소문했을 때 다른 수행자들이 왜 목갈리뿟따띳사를 지목했는지
알 만했다. 두 사람이 다르마 왕비 별궁에 도착했을 때 끼사락슈
미가 종종걸음으로 다가왔다. 칼라따까가 말했다.

"왕비님은 계시는가?"

"예, 하지만 대왕님은 아직 오시지 않았습니다."

"아소까 왕자님은 어디에 계시느냐?"

"왕자님은 후원에서 혼자 놀고 계십니다."

"그럼 우리는 대왕님이 오실 때까지 후원에 있겠다."

두 사람은 다르마 왕비 별궁 후원으로 돌아갔다. 아소까가
놀고 있는 모습이 보였다. 목갈리뿟따띳사가 물었다.

"제관이시여, 왕자님은 올해 몇 세이십니까?"

"왕비님 배 속에 있던 기간까지 합친다면 다섯 살입니다."

"글을 배울 시기가 됐군요."

"그래서 대왕님께서 스승을 찾고 있는 것입니다."

아소까는 두 사람이 다가가는 줄도 모르고 놀이에 빠져 있었다. 나뭇잎에서 푸르스름한 애벌레를 손으로 잡아 반반한 바위에 놓고 돌멩이로 짓이기곤 했다. 죽은 애벌레들이 한 줌은 되었다. 목갈리뿟따띳사는 움찔 놀랐다. 보통 어린아이들은 애벌레를 보면 질색을 하는데 아소까는 아무렇지 않게 잡아서 죽이고 있었다. 칼라따까가 말했다.

"왕자님, 놀이에 빠져 시간 가는 줄 모르고 있군요."

"점심 먹는 것도 잊어버렸어요."

"그래도 밥은 드셔야 건강을 유지하지요."

"밥 먹는 것보다 이 나쁜 애벌레를 죽이는 게 더 중요해요."

"나쁘다니요. 애벌레들이 커서 아름다운 나비가 된답니다."

"이 애벌레들이 나뭇잎을 갉아 먹는다고 시녀 누나가 알려주었어요. 그래서 애벌레를 죽이는 거예요."

목갈리뿟따띳사는 살생을 합리화시키는 어린 아소까의 대답에 할 말을 잃었다.

'아, 이 아이는 자비심이 부족하구나. 자비심을 싹트게 하려면 지혜의 씨앗을 심어주어야겠구나. 허나 세월이 흘러 스스로 깨우치지 않으면 불가능한 일이겠구나.'

목갈리뿟따띳사는 입을 다문 채 그대로 서 있기만 했다. 그러자 아소까가 물었다.

"처음 보는 이분은 누구예요?"

"왕자님께 산스끄리뜨어를 가르치실 분입니다. 대왕님께 소개해 드리려고 왔습니다."

"아버지께서 어머니 별궁으로 오십니까?"

"곧 오실 것입니다."

그제야 아소까가 손에 든 돌멩이를 던져버리더니 왕비 별궁으로 뛰어갔다. 머쓱한 표정으로 서 있던 목갈리뿟따띳사에게 칼라따까가 말했다.

"어린 왕자들이 천방지축입니다. 그래도 아소까는 얌전한 편입니다. 대왕님께서 애지중지하는 수시마 왕자는 제멋대로입니다. 인자한 라다굽따 제관이 아니면 그 누구도 수시마 왕자 옆에 있지 못할 것입니다. 열 살이 넘은 수시마 왕자가 장난으로 라다굽따 제관의 수염을 뽑았다는 소문이 있습니다."

"왕자도 왕자지만 가르치는 대신에게도 문제가 있습니다. 브라만 전통을 가르치는 일도 필요하겠지만 그보다 더 중요한 것은 왕자에게 밝은 지혜를 싹트게 해주어야 합니다. 우리 불교에서는 그것을 명지(明智)라 합니다."

그때 끼사락슈미가 달려왔다.

"제관님, 대왕님께서 오셨습니다."

두 사람은 끼사락슈미의 안내를 받아 별궁 접견실로 들어갔다. 접견실 맞은편 중앙에는 빈두사라왕이 큰 의자에 앉아 있었고, 좌측 작은 의자에는 다르마 왕비와 아소까 왕자가 앉아 있었다. 우측 두 개의 작은 의자는 칼라따까와 목갈리뿟따띳사가 앉을 자리였다. 칼라따까가 고개를 숙이며 말했다.

"대왕님이시여, 말씀드린 사문을 데리고 왔습니다."

"법력이 높다는 얘기를 들었소."

"대왕이시여, 저는 보잘것없는 사문 목갈리뿟따띳사라고 합니다."

"그동안 어디에 있었소?"

"웨살리 산속 동굴에 있었사옵니다. 대왕님께서 모든 수행자들이 내성에 살아도 된다고 허락하시어 지금은 대왕님께서 내리시는 공양을 받고 있사옵니다."

"수행자라면 공양받을 자격이 있소. 나는 수행자를 위해 하루에 한 번씩 반드시 공양을 올리고 있소."

칼라따까가 말했다.

"이분은 다르마 왕비님이오."

"저에게 왕자님을 맡겨주신다면 영광이옵니다."

"사문이시여, 아소까를 잘 가르쳐주십시오."

"대왕님의 공양을 받고 있는 사문으로서 도리를 다하겠습니다."

목갈리뿟따띳사가 앉은 채 두 손을 모아 합장했다. 목갈리뿟따띳사의 소개가 끝나자 빈두사라왕이 서둘렀다. 목갈리뿟따띳사의 법력을 직접 보고 싶었다. 빈두사라왕이 말했다.

"나에게는 나를 가르친 스승 까우띨리야 대신이 있었소. 왕자도 나의 스승 같은 현자를 만나게 하고 싶소. 나의 장자 수시마는 라다굽따 대신이 맡아 가르치고 있소."

"대왕님이시여, 라다굽따 제관은 인품이 자애로운 분이옵니다."

칼라따까가 라다굽따를 한껏 추켜세웠다. 그는 함부로 행동하는 수시마를 자신이 맡지 않고 있는 것을 행운으로 여겼던 것이다. 대신 빈두사라왕의 총애를 가장 많이 받고 있는 다르마 왕비의 아들 아소까를 맡고 싶어 했지만 그것은 빈두사라왕이 주저했다. 그 이유는 칼라따까가 너무 제사나 축제 같은 브라만 전통에 집착하기 때문이었다.

"나는 칼라따까 대신에게 아소까를 맡길 생각이었소. 하지만 제사 지내기에 바쁜 칼라따까 대신은 내게 사문을 특별히 추천해 주었소."

"대왕이시여, 저는 고따마 붓다의 가르침대로 살고 있는 수행자일 뿐입니다. 그러니 너무 큰 기대는 말아주십시오."

"사문의 법력이 크다는 소리를 들었소. 여기서 보여줄 수 있겠소?"

"황공합니다."

"아소까에게 특별한 전생이 있다면 그것은 무엇이오?"

뼁갈라바뜨사에게는 미래를 물었는데 목갈리뿟따띳사에게는 과거를 물었다. 불교와 아지비까교의 차이였다. 불교 사문은 과거와 현재를 말하고 아지비까교 수행자는 미래를 예언했다. 불교 사문이 미래를 말하지 않는 것은 현재의 행위가 미래를 만든다는 붓다의 가르침 때문이었다. 목갈리뿟따띳사는 다르마 옆에 조용히 앉아 있는 아소까를 부드럽게 응시한 뒤 말했다.

"왕자님께서는 전생에 쌓은 특별한 공덕이 있습니다."

"말해보시오."

빈두사라왕뿐만 아니라 다르마 왕비와 칼라따까가 목갈리뿟따띳사를 주시했다. 어린 아소까만 다른 데를 쳐다보고 있을 뿐이었다. 별궁 접견실 천장에 어른 손톱만 한 벌레 한 마리가 날았다. 아소까는 날아다니는 벌레를 두리번거리며 쫓고 있었다. 목갈리뿟따띳사는 바로 엊그제 일어났던 일처럼 아소까의 전생을 이야기하기 시작했다.

"고따마 붓다께서 아난다와 함께 성안으로 탁발하시러 가는 길에 소꿉장난을 하는 두 아이를 만났습니다…"

두 아이는 모두 귀족의 아들이었다. 키가 작은 아이 이름은 자야(Jaya)였고, 다른 아이는 위자야(Vijaya)였다. 두 아이는 흙으로 성을 만들고 성 가운데는 집과 창고를 지었다. 아이들은 창고에 보릿가루라고 하며 흙을 가득 쌓았다. 그때 제따와나(기원정사)를 나온 붓다가 그 옆을 지나가는데, 붓다 몸에서 나는 금빛이 성 안팎을 비추었다. 두 아이는 붓다의 밝은 빛을 보고는 놀랐다. 키가 작은 자야가 자신도 모르게 창고 안에 있는 흙을 보릿가루라고 하며 붓다께 공양을 올리려고 했다. 그런데 키가 작아 붓다의 발우에 손이 닿지 않았다. 이에 위자야가 엎드려서 자야가 자신의 등 위로 올라가 붓다 발우에 공양 올리는 것을 도왔다. 흙을 공양한 자야가 마음속으로 빌었다.

'어른이 되어서 공양할 때는 천지를 덮을 만큼 많이 하겠습니다.'

붓다는 아이가 마음속으로 하는 말을 들었다. 붓다가 옆에 따라오는 아난다에게 말했다.

"이 흙을 내 방 허물어진 곳에 바르거라."

제따와나로 돌아온 아난다가 붓다 방의 허물어진 곳에 흙을 다 바르고 나자 붓다께서 말씀하셨다.

"어린 두 아이가 내게 정성껏 흙을 공양했으니 그 공덕이 클 것이다."

목갈리뺏따띳사는 더 이상 이야기하지 않고 입을 다물었다. 아소까가 나중에 왕이 된다는 말은 빈두사라왕 앞에서 차마 할 수 없었다. 빈두사라왕은 목갈리뺏따띳사가 전생을 보는 눈이 있다는 것을 알고는 만족했다. 아소까의 스승이 될 수 있다고 판단했다. 그뿐이었다. 아소까가 받게 될 공덕에 대해서는 관심이 없었다. 빈두사라왕은 곧 별궁 접견실에서 일어났다. 별궁 접견실을 나서면서 한마디 했다.

"사문이여, 그대의 법력을 보았으니 나는 더 망설일 이유가 없소. 지금 바로 아소까의 스승이 되어 잘 가르쳐주기 바라오. 칼라따까 제관은 할 일이 있으니 앞서시오."

빈두사라왕과 칼라따까 대신이 나가고 나자 다르마 왕비가 미소를 지으며 고개를 좌우로 흔들었다. 목갈리뿟따띳사에게 무언가 더 들을 이야기가 있다는 표정이었다. 다르마 왕비가 말했다.

"아소까야, 나가 있으렴. 네 스승님과 할 이야기가 있단다."

"그렇지 않아도 끼사락슈미 누나가 이발소에 가자고 했어요."

아소까마저 나가버리자 접견실에는 침묵이 흘렀다. 다르마 왕비가 목갈리뿟따띳사를 주시하면서 먼저 침묵을 깼다.

"사문이시여, 아소까에 대해서 대왕님께 다 말씀드리지 않은 것 같습니다."

"그렇습니다."

"어서 말씀해 주십시오."

"왕비님께 말씀드리기 전에 먼저 한 가지를 묻겠습니다. 아까 아소까 왕자님이 애벌레를 죽이는 것을 보았습니다. 미래를 알고 싶다면 오늘 하는 행위를 보면 알 수 있는 것입니다. 아소까 왕자님의 미래가 걱정되어 말씀드리는 것이니 앞으로는 애벌레 한 마리라도 살생하지 못하게 해주십시오."

"아소까가 함부로 산 생명을 죽이지 않도록 할 터이니 말해 주세요."

그제야 목갈리뿟따띳사가 빈두사라왕에게 하지 않은 이야기를 마저 했다.

158

"왕자님은 왕이 될 것입니다. 삼보를 받드는 왕이 되어 팔만 사천 탑을 세울 것입니다. 이것은 소승의 예언이 아니라 부처님의 말씀입니다. 허나 왕이 된다고 소문나면 왕자님의 목숨이 위태로울 수도 있으니 조심하셔야 합니다."

다르마 왕비는 목갈리뺏따띳사를 바로 신뢰했다. 짬빠성에서 자나사나 구루에게 들었던 말과 똑같았기 때문이었다. 다르마 왕비가 또 물었다.

"붓다께 공양을 올릴 때 옆에서 도왔던 아이는 누구입니까?"

"아소까 왕자님이 왕이 되시면 옆에서 보좌할 대신입니다. 그분은 끝까지 왕자님을 도울 대신입니다."

다르마 왕비는 그가 누구인지 짚히는 데가 있었지만 말하지 않았다. 칼라따까는 아니었다. 비록 브라만이지만 편견이 적은 라다굽따일 가능성이 컸다. 그는 칼라따까보다 더 불교 사문들에게 관대한 편이었던 것이다.

목갈리뺏따띳사 떠나다

목갈리뺏따띳사는 어린 아소까를 데리고 궁중 정원으로 나갔
다. 혹서기나 건기가 되면 목갈리뺏따띳사는 숲속 그늘을 좋아
했다. 따라서 아소까는 살라나무 숲속에서 수업을 받곤 했다. 물
론 날마다 비가 퍼붓는 두세 달의 우기에는 야외수업을 못 했다.
대신 왕자 별궁이 수업 장소였다. 목갈리뺏따띳사는 시끄러운
왕자 별궁보다는 조용한 숲속을 선호했다. 왕자 수업도 수행이
라고 여겼기 때문이었다.

궁중 정원 살라나무 숲에는 깃이 노란 노랑할미새가 많았
다. 노랑할미새들은 살라나무 숲속에서 부지런히 풀씨 같은 먹
이를 쪼아 먹으며 날아다녔다. 살라나무 숲속에 목갈리뺏따띳
사가 나타나면 그의 어깨에 노랑할미새가 앉기도 했다. 어떤 날
은 산비둘기가 목갈리뺏따띳사 앞에서 길을 안내하듯 종종거렸
다. 어린 아소까는 이상했다.

'새들이 왜 나에게는 날아오지 않는 거야?'

그날도 목갈리뺏따띳사는 노랑할미새가 자신의 어깨에 앉
았는지 모르는 듯 느릿느릿 걷기만 했다. 눈을 지그시 뜬 채 자신
의 발을 응시할 뿐이었다. 어린 아소까는 고개를 갸웃거리며 종

종걸음으로 뒤따라갔다. 숲속으로 들어갈수록 새소리는 더욱 커졌다. 이윽고 목갈리뿟따띳사가 살라나무 숲속 그늘에 앉으며 품속에서 마른 나뭇잎으로 만든 책을 꺼냈다. 산스끄리뜨어 왕자용 교본이었다. 목갈리뿟따띳사가 직접 쓴 왕자용 교본이 아니라 궁중에 전해 내려오는 손바닥만 한 작은 책이었다. 아소까가 참지 못하고 말했다.

"이곳에는 새들이 왜 많아요?"

"소승이 오니까 그렇습니다."

"맞아요. 제가 왔을 때는 새들이 도망쳐 버렸어요."

"새들하고 친하게 지내보세요. 소승처럼 여기 올 때마다 이렇게 모이를 주면 새들이 반가워하겠지요."

목갈리뿟따띳사가 호주머니 속에 든 모이를 꺼내 반반한 바위 위에 놓아주었다. 그러자 새들이 몰려왔다. 까마귀부터 산비둘기, 꾀꼬리, 노랑할미새, 참새 순으로 날아와 모이를 순식간에 쪼아 먹었다. 그런 뒤 숲속으로 날아갔다. 아주 멀리 날아가지 않고 목갈리뿟따띳사에게 보답이라도 하듯 부근 숲속에서 맑은 소리로 합창을 했다.

"왕자님과 날마다 배우고 있는 산스끄리뜨어도 저 새소리만큼 아름답지요? 아마도 산스끄리뜨어만큼 아름다운 소리는 이 세상에 없을 것입니다."

"산스끄리뜨어가 새소리 같아요."

"새소리도 그렇고 자연의 모든 소리는 성스럽지요. 따라서 자연의 소리를 내는 산스끄리뜨어도 성스러운 것입니다. 성스러운 언어를 배우고 있다는 사실을 아셔야만 더욱 흥미를 느끼실 것입니다."

목갈리뿟따띳사는 산스끄리뜨어가 성스럽다고 강조하곤 했다. 그러나 아소까의 관심은 다른 데 있었다. 자신이 새들을 다스리는 왕자가 되고 싶었다. 숲속으로 들어왔을 때 자신에게도 새들이 날아오기를 바랐다.

다음 날. 아소까는 목갈리뿟따띳사보다 먼저 살라나무 숲속으로 와서 반반한 바위 위에 모이를 놓았다. 그런 뒤 살라나무 뒤에 숨었다. 그런데 이상한 일이 벌어졌다. 까마귀가 날아와 작은 새들을 깍깍깍 소리치면서 쫓아냈다. 그렇다고 모이를 다 먹는 것은 아니었다. 작은 새들에게 자신의 힘을 과시했다. 독수리도 가까이 가지 못했다. 아소까는 왕자 별궁으로 돌아와 수시마 이복형에게 가서 새총을 빌렸다. 수시마는 새총을 여러 개 가지고 있었다. 아소까는 목갈리뿟따띳사가 숲속으로 오기 전에 까마귀를 잡으려고 했다. 새총은 대나무로 만든 것이었다. 새총을 입에 대고 훅 입바람을 불면 작은 화살이 날아가 새를 맞추었다. 그런데 아소까는 수시마처럼 새를 잡지 못했다. 입바람이 약해서 화살이 까마귀에게까지 날아가지 못하고 엉뚱한 곳에 떨어지곤 했다.

아소까의 모습을 발견한 목갈리뿟따띳사는 적잖이 실망했다. 어느 해인가 애벌레를 죽이는 아소까를 보았을 때보다 더 낙심했다. 살생하지 말라고 자주 가르쳤지만 생명을 가볍게 여기는 아소까의 습관이 계속되고 있기 때문이었다.

"왕자님, 오늘은 산스끄리뜨어 수업을 하지 않겠습니다."

"저는 잘못이 없습니다."

"새총은 살생의 도구입니다. 그러니 몸에 지니는 것만으로도 악업이 됩니다."

"작은 새들이 까마귀를 두려워합니다. 그래서 저는 작은 새들을 위해 까마귀를 죽이려고 했습니다. 무엇이 잘못입니까?"

"왕자님, 예전에 애벌레를 죽이던 것과 다르지 않습니다. 나뭇잎을 갉아 먹는다고 해서 살고자 세상에 나온 애벌레를 죽이는 것이나 작은 새들을 위한다고 까마귀를 죽이는 것은 같은 행동입니다. 그러니 잘못이라는 것입니다."

"아버지는 백성을 보호하기 위해 침략자나 죄인을 죽인다고 말씀하셨습니다. 저는 아버지 말씀이 옳다고 생각합니다. 마찬가지로 작은 새를 괴롭히는 까마귀는 벌해야 한다고 생각합니다."

"왕자님, 대왕님은 백성을 보호할 의무가 있습니다. 의무 때문에 침략자나 죄지은 사람을 벌하는 것입니다. 그러니 왕자님의 비유는 적절하지 않습니다. 까마귀도 작은 새도 더불어 살아야 합니다. 살생하면 반드시 언젠가 벌을 받습니다. 그래서 제가 살생하지 말라고 주의를 주는 것입니다."

"아버지께서 백성을 위하듯 저는 이 숲속에서 사는 작은 새들을 보호할 것입니다."

목갈리뿟따띳사는 아소까를 가르치는 데 한계를 절감했다. 아버지 빈두사라왕을 닮겠다는 아소까가 고집을 꺾지 않아서였다. 이후 목갈리뿟따띳사는 아소까를 가르칠지 말지 고민했다. 자신이 아소까를 맡은 이유는 다른 종교와 달리 불교에는 이런 진리도 있다는 것을 가르치려는 것이었는데, 아소까는 자신의 생각대로 살생하는 등 불교 교리와 동떨어진 행동만 보여주기 때문이었다. 아이답지 않은 아소까의 행동은 빈두사라왕을 실망시킬지도 몰랐다. 빈두사라왕이 목갈리뿟따띳사에게 아소까를 맡긴 까닭도 여러 종교를 체험하게 하여 세상 보는 눈을 키워주기 위해서였던 것이다.

마침내 목갈리뿟따띳사는 단순히 산스끄리뜨어와 수학만 가르친다면 굳이 자신이 아소까를 맡을 이유가 없다고 생각하기에 이르렀다. 건기인데도 갑자기 비가 내리다가 멎은 어느 날이었다. 말라가던 정원의 푸나무잎들이 소나기를 흠뻑 맞고 번들거렸다. 다르마 왕비 별궁으로 가는 샛길도 빗방울에 젖어 촉촉했다. 목갈리뿟따띳사는 다르마 왕비를 찾아갔다. 끼사락슈미가 멀리서 오는 목갈리뿟따띳사를 발견하고는 정원 앞까지 달려와 맞이했다.

"사문이시여, 웬일이십니까?"

"왕비님을 뵈러 왔소."

"지금은 안 됩니다. 대왕님께서 별궁에 와 계십니다."

비가 오자 정사를 잠시 쉴 겸 왕비 별궁으로 온 듯했다. 건기에 비가 오면 인드라 신의 손이 온갖 생명을 어루만지는 것이라며 모든 사람들이 기뻐했다. 빈두사라왕도 예외는 아니었다. 아마도 그런 기분이 들어 왕비 별궁에 왔을 터였다.

"중요한 말씀을 드리려고 왔으니 밖에서 기다리겠소."

"아소까 왕자님 방에서 기다리시겠습니까?"

"아니오. 왕자님은 요즘 제 말을 듣지 않습니다. 라다굽따 제관을 따라서 강가강에 나가 놀기를 좋아합니다."

"라다굽따 제관님은 마음씨 좋기로 소문나 있는 분이죠."

"왕자님께서 소승을 따랐으면 좋으련만 유감이오."

"저는 뼁갈라바뜨사 구루처럼 엄격한 분이 왕자님들을 가르쳐야 한다고 봐요. 그래도 그때는 왕자님들이 예의를 잘 지켰어요."

그때 아소까가 목갈리뿟따띳사를 보고는 달려와 인사했다.

"산스끄리뜨어를 가르쳐주셔서 고맙습니다. 방금 라다굽따 제관님과 함께 강가강에 나가 목욕하면서 산스끄리뜨어로 기도했어요."

"산스끄리뜨어 자모를 모두 다 외우고 쓸 줄 알기 때문에 이제는 기도하시기가 쉬울 것입니다."

"기도하면서 목욕하는 게 너무 좋아요. 목욕을 하면 그동안 제가 지은 죄가 다 없어진대요. 라다굽따 제관님이 그랬어요."

목갈리뿟따띳사는 고개를 절레절레 흔들었다. 강물에 목욕하면 지은 죄가 없어진다고 하는 라다굽따의 말은 브라만들의 주장일 뿐이라고 생각했다. 몸에서 죄가 없어진다는 말은 해탈한다는 뜻이나 같았다. 강물에 몸을 적셔서 해탈한다고 하면 강물에 사는 거북이나 물고기들이 먼저 해탈해야 할 것이었다. 있을 수 없는 궤변이었다. 아소까가 별궁으로 가버린 뒤 끼사락슈미가 물었다.

"사문이시여, 왜 그러고 계십니까?"

"나는 아소까를 더 이상 어쩌지 못하겠소."

"이곳을 떠나신다는 말씀이신가요?"

"그렇소."

아소까가 다르마 왕비에게 알린 듯 궁녀 한 명이 종종걸음으로 왔다. 끼사락슈미를 밤낮으로 보조하는 어린 궁녀였다.

"왕비님께서 접견실로 들어오시라고 합니다."

"대왕님도 계신가?"

"함께 계십니다."

목갈리뿟따띳사는 어린 궁녀의 안내를 받아 접견실로 들어갔다. 예전에도 들어가 본 적이 있었으므로 접견실이 낯설지는 않았다. 빈두사라왕은 그때나 지금이나 중앙 맞은편 큰 의자에 앉아 있었다. 그리고 다르마 왕비는 아소까와 함께 좌측 의자 앞에 서 있다가 목갈리뿟따띳사를 맞이했다.

빈두사라왕이 말했다.

"아소까의 산스끄리뜨어 실력을 시험해 봤는데 제법이오.

사문이 힘써 수고했기 때문이오. 고맙소."

"누구나 다 할 수 있는 일이옵니다. 지나놓고 보니 사문이 한 일이란 왕자님께 이러쿵저러쿵 지적하고 간섭하는 것뿐이었 사옵니다."

"왕자의 선생이니 당연한 일이오."

다르마 왕비가 목갈리뿟따띳사의 마음을 알고 있다는 듯 말했다.

"사문이시여, 아소까가 잘못하면 지적하고 간섭하는 것은 아주 당연한 일입니다. 그러니 미안해하지 마십시오."

그제야 빈두사라왕이 아소까를 부르면서 정색을 했다.

"아소까야, 무슨 일이 있었느냐? 솔직히 말해보거라."

아소까는 당돌한 성격대로 마치 아버지 빈두사라왕에게 하소연하듯 말했다.

"살라나무 숲속에서 공부하던 어느 날이었습니다. 저는 숲속 새들에게 모이를 준 적이 있는데 그때 힘센 까마귀가 날아와 작은 새들을 쫓았습니다. 까마귀는 작은 새들하고 모이를 나눠 먹지 않고 위협했습니다. 그래서 수시마 형님에게 새총을 빌려와 까마귀를 쫓았습니다. 아버지께서도 힘없는 백성들을 괴롭히는 사람들을 벌하지 않사옵니까?"

"네 말도 일리는 있다만 그래서 어쨌다는 것이냐?"

"사문께서는 새총을 쏘아 까마귀를 쫓지 말라고 하시는데 저는 이해하지 못하겠사옵니다."

빈두사라왕은 웃었다. 그러나 다르마 왕비는 울상을 지으며 쩔쩔맸다. 다르마 왕비가 말했다.

"아소까야, 새총을 쏘아 까마귀가 죽으면 어쩌려고 그러느냐? 예전에 네가 애벌레를 죽일 때도 사문께서는 몹시 걱정하셨단다. 살아 있는 생명을 죽이는 것은 좋은 일이 아니란다."

"어머니, 저는 살아 있는 작은 생명들을 보호하기 위해 그랬어요."

아소까는 빈두사라왕이 있어 그런지 아이답지 않게 거침없이 말했다. 아소까의 말을 웃으며 듣던 빈두사라왕이 목갈리뿟따띳사에게 물었다.

"아소까의 말이 틀렸다면 말해보시오."

"대왕이시여, 살생은 정당화되지 않사옵니다. 살생을 하면 반드시 과보를 받습니다. 그래서 살생하지 말아야 하는 것입니다. 이것이 고따마 붓다의 가르침입니다."

"다른 나라가 침략해 왔을 때 우리 백성을 위해서 불가피하게 살생하는 것도 과보를 받는단 말이오?"

"그렇사옵니다."

빈두사라왕이 어이없다는 듯 입을 다물었다. 목갈리뿟따띳사를 존경하는 다르마 왕비만이 안절부절못했다.

"아소까야, 너를 위해 궁에 들어온 사문을 믿고 따라야지 네 생각대로 움직여서는 안 된다."

"어머니, 저는 라다굽따 제관님이 좋아요. 강가강에서 목욕하면 제가 애벌레를 죽인 죄도 다 없어진다고 했어요."

이윽고 빈두사라왕이 말했다.

"사문의 말도 옳고 네 말도 옳다."

그러나 빈두사라왕은 마음속으로 어린 아들이지만 아소까를 탐탁지 않게 생각했다. 벌써부터 어른들의 세계를 엿보고 있기 때문이었다. 빈두사라왕이 목갈리뿟따띳사를 쳐다보며 말했다.

"나는 사문의 의견을 존중함에는 변함이 없소."

목갈리뿟따띳사가 눈을 감은 채 말했다.

"대왕이시여, 왕자님과 소승의 인연은 여기까지이옵니다. 고따마 붓다의 가르침을 외면할 수 없으니 소승은 왕궁을 떠나겠습니다. 허락해 주십시오."

"사문의 의견을 존중한다고 방금 말했으니 달리 방도가 없소."

빈두사라왕은 만류하고 싶었지만 왕의 체통을 생각해서 참았다. 벌써부터 스승을 내치는 아소까가 웃자라는 것 같아 놀라울 뿐이었다. 다르마 왕비만이 아들을 사랑하는 마음에서 하소연했다.

"사문이시여, 저는 아소까를 자비로운 왕자로 키우고 싶습니다. 궁에 남기를 청하니 한 번 더 생각해 주십시오. 제 꿈은 오직 아소까가 자비로운 사람이 되는 것입니다. 그러니 사문께서는 아소까를 맡아주십시오."

그러나 고따마 붓다의 가르침을 생명처럼 수행해 온 목갈리뿟따띳사는 자신의 생각을 꺾지 않았다. 그날 밤 빠딸리뿟따 내성의 뻽팔라나무 아래서 하룻밤을 묵고는 자신의 원래 수행처인 웨살리 산속 동굴로 돌아가 버렸다.

코끼리 경주 대회

코끼리 경주 대회가 열리는 날이었다. 빠딸리뿟따 성민들은 이른 아침부터 강가강을 건너갔다. 매년 코끼리 경주 대회가 열리는 너른 들판으로 모여들었다. 경주에 나설 코끼리들은 어제 이미 강가강 들판으로 와서 대기하고 있었다. 코끼리 경주 대회는 빠딸리뿟따 성민이라면 누구나 다 참가할 수 있었다. 그런데 실제로는 왕족이나 귀족들 중에서 날랜 젊은이들이 코끼리를 탔다. 수드라처럼 신분이 낮거나 가난한 사람들은 코끼리를 타본 경험이 적기 때문에 예선전에서 탈락했다.

아침 해가 솟아오르자 강가강의 안개가 서서히 걷혔다. 강가강은 시골에서 온 배들로 덮혔다. 시골 백성들도 경기를 구경하기 위해 배를 타고 왔다. 들판에는 거대한 일산이 세워져 있고 좌우로는 흰 막사가 설치되어 있었다. 일산을 설치한 것은 왕이 직접 참관한다는 뜻이었다. 일산은 왕만 쓸 수 있었다.

빈두사라왕은 강가강을 건너기 전에 강변 임시 군막에서 대신들과 차담을 했다. 칼라따까와 라다굽따도 동석했다. 소젖과 사탕수수즙으로 만든 따뜻한 짜이는 빈두사라왕을 한껏 흡족하게 했다. 칼라따까가 보고했다.

"대왕님이시여, 왕비님들은 방금 전에 강을 건너가셨사옵니다."

"왕자들은?"

"경기에 참가하는 수시마 왕자님은 진즉 건너가 지금쯤 코끼리와 함께 계실 것입니다."

"코끼리와 친해질 시간이 필요하겠지."

라다굽따도 말했다.

"성민 중에 참가하는 사람은 예선전에서 이미 정해졌사옵니다."

"몇 명을 선발했소?"

"50명이 겨뤘는데, 그중에서 다섯 명을 뽑았사옵니다. 다섯 명 모두 코끼리를 타고 장사하는 바이샤 젊은이들입니다."

라다굽따는 경기에 임할 선수를 이미 선발했다고 보고했다.

"수시마 혼자만 참가하는가?"

"예, 그렇사옵니다."

"아소까는 왜 참가하지 않소?"

"참가 나이를 16세 이상으로 제한했기 때문입니다."

"아소까는 몇 살인가?"

"아소까 왕자님은 15세이옵니다."

빈두사라왕은 조숙하고 건장한 아소까가 아직도 열다섯 살이란 보고에 이맛살을 찌푸렸다. 작은 키지만 바위처럼 단단한 체격으로만 보자면 스무 살 안팎의 청년 같았던 것이다.

"올해부터 16세 이상만 참가 자격을 준 이유는 무엇이오?"

"경주를 하다가 낙상하면 코끼리에 밟혀 죽기도 하기 때문입니다. 예선전에서 소년이 두 명 죽었사옵니다."

"아무래도 코끼리를 타본 경험이 적은 소년은 위험하겠지."

이윽고 빈두사라왕과 대신들이 2층 배에 올라탔다. 빈두사라왕은 대신들과 함께 2층으로 올라갔고 시중드는 하인들은 어둑한 1층에 남았다. 1층에는 노잡이 격군들이 배 좌우로 아홉 명씩 서서 노를 잡고 있었다. 선장이 '출발!' 하고 외치자 격군들이 일제히 노를 저었다. 절지동물의 발처럼 생긴 노들이 배 밖으로 나와 강물을 세차게 밀어내자 배가 움직이기 시작했다.

2층은 1층과 달리 덮개만 달려 있어 아침 햇살이 쏟아져 들어와 훤했다. 게다가 강바람까지 불어와 시원했다. 궁궐 안에만 있던 빈두사라왕은 아침 햇살과 강바람에 몸을 맡겼다. 마음이 들떠 앞으로는 코끼리 경주 대회를 한 해에 두 번을 치를까 하고 생각했다. 그러나 나라의 많은 경비가 들어가기 때문에 기분대로 결정할 수는 없었다. 경기장에 모이는 성민들과 시골에서 올라오는 백성들의 하루 끼니를 해결하려면 어마어마한 비용이 들어갔던 것이다.

한편 선수들은 경기장에 미리 도착해서 코끼리를 타고 경주 연습을 했다. 왕자 대표로 참가하는 수시마 역시 땀을 뻘뻘 흘리며 코끼리를 타고 달리곤 했다. 왕자들과 겨뤄서 올라온 것이 아니라 이복동생인 왕자들이 큰형님이라고 예우해서 추대했으므로 더욱 신경이 쓰이지 않을 수 없었다. 아소까는 수시마의 코끼리를 어루만지며 응원했다.

"형님, 이 녀석은 전투코끼리지요?"

"그래, 경호대장이 골라 준 거야."

"보나 마나 1등이네요. 성민 대표들이 탄 코끼리는 장사꾼이 타는 느린 녀석들이니까요."

"얕보다가는 큰코다쳐. 장사꾼들이 타는 코끼리는 사람같이 영리하게 움직이거든."

"1등 하면 대왕님께서 좋아하실 겁니다."

"근데 너는 왜 참가하지 않는 거야?"

"열여섯 살부터니까 자격이 안 돼서요. 내년에는 꼭 참가해서 형님에 이어 2등 할게요."

"내가 듣기로는 넌 코끼리도 잘 타고 검술에도 능하다고 경호대장이 그러던데."

"경호대장에게 검술을 배운 지는 4~5년 됐지만 코끼리 탄 지는 2~3년밖에 안 됐어요."

아소까가 경호대장이나 전투코끼리부대장에게 검술과 코끼리 다루는 법을 배운 것은 10세 이후였다. 그것도 하루 종일 연습하지는 못했다. 라다굽따에게 브라만 전통의 점성술이나 의술 등을 먼저 공부한 뒤 틈틈이 했기 때문이었다. 수시마가 말했다.

"왕자들 중에서 네가 단연 뛰어난 실력이라고 경호대장이 말했어. 그러니까 내년에는 꼭 참가해서 부왕을 기쁘게 해줘."

"형님께서 내년에도 참가해서 1등을 하셔야죠."

"아니야. 나는 어쩌면 딱사설라로 갈지 몰라."

"왜요?"

"항상 그곳이 문제야. 소요가 자주 일어나고 있는데 큰 반란으로 이어지면 큰일이야. 아마도 대왕님께서 나를 그곳으로 보낼 것 같아. 왕자는 반란 같은 것을 진압할 줄 아는 통솔력이 있어야 한다고 말씀하셨어."

"대왕님께서 형님을 고생시키려고 하는 것이 아니라 형님을 위한 배려네요."

"맞아. 그러니 거부할 수 없지. 가기 싫어도 내색을 해서는 안 되지."

아소까는 수시마가 부러웠다. 빈두사라왕은 왠지 수시마를 자신보다 더 신뢰하는 것 같아 속으로 질투가 날 때도 있었다. 그런데 이복형 수시마는 아소까에게 늘 너그러웠다. 어린 아소까가 부탁하는 것은 형으로서 다 들어주었다. 아소까가 정말로 고맙게 생각하는 것은 어머니 다르마 왕비가 해준 이야기를 듣고 나서였다. 어머니가 궁중 이발소에서 일할 때였다. 어머니에게 이발을 한 수시마 왕자가 여기저기 어머니의 실력을 자랑하곤 하여 아버지 빈두사라왕의 이발까지 할 기회를 얻었던 것이다. 그런 기회가 없었다면 어머니는 여전히 궁중 이발사로 살고 있을지도 몰랐다.

수시마는 아소까보다 키도 크고 누구에게나 호감을 줄 만큼 용모가 아름다웠다. 다만 행동이 우유부단한 데다 과보호 속에 자란 탓에 눈치가 없고 대신들을 함부로 대하는 등 예의가 부족한 것이 단점이었다.

갑자기 나팔 소리가 크게 울려 퍼졌다. 경기를 알리는 신호였다. 빈두사라왕은 일산 아래서 경기장을 주시했다. 경기 출발선에는 코끼리 여섯 마리가 나와 있었다. 그런데 선수는 수시마를 비롯하여 다섯 명뿐이었다. 한 선수가 보이지 않았다. 칼을 허리에 찬 경호대장이 빈두사라왕 앞까지 헐레벌떡 뛰어왔다. 빈두사라왕이 일산 아래서 일어나 물었다.

"무언가?"

"참가 선수 중 한 명이 기권했습니다. 너무 긴장한 나머지 갑자기 쓰러졌다고 하옵니다."

"어찌하면 좋겠는가?"

"소장 생각으로는 불가피한 사정이 발생했으므로 조금만 기다렸다가 시작해도 좋을 것 같사옵니다."

빈두사라왕이 눈을 매섭게 뜨며 말했다.

"수많은 백성들 앞에서 어찌 경기를 늦춘단 말인가?"

"그렇다면 다섯 명으로 경기를 치르겠사옵니다."

"코끼리가 여섯 마리이니 그럴 수는 없지."

빈두사라왕이 좌우를 살펴보더니 눈길을 한 곳에 멈추었다. 그곳에는 아소까가 다르마 왕비와 함께 앉아 있었다. 순간 아소까도 빈두사라왕과 눈이 마주쳤다. 빈두사라왕이 라다굽따에게 말했다.

"아소까를 출전시키시오."

"대왕님이시여, 아소까 왕자님은 참가 자격이 안 됩니다."

"어쩔 수 없소. 쓰러진 선수 한 명이 일어날 때까지 기다릴 수는 없소."

"그건 그렇사옵니다만."

"지금 시작하지 않으면 백성들을 무시하는 것이오. 백성들을 위해서도 지금 경기를 시작해야 되오."

라다굽따가 급히 아소까에게 달려가 빈두사라왕의 말을 전했다. 아소까는 기다리기라도 했다는 듯 망설이지 않고 일어나 경기장으로 나갔다. 경기장에 온 수많은 사람들이 괴성을 지르며 환호했다. 아소까는 장사꾼 바이샤가 길들인 젊은 코끼리 옆에 섰다. 경기장 끝머리 깃발들이 선 곳에서 흙바람이 불었다. 흙바람은 선수들의 전의를 솟구치게 했다. 아소까도 흙바람을 보는 순간 흥분했다. 코끼리가 달리면 흙바람이 이는데 벌써부터 경기를 하고 있는 듯한 착각이 들었다. 깃발들이 있는 곳까지 코끼리를 타고 다섯 번을 돌아야 끝나는 경주였다. 라다굽따가 빈두사라왕에게 다가와 말했다.

"다행이옵니다. 아소까 왕자님이 나서주었습니다."

"지금 바로 시작하시오."

나팔 소리가 또다시 울려 퍼졌다. 북소리가 둥둥둥 울리자

여섯 마리의 코끼리가 출발선에서 튀어 나갔다. 처음에는 속도를 내지 않고 천천히 달렸다. 옆 코끼리들이 지치는 것을 보아가며 속도를 내기 위해서였다. 한 코끼리가 흥분해서 속도를 냈지만 다섯 마리는 개의치 않았다. 칼라따까가 말했다.

"대왕님이시여, 걱정이 하나 있습니다."

"말해보시오."

"아소까 왕자님은 참가 자격이 없는데 만약에 우승을 한다면 어찌하시겠사옵니까?"

"수시마가 탄 코끼리는 용감한 전투용이오. 그럴 리는 없을 것이오."

"전투코끼리부대장 말을 들어보면 아소까 왕자님은 출중하다고 합니다. 만약에 아소까 왕자님이 1등을 하고 수시마 왕자님이 2등을 한다면 그것도 걱정이옵니다."

"아소까는 자격이 없으니 당연히 수시마에게 우승이 돌아가야 될 것이오."

빈두사라왕은 별 고민 없이 말했다. 실제로 그런 상황이 온다면 그렇게 할 생각이었다. 국가적인 공식 경기에서 부정하게 상을 준다는 것은 있을 수 없는 일이었다. 더구나 빈두사라왕은 수시마를 격려하고 싶은 마음이 강했다. 곧 수시마를 딱사쉴라 부왕으로 보내 그곳의 잦은 소요를 뿌리 뽑을 계획이기 때문이었다.

그런데 빈두사라왕의 짐작과 달리 코끼리들이 반환점을 네

번 돌고 나서부터는 하나둘 처졌다. 단연 전투코끼리를 탄 수시마가 앞섰다. 그 뒤를 아소까가 달렸다. 그러나 다섯 바퀴를 돈 뒤에는 수시마가 탄 코끼리가 지친 탓인지 속도를 내지 못했다. 금세 아소까가 탄 코끼리가 수시마가 탄 코끼리 옆까지 쫓아왔다. 경기장에 모인 사람들이 아소까를 응원했다. 아소까가 탄 코끼리는 수시마의 것보다 작고 줄곧 2등으로 달렸기 때문에 약자를 응원하는 심리였다. 아소까가 흙먼지 속에서 수시마에게 소리쳤다.

"형님, 힘내세요!"

"너 먼저 달려! 코끼리가 힘을 내지 못해."

"형님이 1등을 하셔야 돼요."

아소까는 발로 코끼리 배를 차면서 속도를 늦추었다.

"형님, 제가 탄 코끼리도 지쳤나 봐요!"

"너나 나나 마찬가지군."

수시마가 탄 코끼리가 다시 앞서 달렸다. 다시 역전이 되자 사람들이 놀라서 일제히 일어나 소리를 질렀다. 빈두사라왕과 대신, 다르마를 비롯한 왕비들도 모두 일어나 박수를 치면서 응원했다. 결국 수시마가 1등으로, 아소까는 2등으로 들어왔다. 장사꾼 출신들의 코끼리도 속속 출발선으로 경중경중 돌아왔다. 시상식은 축제 분위기였다. 빈두사라왕은 경기장에 모여든 모든 사람들에게 술과 음식을 하사했다. 궁중 악대가 온갖 악기를 연주함으로써 분위기는 더욱 고조됐다. 수시마는 1등 상으로 눈부신 황금가면을 받았다.

시상식이 끝난 뒤였다. 수시마가 아소까를 강가강 모래밭으로 불러냈다. 모래밭에는 수행자들 움막이 한두 군데 있을 뿐 경기장과 달리 스산하고 한적했다. 수시마가 말했다.

"아소까야, 왜 나에게 양보했니?"

"형님 실력이면 1등이 당연해요. 한순간 저와 나란히 달린 것은 코끼리 때문이죠."

"네가 1등을 했어야 지금 내 맘이 더 편할 거야."

"아니에요. 형님은 1등 할 자격이 충분해요. 그러니 상관 마셔요."

"난 딱사쉴라로 곧 떠날 거야. 다녀온 뒤에는 너를 더 보살펴 주마."

"고마워요, 형님."

수시마는 이복동생 아소까를 껴안았다. 땀 냄새가 두 사람의 코를 찔렀다. 강가강 너머로 망고처럼 노란 석양이 지고 있었다. 두 사람은 모래밭에 앉아서 지는 석양을 한참 동안 바라보았다. 뱃놀이하는 사람들이 두 왕자를 발견하고는 손을 흔들었다.

수시마 딱사쉴라 입성

수시마 군사가 인두강 한 지류에서 숙영한 지 사흘 만이었다. 숙영지 주변은 산세가 험악하여 인적이 드문 오지였다. 강변에 치솟은 산들도 가팔라서 목동들도 잘 오지 않았다. 그러나 수시마 일행이 머물기에는 아주 좋은 곳이었다. 강물은 수심이 깊지 않아서 언제든지 건너가기 좋았다.

딱사쉴라로 정찰 나갔던 선봉대장이 돌아왔다. 선봉대장은 군사 대여섯 명만 데리고 딱사쉴라로 잠입해 들어갔는데, 아무 사고 없이 돌아와 수시마 군막 앞에서 대기했다. 그런데 갑자기 소나기가 내려 강물이 금세 황토색 탁류로 변했다. 목동으로 위장한 선봉대장은 소나기를 피해 군막 옆 나무 밑으로 몸을 피했다.

소나기가 군막을 후둑후둑 때렸다. 수시마는 누운 채 빗소리를 듣고 있었다. 빗소리는 문득 수시마를 빠딸리뿟따성으로 돌아가게 했다. 그곳에 있는 이복동생 아소까를 생각나게도 했다. 수시마는 코끼리 경주 대회에서 자신에게 1등을 양보한 아소까가 고마웠고 한편으로는 부러웠다. 아소까는 체격이 바위처럼 단단했고 특히 무술에 능했다. 많은 왕자들 중에 단연 발군이었다. 수시마가 아소까보다 앞서는 것이 있다면 브라만교의 긴 기도문을 단 한 자도 빠트리지 않고 외우거나 아버지 빈두사라왕의 기대를 한 몸에 받고 있다는 것뿐이었다. 빈두사라왕은 드러내놓고 수시마를 사랑했다. 수시마가 어린 시절부터 아침저녁으로 문안 인사를 잘해왔고 무엇이든 시키는 대로 하는 등 심성이 고왔기 때문이었다.

선봉대장은 누더기 옷을 입고 있었는데 옷이 비에 젖어 떠돌이 목동처럼 보였다. 그러나 그의 눈빛은 목동처럼 순하지 않고 날카로웠다. 신하 한 명이 비를 맞고 있는 선봉대장을 발견하고는 수시마에게 보고했다.

"부왕님이시여, 정찰 나갔던 군사가 돌아왔사옵니다."

측근 신하의 말에 수시마는 그제야 자리에서 일어나 머리를 흔들며 말했다. 아버지 빈두사라왕에게 딱사쉴라를 다스리라는 부왕 임명장을 받았지만 실감이 나지 않았던 것이다.

"선봉대장이 왔다는 말이오?"

"예, 그렇습니다."

"들어오라고 하시오."

선봉대장이 들어와 무릎을 꿇었다. 이제 수시마는 왕자이면서 소국을 통치하는 부왕의 신분이 됐으므로 더욱 깍듯한 예를 갖추었다.

"부왕님이시여, 딱사쉴라는 반란수괴가 왕 행세를 하고 있습니다."

"그곳 군사는 어떤가요?"

"오합지졸이라 저희 군사가 들어가면 바로 진압할 수 있습니다."

선봉대장이 자신 있게 말했다. 선봉부대는 강훈련을 받은 최정예 군사였다. 도둑의 무리들이 서로 합세한 반란군은 적수가 되지 못할 터였다. 딱사쉴라 왕이 반란군에게 성을 빼앗긴 것은 인심을 잃었기 때문이었다. 결코 성을 지키는 군사가 없어서가 아니었다. 왕이 측근 참모들과 주색에 빠져 성민들을 돌보지 않았는데, 직언하는 참모는 유배를 보내고 대낮에 처녀가 사라지기도 했다. 흉흉한 민심은 반란군을 불러들였다. 반란군이 쳐들어오자 성안의 군사와 성민들은 그들에게 속속 투항해 버렸던 것이다.

"부왕님이시여, 성민들이 모두 반란군 편에 선 것은 아니옵니다. 성안에서 살던 브라만들은 대부분 성 밖으로 나가버렸습니다."

"왜 그런가요?"

"반란수괴가 천민이기 때문입니다."

"나도 천민과는 협상할 수 없소. 기습작전을 펼쳐서 항복을 받아내시오."

그러나 선봉대장은 부왕과 의견이 달랐다.

"부왕님이시여, 기습작전을 성공할 자신이 있습니다. 허나 싸우지 않고 이기는 전술도 있습니다."

"그것은 무엇이오?"

"반란수괴를 유인해 생포하는 것입니다. 유인작전에 실패했을 때 공격해도 늦지 않습니다."

수시마는 선봉대장이 말하는 유인작전에 흥미를 느꼈다. 원래 잔혹한 싸움을 싫어하는 데다 천민을 멸시하는 성격 탓이었다. 반란수괴가 천민이라고 하니 자신과 싸울 상대가 못 된다고 여겼던 것이다.

"단 조건이 있소. 난 반란수괴를 유인해 내더라도 그와 상대하지 않겠소. 선봉대장이 그자를 처리하시오."

"그렇게 하겠습니다."

"나는 천민이 왕 노릇 하는 것을 도저히 인정할 수 없소. 망한 난다왕국을 보시오. 천민 마하빠드마가 세웠지만 결국 나의 할아버지 짠드라굽따대왕님에게 무너지고 말았지 않소. 할아버지는 끄샤뜨리야였소."

수시마는 혈통에 대한 자부심이 지나칠 정도로 컸다. 아버지 빈두사라왕은 끄샤뜨리야였고 어머니는 브라만이었던 것이다. 수시마는 딱사쉴라에 입성한다면 반란수괴에게 쫓겨난 브라만 왕족들을 자신의 참모로 다시 기용할 방침이었다. 그래야만 딱사쉴라 부왕이 된 자신의 권위가 높아질 것으로 여겼다.

"쫓겨난 딱사쉴라 왕의 친족들을 찾아보시오. 나는 딱사쉴라에 들어가기 전에 그들을 만나보겠소."

"어렵지 않습니다. 딱사쉴라 왕은 행방불명이오나 그의 친족 중 일부는 반란수괴에게 협조하는 척하면서 성안에 살고 있습니다."

"사실이오?"

"반란수괴에게 밀려난 딱사쉴라 성안의 왕족이 우리 정찰 군사를 도왔습니다."

"아, 잘된 일이오. 어서 그들을 불러오시오."

"낮에는 위험하니 밤중에 데리고 오겠습니다."

마침 장대비처럼 퍼붓던 소나기가 멈추었다. 충직한 선봉대장은 자신이 한 말대로 움직였다. 불과 한나절만이었다. 달이 뜨지 않은 컴컴한 밤이었다. 지척을 분간할 수 없을 만큼 숯덩이 같은 밤중에 행방불명된 딱사쉴라 왕의 동생 두 명을 데리고 왔다. 수시마는 그들을 군막 안으로 불러들였다.

"어서 오시오."

"부왕님이시여, 저희들은 살아 있으나 죽어 있는 것이나 마찬가지입니다. 딱사쉴라를 해방시켜 주십시오."

"왕은 어디에 있소?"

수시마가 묻자마자 왕의 동생 중 한 명이 큰소리로 울음을 터뜨렸다. 성안의 소문과 달리 쫓겨난 딱사쉴라 왕은 행방불명이 아니었다.

"우물 감옥에 계십니다."

"쯧쯧."

수시마는 혀를 찼다. 지옥 같은 우물 감옥에 던져졌다면 누구라도 살아 돌아올 수 없었다. 그러기는커녕 뼈도 찾을 수 없는 곳이었다.

"그런데 그대들은 왜 성안에서 살고 있는 것이오?"

"미처 성 밖으로 도망치지 못했습니다. 반란수괴에게 겉으로 협조하는 척하면서 목숨을 부지하고 있습니다."

선봉대장은 속으로 쾌재를 불렀다. 선봉대장이 말했다.

"내일 반란수괴에게 가서 말하시오. 빠딸리뿟따에서 사신 일행이 오는 것을 봤으니 성 밖으로 나가 강변에서 마중을 하자고 말이오."

수시마가 눈을 껌벅거리며 말했다.

"그 말을 반란수괴가 믿겠소?"

"수괴는 반란을 일으켰으므로 사신들을 환영하려고 할 것입니다. 부왕님을 사신의 우두머리로 착각한 채 인정받으려고 크게 환영하지 않겠습니까?"

죽은 딱사쉴라 왕의 동생 두 명은 반드시 작전을 성공시켜 반란수괴에게 보란 듯이 복수하겠다며 이를 갈았다.

"저희들은 원수를 갚고자 살아남았습니다. 내일이야말로 반란수괴가 우물 감옥에 들어가는 날이 될 것입니다."

"어서 성으로 돌아가 반란수괴에게 알리시오."

"예, 내일 아침 마우리야왕국 사신 일행이 강을 건너올 것이라고 보고하겠습니다. 제 눈으로 보았다고 말하면 믿지 않을 수 없을 것입니다."

"지금 돌아가겠소?"

선봉대장이 한마디 했다.

"오늘은 성 밖에 있다가 내일 새벽에 들어가시오. 그래야 반란수괴가 그대들의 말을 더 믿을 것이오."

"그렇게 하겠으니 꼭 원수를 갚아주시오."

그들이 군막을 나간 뒤 수시마는 선봉대장만 자리에 남도록 했다. 그들이 적극적으로 협조를 하니 수시마는 은근히 불안했다.

"저자들이 방금 한 말과 달리 반란수괴에게 밀고한다면 우리는 어찌 되는 것이오?"

"부왕님이시여, 절대로 그런 일은 없을 것입니다."

"어째서 그렇소?"

"반란수괴는 딱사쉴라 왕을 죽인 그들의 원수이기 때문입니다. 죽은 딱사쉴라 왕은 저자들과 형제입니다. 좀 전에 저자들의 표정을 보시지 않았습니까? 복수심에 얼굴을 부들부들 떨었습니다."

"그렇다면 나는 내일을 위해 기도하겠소."

"내일 저는 산속에 매복해 있을 것입니다. 반란수괴가 마중하러 강을 건너려고 할 때 급습할 것입니다. 그러니 부왕님께서는 저희 군사가 나타날 때까지 강을 건너시면 안 됩니다."

"알았소."

다음 날 아침. 수시마는 군막을 나와 초조하게 강변을 거닐었다. 오후가 되자 더욱더 긴장이 되었다. 군막 안에 앉아 있을 수가 없을 정도였다. 수시마 주변에는 신하 몇 사람만 남고 모두 다 산속으로 들어갔다. 선봉대장은 군사를 이끌고 산속 바위와 숲 뒤로 몸을 은폐했다. 선봉대장이 잘 구사하는 매복작전이었다. 석양이 기울 무렵이었다. 강물에 석양빛이 떨어져 사금처럼 번쩍였다. 그때 멀리서 석양을 등지고 말이 한 마리 달려오고 있었다. 딱사쉴라 깃발을 든 군사로 보아 반란수괴의 전령이 분명했다. 수시마는 손에 진땀이 났다. 반란수괴의 전령이 강 저쪽에서 사신 일행을 확인했다. 수시마와 몇몇 사신이 나와 강변에 섰다. 그러자 나뭇잎이 달린 화살 하나가 날아왔다. 나뭇잎에는 다음과 같은 글이 쓰여 있었다.

'사신 일행을 환영하오. 딱사쉴라 왕인 나는 그대들을 진심을 다해 맞이할 것이니 잠시 기다리시오.'

수시마에게 나뭇잎을 넘겨준 사신이 침을 퉤 뱉었다.

"부왕님이시여, 반란수괴가 왕이라니 기가 막힙니다."

"흥분하지 마시오. 저자들이 눈치채어서는 안 되오. 우리도 내 이름으로 환영해 주니 고맙다는 화살을 보내시오."

수시마 쪽의 강변에서 화살이 날아가자 나뭇잎을 펴본 전령이 즉시 돌아갔다. 한편 산속 바위 뒤에서 은폐하고 있던 선봉대장 휘하의 군사들은 몸을 더욱 엎드린 채 '공격개시' 명령만 기다렸다.

이윽고 반란수괴가 환영 사절을 데리고 나타났다. 반란수괴만 말을 타고 있었다. 수괴의 참모와 호위군사들은 걸어오고 있었다. 대국의 사신 일행에게 갖추는 접빈의 예였다. 반란수괴는 강변에 이르러서야 말에서 내렸다. 호위군사들이 좌우로 서서 부동자세를 취했다. 또다시 나뭇잎이 묶인 화살이 날아왔다.

'딱사쉴라 왕은 사신 일행을 환영하오.'

수시마도 화살로 응답했다.

'마우리야왕국 사신 일행은 그대들의 환영을 잊지 않겠소.'

강은 넓었지만 깊지 않았다. 코끼리가 건너가는 데 아무런 장애가 없었다. 코끼리에 앉은 수시마의 신하들이 붉은 깃발을 높이 들었다. 선봉대장과 사전에 약속한 신호였다. 깃발이 강바람에 펄럭이자 갑자기 함성 소리가 들려왔다. 선봉대장 휘하의 군사들이 반란수괴 군사를 공격하는 함성이었다. 반란수괴가 당황하여 말을 타지도 못했다. 자신의 말이 저만큼 달아나 버렸다. 반란수괴 군사들은 뒤에서 벼락 치듯 급습하는 수시마의 선봉대장 군사들에게 속수무책으로 당했다. 강물에 뛰어들어 도망쳤지만 멀리 가지 못하고 화살을 맞았다. 강물이 피로 벌겋게 물들었다. 이윽고 반란수괴도 칼에 맞아 쓰러졌다. 그러자 반란수괴의 군사들 모두 두 손을 들고 항복해 버렸다.

수시마 정예군사는 단 한 명도 사상자가 없었다. 반란수괴의 잘린 목이 깃대 끝에 올라가자 정예군사의 사기는 더욱 충천했다. 선봉대장은 즉시 선봉대 정예군사를 이끌고 딱사쉴라성으로 공격해 갔다. 반란수괴의 잘린 목은 선봉대장 참모가 들고 달렸다. 그런데 공격이라고 할 것도 없었다. 무혈입성이나 마찬가지였다. 딱사쉴라성 안에서 저항하는 군사는 아무도 없었다. 죽은 딱사쉴라 왕의 동생들이 마우리야왕국에서 새로운 부왕을 보냈다고 소문내고 다녔기 때문이었다. 반란수괴의 목은 또다시 깃대 끝에 대롱대롱 매달렸다. 성민들이 쏟아져 나와 환호했다. 수시마가 입성하자 순식간에 그 자리가 바로 부왕의 취임식 자리로 바뀌었다. 수시마가 호기 있게 외쳤다.

"저 수괴를 우물 감옥에 처넣어라!"

성민들이 다시 '와아 와아!' 환호했고 죽은 딱사쉴라 왕의 동생 두 명은 수시마 옆에서 눈물을 흘렸다. 그들 덕분에 무혈입성한 수시마는 꿈꾸듯 감격했다.

딱사쉴라 형제 대신의 농간

수시마는 빠딸리뿟따성에 있는 것보다 훨씬 행복했다. 반란군을 진압할 때 자신을 도왔던 딱사쉴라 왕의 두 동생 망갈라로이와 삐띠로이가 측근이 되어 모든 정사를 도와주었기 때문이었다. 망갈라로이 형제는 하루 종일 수시마 좌우를 지키며 조언해주었다. 누구도 망갈라로이 형제의 허락 없이는 수시마를 만날수 없었다. 망갈라로이는 성안을, 삐띠로이는 성 밖의 정사를 책임지고 보좌했다. 부왕 수시마는 두 형제가 한두 번 건의하고 집행하겠다고 하면 대부분 허락했다.

"부왕님이시여, 흉년이 들었으니 성민들에게 세금을 감면해주십시오."

"그렇게 하시오."

"부왕님이시여, 성 밖의 목동들이 도둑들에게 양과 염소를 빼앗기고 있습니다. 군사를 보내 도둑들의 약탈을 막아주십시오."

"군사를 보내 도둑을 잡아 벌하시오."

망갈라로이 형제는 조언을 계속했다.

"술은 사막의 오아시스 같은 것입니다. 성민들에게 술을 하사하시면 부왕님을 더욱 믿고 따를 것입니다."

"맞소. 술이란 사람의 고통을 잊게 해주는 명약이오."

사람이 술에 취하면 고통을 잠시 잊고 불만을 누그러뜨리는 법이었다. 망갈라로이 형제는 성민들의 불만을 술로 해결하려고 했다.

"여인을 여러 명 거느리고 사는 성민에게 상을 내려주십시오. 백성이 많아져야 이웃 나라가 우리 딱사쉴라를 얕보지 않습니다."

두 형제의 이야기를 엿듣고 있던 친위대장은 두 형제가 수시마의 눈과 귀를 막고 있다는 생각을 했다. 늙은 친위대장은 빠딸리뿟따에서부터 수시마를 호위했던 선봉대장 출신이었다. 그 역시 망갈라로이 못지않게 수시마가 신임하는 대신이었다. 그는 친위대장이 되어 밤낮으로 부왕 수시마와 딱사쉴라궁을 지켰다. 또한 부왕 수시마를 지근거리에서 밤낮으로 경호했다. 수시마 침궁까지 드나들 수 있는 사람은 유일하게 친위대장뿐이었다. 망갈라로이 형제가 잠시 궁을 나가자 친위대장이 수시마에게 다가갔다.

"보고드릴 말씀이 있어 왔습니다."

"이른 아침부터 대신들의 보고를 들었소. 피곤하니 나중에 하면 안 되겠소?"

"부왕님이시여, 대신들의 보고를 너무 믿지 마십시오. 현장을 나가보시면 금세 확인할 수 있습니다. 두 대신은 때로 거짓말을 하고 있습니다."

　수시마는 충언하는 친위대장을 물리치지 못하고 난처해했다. 친위대장을 지그시 쳐다보던 수시마가 한마디 했다.

　"이제 친위대장도 흰머리가 많구려. 빠딸리뿟따를 떠날 때는 머리카락이 까마귀처럼 검었는데."

　"흰머리는 세월이 주는 훈장이라고 했습니다. 소장은 훈장 값을 하고 있는지 늘 자신에게 묻고 있습니다."

　"나는 그대가 고지식해서 때로는 불편하지만 그래도 가족 같으니 그대의 말에 귀를 기울이는 것이오."

　"부왕님이시여, 소장을 가족같이 생각하신다니 더욱 충성을 다하겠다는 생각뿐입니다."

　"보고할 것이 있다니 말해보시오."

　늙은 친위대장은 잠시 고개를 돌리고 눈물을 닦았다. 망갈라로이 형제에게 모든 정사를 맡겨버리다시피 한 수시마가 안타까워 딱사쉴라를 몇 번이나 떠날까 하고 생각했지만 빈두사라왕이 떠올라 그러지 못했던 것이다. 빈두사라왕이 딱사쉴라로 향할 때 성문 밖까지 나와서 부왕 수시마를 잘 보좌하라고 신신당부했기 때문이었다.

　"보고를 받으시겠다니 고맙습니다. 귀에 거슬리시더라도 잠시만 참아주십시오."

　수시마가 짧게 보고하라는 몸짓을 했다. 그럴 때마다 수시마는 의자 팔걸이를 손으로 탁탁 쳤다. 그러나 친위대장의 보고는 길어졌다. 방금 문 뒤에서 엿들었던 사안도 한두 마디로 줄여서 보고할 수 없었다.

"망갈라로이 대신이 세금을 감면하라고 했지만 공평하게 집행하지 못할 것이 뻔합니다. 망갈라로이 대신은 탐욕스럽습니다."

"어찌 그렇게 짐작하오?"

"전 딱사쉴라 왕 때에도 세금을 감면해 주는 만큼 성민들에게 뒤로 챙겼다고 합니다. 그런 소문이 돌고 있습니다."

"친위대장이 확인을 잘하면 될 일이 아니오?"

"열 사람이 지켜도 도둑 하나를 잡지 못한다는 말이 있습니다. 이곳 출신이 아닌 소장이 지키는 데는 한계가 있습니다."

"그렇다면 어떻게 해야 하겠소?"

"망갈라로이 대신을 쉬게 하고 이제는 직언하는 충신을 써야 합니다."

"의리를 지켜야 하오. 나는 달면 삼키고 쓰면 뱉어내는 그런 부왕이 되기 싫소."

"정사에 임하실 때는 자애로운 마음도 중요하지만 가끔은 얼음처럼 차가워야 합니다. 그래야 왕명이 서는 것입니다. 아버님인 대왕님을 거울로 삼으십시오."

"친위대장이여, 대왕님의 잔인한 모습을 보고 나는 그렇게 되지 말아야지 하고 생각할 때가 많았다오."

수시마는 빈두사라왕을 존경하면서도 두려워했다. 빈두사

라왕이 신하들을 참혹하게 죽이는 모습을 여러 번 보았던 것이다.

"또 보고하겠습니다. 삐띠로이 대신이 목동들에게 군사를 보내겠다는 것은 속셈이 따로 있습니다. 목동들을 위협해 자릿세를 받겠다는 것입니다. 군사를 보내지 마십시오. 목동들은 멀리 풀을 찾아 떠나고 말 것입니다. 목동들이 떠나면 성민들은 우유와 양털을 얻지 못하지 않겠습니까?"

"내가 대신을 달래보겠소. 또 무슨 보고가 있소?"

"피곤하시지만 계속 보고하라고 하시니 고맙습니다. 성민들에게 술을 내리는 것도 좋지 않은 방법입니다. 성민을 취하게 하는 것이 어찌 좋은 정치이겠습니까? 그보다는 우물을 많이 만들어 성민들이 물 걱정을 하지 않게 하는 것이 더 좋은 정치일 것입니다."

"술보다는 마실 물이 더 중요하겠지요. 당장 대신을 불러 지시하겠소."

친위대장은 수시마의 눈치를 보며 궁에서 물러났다. 그러나 친위대장의 보고는 하루 이틀 지나면서 유야무야되었다. 망갈라로이 형제가 친위대장을 경계하는 눈빛만 더 날카로워졌다. 망갈라로이 형제와 친위대장이 갈라서기 시작한 것은 몇 달 전부터였다. 그전에는 서로 협력 관계를 유지하면서 부딪치지 않고 웃음이 오갔던 것이다. 그런데 흙바람이 하늘을 뒤덮은 날이었다. 망갈라로이 형제와 친위대장이 부왕 수시마 앞에 모였을 때였다. 망갈라로이 형제의 요청으로 이루어진 자리였다. 삐띠로이가 먼저 말했다.

"부왕님이시여, 외롭지 않으십니까?"

"빠딸리뽓따를 떠난 지 2년이 다 돼가고 있소. 때로는 빠딸리뽓따로 돌아가고 싶을 때가 있다오."

삐띠로이에 이어 친위대장이 말했다.

"그런 생각을 해서는 안 됩니다. 오고 가는 것은 오직 대왕님의 명이 있을 때만 가능한 것입니다. 부왕님의 마음은 바위 같아야 합니다."

"소장의 말이 맞소. 그러니 부왕님을 우리가 더 보좌하자는 것이오."

"어떻게 보좌하자는 말씀인가요?"

망갈라로이도 한마디 했다.

"보좌하는 방법은 여러 가지가 있겠지요. 삐띠로이 대신의 속마음을 잘 모르겠소만, 아마도 부왕님께서 여성이 그립지 않을까 하는 충정에서 한 말인 듯하오."

"신하와 군사들만 오가는 궁이 답답한 것은 사실이오."

수시마가 망갈라로이 형제의 말에 수긍하는 듯한 말을 했다. 그러자 그 순간을 놓치지 않고 삐띠로이가 말했다.

"성민 중에 방정한 여성이 있습니다. 부왕님께서 반드시 흡족해하실 것입니다."

늙은 친위대장은 놀라고 말했다. 망갈라로이 형제가 추천한 여성이 궁에 들어온다면 무슨 일이 벌어질지 몰랐다. 여성을 온갖 방법으로 매수하여 그들의 야욕을 채울 수도 있었다. 친위대장이 망갈라로이의 말을 잘랐다.

"당치 않은 말씀이오. 빠딸리뿟따에는 부왕님과 미래를 약속한 부인이 계시오. 부왕님을 욕되게 하지 마시오."

망갈라로이 형제가 당황하자 수시마가 중재했다.

"대신이 나를 욕되게 할 의도가 어디 있겠소. 나를 위한 충정에서 한 말이겠지요. 그러니 친위대장이 심한 말을 한 것이오. 대신에게 사과를 하시오."

"부왕님이시여, 소장은 사과할 마음이 전혀 없습니다. 잠시만 궁을 물러나 있게 허락해 주십시오."

수시마는 언짢은 표정을 지으며 친위대장을 내보냈다. 그런 뒤 망갈라로이 형제에게 말했다.

"장수라서 말을 직선적으로 하는 사람이니 이해하시오. 친위대장도 나를 위한 충정에는 변함이 없는 사람이오."

"친위대장이 소신의 말을 왜곡하니 당황스러웠습니다만 부왕님께서 저의 충정을 믿어주시니 위로가 됩니다."

수시마 앞에서 도량이 넓은 듯 말했지만 망갈라로이는 이를 부드득 갈았다. 친위대장 역시 망갈라로이 형제를 예전과 다르게 주시했다. 그들의 일거수일투족을 더욱 감시했다. 부하를 시켜 그들이 가는 곳과 만나는 사람을 보고하게 했다. 세금감면이란 미끼와 목동의 자릿세도 부하들이 밝혀낸 그들의 비리였다.

망갈라로이 형제 역시 마찬가지였다. 친위대장에 대한 허물을 찾기에 모든 힘을 쏟았다. 친위대장에게도 군사들이 원망하는 약점은 있었다. 딱사쉴라의 토착 군사들은 빠딸리뿟따에서 온 군사들보다 대접받지 못한다고 원성이 자자했다. 지휘관인 군관들은 모두 빠딸리뿟따 출신들이었고, 말단계급 대부분은 원래 딱사쉴라성에 있던 토착 군사들이었다. 친위대장은 군관들만 상대했고 그들에게 후하게 급료를 지급했다. 망갈라로이가 부왕 수시마에게 보고했다.

"딱사쉴라 군사들은 빠딸리뿟따 출신 군사보다 헐벗고 굶주리어 원성이 큽니다."

"배고픈 군사가 있다는 말이오?"

"군관들은 배부르고 군졸들은 그렇지 못합니다."

"친위대장 소관이 아닌가요?"

"친위대장이 군사들의 힘을 합쳐도 모자랄 판에 편을 가르고 있는 것 같습니다."

수시마는 직언만 하여 자신을 불편하게 해온 친위대장을 이번 기회에 빠딸리뿟따로 보내고 싶었다. 친위대장만 눈앞에서 사라지면 미모의 여인을 잠자리로 불러들일 수 있고 대신들과의 갈등도 해소될 것 같았다. 때마침 수시마에게 기회가 절로 찾아왔다. 빠딸리뿟따에서 빈두사라왕이 보낸 특사 일행이 왔다. 수시마를 위로하고 딱사쉴라의 정세를 살펴보기 위해서였다. 수시마는 특사만 궁으로 은밀히 따로 불러 빈두사라왕에게 편지를 전해달라고 부탁했다.

"대왕님께 꼭 전해주시오."

"돌아가서 직접 전하겠습니다."

"대왕님의 안부를 묻는 편지이지만 비밀로 해주시오."

그러나 수시마가 특사에게 한 말은 거짓이었다. 안부를 묻고 있기는 했지만 정작 전하고자 하는 핵심은 친위대장을 소환해 달라는 요청이었다. 망갈라로이 형제와의 암투를 더 이상 방관할 수 없었던 것이다. 결국 수시마는 망갈라로이 형제의 손을 들어준 셈이었다. 친위대장은 수시마 곁에서 멀어졌다.

한 달 후. 친위대장은 소환장을 받고 몇 명의 군관만 데리고 빠딸리뿟따로 돌아갔다. 친위대장은 빈두사라왕을 만나 사실을 보고했다. 빈두사라왕은 수시마에게 실망한 나머지 낯빛이 변했다. 그만큼 수시마를 사랑하고 기대했기 때문이었다. 빈두사라왕이 친위대장에게 물었다.

"어찌하면 딱사쉴라가 안정이 되고 수시마가 나의 뜻대로 딱사쉴라를 통치하겠소?"

"대왕님이시여, 망갈라로이 형제를 수시마 부왕의 눈을 가린 죄로 참수해야 하옵니다. 화근을 없애면 수시마 부왕은 성민들이 원하는 통치를 할 것이옵니다. 딱사쉴라에 예전 같은 소요는 더 이상 일어나지 않을 것이옵니다."

"화근은 빨리 뿌리 뽑아야 하오. 그러지 못하면 반드시 큰 대가를 치르게 되는 것이오."

"소장의 생각도 그렇사옵니다."

"대장이 다시 딱사쉴라로 가시오."

"소장보다 더 적합한 인물이 있습니다."

"누구요?"

"수시마 부왕을 위해서라면 목숨을 바칠 수 있는 분입니다. 바로 아소까 왕자님입니다."

"어째서 그렇소?"

"코끼리 경주 대회에서 보았습니다. 1등을 할 수 있었는데 형을 위해 양보하는 것을 보고 아소까 왕자님의 마음을 알았습니다."

"듣고 보니 그러하오. 대장이 아소까에게 딱사쉴라로 떠날 준비를 하도록 전하시오."

친위대장은 곧바로 빈두사라 왕궁에서 나와 아소까가 머무는 별궁으로 갔다. 친위대장은 자신이 추천했지만 아소까 왕자의 반응이 궁금했다. 빠드마바띠와 결혼한 아소까는 왕자 별궁에서 나와 작은 별궁에 살고 있었다.

아소까 아들, 꾸날라 탄생

친위대장은 예전에 장수들이 사용하던 초라한 숙소가 아소까의 별궁으로 바뀐 것을 보고 놀랐다. 결혼한 왕자들의 별궁은 크고 호화로웠던 것이다. 수시마는 약혼만 했는데도 연못이 세 개나 있는 화려한 별궁을 차지했는데, 아소까 별궁은 초라하다 못해 동정심이 들 정도였다. 결혼한 왕자들이 거처하는 별궁도 빈두사라왕의 마음에 따라 정해졌다. 친위대장은 아소까 별궁으로 들기 전에 잠시 호흡을 골랐다. 그때 시중드는 궁녀가 나타나 물었다. 처음 보는 나이 든 궁녀였다.

"누구를 찾아오셨습니까?"

"왕자님을 뵈러 왔네."

"왕자님은 지금 승마장에 가 계신데 곧 돌아오실 때가 되었습니다."

"알았네. 여기서 기다리겠네."

"중요한 일로 오셨습니까?"

"대왕님의 명을 가지고 왔네."

궁녀가 '대왕의 명'이란 소리를 듣고는 별궁으로 뛰어가듯 들어갔다. 아소까 부인 빠드마바띠가 뒤뚱뒤뚱 불편한 걸음걸이로 나왔다. 한눈에 봐도 알 수 있었다. 그녀는 산달이 가까운 듯 배가 불룩했다.

"대장님, 방에서 기다리시지요."

"여기에 있겠습니다."

그녀는 친위대장과는 구면이었다. 빠드마바띠가 결혼하기 위해 고향을 떠날 때였다. 코끼리를 타고 빠딸리뿟따성으로 들어오는 동안 친위대장이 1요자나 떨어진 들판에서부터 군사를 풀어 호위해 주었던 것이다.

"무슨 일입니까?"

"왕자님께 긴히 드릴 말씀이 있어서 왔습니다."

친위대장은 그녀에게 차마 말을 못 했다. 충격받으면 유산할 수도 있을 터였다. 잠시 후 아소까가 왔을 때도 그녀를 동석시키지 않고 대왕의 명을 전했다.

"왕자님, 놀라지 마십시오. 대왕님의 말씀을 왕자님께 전하러 왔습니다."

"말씀하십시오."

"제가 대왕님께 말씀드리지 말았어야 했는데 그만."

"어떤 말씀이라도 받아들이겠습니다."

"딱사쉴라 수시마 부왕님께서 그곳 대신들의 농간에 휘둘리고 있습니다. 대왕님께 수시마 부왕님을 도울 분은 아소까 왕자님뿐이라고 말씀드리고 말았습니다."

"어떻게 농간을 부리고 있습니까?"

"수시마 부왕님의 눈과 귀를 가리고 있습니다. 거짓 보고를 하여 성민이나 목동의 재산을 착취하고 있습니다. 머잖아 소요가 일어날 것이 뻔합니다."

"선하신 형님이 행복하고 딱사쉴라가 살기 좋은 곳이 되어야 하는데 안타깝습니다."

아소까는 친위대장을 원망하기보다는 딱사쉴라 부왕이 된 수시마를 걱정했다. 친위대장이 고개를 돌리는 순간 방문에 그림자가 스쳤다. 친위대장은 방문을 열어젖히며 두리번거렸다. 아소까가 말했다.

"이곳은 나의 별궁이오. 나의 동태를 살필 사람은 아무도 없소. 방금 문에 어린 그림자는 궁녀였을 것이오."

친위대장이 다시 의자에 앉으며 말했다.

"왕자님께서 저를 탓하지 않으시니 다행입니다."

"대왕님의 명을 전달하려고 왔는데 그것이 무슨 허물이 되겠소."

"그러면 저는 돌아가겠습니다."

아소까가 친위대장의 팔을 잡았다. 아소까가 어정쩡하게 의자에 앉은 친위대장에게 말했다.

"딱사쉴라로 가되 바로 갈 수는 없습니다. 왕자비가 임신 중입니다. 곧 아이를 낳을 것입니다."

"아! 그렇군요."

"아이 이름도 꾸날라라고 지어놓았습니다. 꾸날라, 아이가 사내일 것 같아서 그렇게 지어놓았습니다."

"왕자님이시여, 새의 눈처럼 아름다운 이름이군요."

"축복을 해주니 감사합니다. 내일 대왕님을 찾아뵙고 떠나는 시간을 늦춰달라고 요청하겠습니다."

친위대장이 나간 뒤 빠드마바띠가 아소까 방으로 들어왔다. 그녀의 큰 눈에 눈물이 그렁그렁했다. 아소까는 아무 일도 없었던 듯 화제를 돌렸다.

"부인, 오늘 타고 달린 말은 하루에 천 리를 달린다고 하오."

"그 말을 타고 가시면 하루 이틀 사이에 딱시쉴라에 도착하겠군요."

"딱시쉴라라니 무슨 말이오?"

"대장이 하는 얘기를 다 들었어요. 숨기지 마세요."

아소까는 일어나 그녀의 손을 잡았다. 가느다란 손이 아소까의 큰 손에 힘없이 잡혔다. 허약한 체격에다 병치레를 하여 얼굴은 백지장처럼 희었다. 손가락뿐만 아니라 다리도 가늘어 불룩한 배를 지탱하기도 힘들어 보였다.

"걱정하지 말아요. 꾸날라를 낳을 때까지는 떠나지 않을 거요. 옆에서 지켜줄 테니 안심해도 좋아요."

"당신의 아기 꾸날라를 위해서 그래 주세요."

아소까는 그녀를 껴안았다. 산달이 다가오고 있지만 그녀의 체중은 가벼웠다. 아소까는 그녀를 침실 침대 위로 눕혔다. 그런 뒤 궁녀를 불러 말했다.

"갈수록 몸이 야위어가는 것 같은데 왕자비가 오늘은 무엇을 먹었느냐?"

"요즘에는 아무것도 드시지 못하고 있습니다. 드시면 토해 버립니다."

"어부들이 강가강에서 잡아 온 자라나 물고기 수프는 어찌 됐느냐?"

"음식은 드시지 못하지만 물고기 수프로 기운을 유지하고 계십니다."

"강가강에 나가 고기를 구해 올 터이니 그리 알라."

"예, 왕자님."

다음 날. 아소까는 이른 아침에 빈두사라왕이 정사를 보는 왕궁으로 들어갔다. 빈두사라왕이 반색하며 아소까를 맞이했다.

"수시마 형을 도와야지?"

"돕는 것은 어렵지 않습니다. 다만."

"다만 무슨 일이 있느냐?"

"빠드마바띠가 곧 아기를 낳을 것 같사옵니다. 산달이 가까 워지고 있습니다."

"정말이냐?"

"그렇사옵니다. 아기 이름까지 지어놓았습니다."

"이름이 무엇이냐?"

"꾸날라이옵니다."

"꾸날라, 나는 어쩐지 슬픈 느낌이 드는구나."

"빠드마바띠가 몸이 허약하여 아기를 잘 낳을지 걱정되옵니다."

"좋다. 정사를 돌보는 데는 공사가 분명해야 하느니라. 그러니 아기를 낳을 때까지만 있다가 딱사쉴라로 떠나거라."

"명심하겠습니다."

"딱사쉴라로 떠나는 것이 공무라면 너의 핏덩이를 보는 것은 사사로운 일이니라. 그러니 핏덩이만 보고 지체 없이 출발하거라."

"당부대로 하겠습니다."

빈두사라왕은 냉정하게 공과 사를 구분했다. 꾸날라가 태어나는 것까지를 사로 보았고 딱사쉴라로 떠나는 것을 공으로 판단했다. 따라서 아소까는 자신의 갓난아기 꾸날라가 성장하는 모습은 볼 수 없었다. 아소까는 친위대장을 찾아가 빈두사라왕에게 받은 지시를 전했다. 그러자 친위대장이 감탄했다.

"대왕님의 지혜로운 판단에 놀랄 뿐입니다."

"저는 꾸날라의 탄생을 볼 수 있다는 것도 기쁘지만 병약한 아내를 돌볼 수 있어 더 기쁩니다."

"그래서 대왕님의 지혜로운 판단에 놀라는 것입니다."

"부탁이 하나 있습니다."

"무엇이든 말해보십시오."

"아내는 물고기 수프만 겨우 먹고 있습니다. 강가강에서 고기를 잡을 수 있게 어부 출신 군사를 보내주시면 고맙겠습니다."

친위대장은 흔쾌하게 말했다.

"소장은 빠드마바띠님이 이곳에 오실 때 호위를 잘한 공으로 특진한 적이 있습니다. 그러니 무슨 부탁인들 듣지 않겠습니까?"

아소까는 강가강으로 나가 어부 출신 군사들이 탄 배를 탔다. 그물을 던지는 군사들의 솜씨는 능숙했다. 강물 속에 들어갔다가 나오는 그물에는 물고기들이 가득했다. 비늘을 번쩍거리며 팔딱거리는 물고기들을 보기만 해도 빠드마바띠가 곧 기운을 낼 것만 같았다. 아소까는 별궁으로 돌아와 아내에게 빈두사라왕의 명을 전했다. 밤새 불안해하던 빠드마바띠는 안심했다. 핼쑥한 얼굴에 미소가 번졌다. 미소를 짓자 그의 눈이 더욱 크게 보였다. 비록 꾸날라를 잉태하여 더욱 야위었지만 언제나 눈만큼은 호수처럼 크고 아름다웠다. 긴 속눈썹은 호수에 어린 풀 같았다. 아소까가 빠드마바띠와 결혼을 결심한 것도 그녀의 큰 눈에 반해서였다.

"당신이 원하는 대로 됐소. 대왕님께서 당신이 꾸날라를 낳을 때까지 이곳에 있는 것을 허락하시었소. 나는 꾸날라를 보고 딱사쉴라로 떠날 것이오."

"행운의 여신 락슈미가 미소를 지었군요."

"당신이 좋아하는 맛있는 물고기 수프를 더 만들도록 궁녀들에게 지시하겠소. 방금 강가강에서 돌아왔소."

"당신이 고기를 잡았다는 말이군요."

"어부 출신 군사를 데리고 나갔소."

빠드마바띠가 행복하게 웃었다. 너무 마른 탓에 웃는 모습이 찡그리는 것처럼 보여 아소까는 마음이 아팠다. 문득 아소까는 아내의 건강을 위해서는 꾸날라를 갖지 말았어야지 하고 후회했다. 그러나 후회는 짧은 순간뿐이었다. 아기를 보고 싶은 아소까의 마음은 그 어떤 성취보다 간절했다. 비록 핏덩이지만 꾸날라를 보고 딱사쉴라로 떠난다면 더 이상 원이 없을 것 같았다.

마침내 빠드마바띠가 꾸날라를 출산하는 날이었다. 산파가 오고 시녀들이 분주하게 움직였다. 아소까도 별궁 밖에서 한나절이나 서성거렸다. 빈두사라왕의 명을 받아 딱사쉴라로 떠날 군사들의 구령 소리가 별궁까지 들려왔다. 궁녀가 아소까에게 달려와 말했다.

"왕자님, 조금만 더 기다리시면 됩니다."

"어째서 늦어지는 것이냐?"

"진통을 이기지 못하시고 자꾸 혼절하시기 때문입니다."

"허약한 몸으로 아기를 낳으려니 얼마나 힘이 들겠느냐."

그러나 그때 아기 울음소리가 별궁 밖까지 들렸다. 아소까는 별궁으로 뛰어 들어갔다. 빠드마바띠는 혼절한 듯 축 처져 있었다. 산파가 크게 우는 꾸날라를 아소까에게 보여주었다. 꾸날라의 큰 눈이 아소까를 사로잡았다. 빠드마바띠를 꼭 빼닮은 눈이었다. 꾸날라의 눈이 밤하늘의 별처럼 반짝였다.

"왕자님, 안아보십시오."

"모두들 수고했소."

아소까는 자신을 바라보는 꾸날라의 눈을 본 순간 콧잔등이 찡했다. 자신의 아기를 자신이 안고 있는 것이 믿어지지 않을 만큼 행복했다. 그제야 빠드마바띠가 꼬무락거리며 깨어나 아소까를 쳐다보며 희미하게 웃었다. 아소까가 꾸날라를 궁녀에게 건네주고 말했다.

"고생했소. 꾸날라는 당신을 닮았소."

"당신을 닮았으면 더 좋았을 거예요. 당신은 무엇이든 뛰어난 분이니까요."

"나는 이제 딱사쉴라로 떠나야 하오. 그러나 곧 돌아올 것이니 기다려요."

"기다릴게요. 꾸날라가 당신을 찾을 거예요."

"당신 건강 잘 챙기시오. 다시 만나요."

빠드마바띠가 또 눈물을 흘렸다. 아소까는 군사들의 구령 소리를 들으며 별궁을 나왔다. 다르마 대비가 손자인 꾸날라를 보러 왔다. 다르마 대비가 말했다.

"손자를 보는 것은 기쁜 일이지만 너를 떠나보내는 것은 슬프구나."

"어머니, 대왕님의 명이니 떠나야 합니다."

빈두사라왕의 명을 어기면 왕자라고 해도 가차 없었다. 아소까는 자신이 길들였던 말에 올라탔다. 기수가 앞에서 천천히 달렸다. 마우리야왕국의 깃발이 펄럭였다. 아소까는 기마군사에게 크게 소리쳤다.

"출발하라!"

빠딸리뿟따성을 빠져나가는 기마군사의 말들이 흙먼지를 일으켰다. 딱사쉴라까지 최대한 빠르게 달리기 위해 기마군사를 편성했던 것이다. 아소까는 가능한 한 신속하게 망갈라로이 형제를 처단하고 돌아올 생각을 했다. 꾸날라가 보고 싶고 빠드마바띠의 건강을 돌보기 위해서였다. 그러나 빠드마바띠는 산후병을 앓다가 아소까가 인두강을 건너기 전에 죽었다. 아소까가 빠딸리뿟따를 떠난 지 20여 일 만이었다. 다르마 대비가 지켜보는 가운데 숨을 거두었다.

형제 대신 처형

5월의 딱사쉴라 땅은 아직 겨울의 끄트머리였다. 나무들은 죽은 것처럼 희부옇거나 시커멓게 보였다. 그래도 인두강 언덕의 풀들은 어린싹을 쑥쑥 내밀고 있었다. 목동들은 풀이 돋아나는 곳이면 어디든 양들을 몰고 다녔는데, 양들은 면도하듯 어린싹을 뜯으며 배를 불렸다. 얕은 강물은 겨우내 쌀뜨물 같은 빛깔이었다. 석회석이 섞여 흐르기 때문이었다. 아소까 기마군사들은 강을 건널 때마다 수통에 강물을 담았다. 그러나 바로 마시지 않고 숙영지에 도착하여 반드시 끓인 뒤에 목을 축였다. 물을 끓이는 토기 항아리 밑바닥은 늘 고기비늘처럼 허연 석회석이 달라붙어 있었다. 그러나 딱사쉴라에 입성한 아소까 기마군사들은 그런 불편함이 사라졌다. 딱사쉴라 우물에서 두레박으로 퍼 올린 물은 아무리 마셔도 배탈이 나지 않고 달달하기까지 했다. 아소까 군사들은 딱사쉴라의 우물물을 마음껏 마시고 맨땅에 누워 휴식을 취했다.

그 시간에 아소까는 수시마가 주관한 연회장에 있었다. 아소까의 전령이 미리 달려가 소식을 전했던바, 수시마가 동생 아소까를 위해 마련한 식사 자리였다. 수시마가 가장 높은 자리에

211

앉았고 망갈라로이 형제도 수시마 좌우에 상석을 차지했다. 아소까는 수시마를 정면으로 보는 맞은편에 앉았다. 직사각형의 식탁에는 음식과 포도주, 과일이 푸짐했다. 악사들은 식탁 왼쪽에서 딱사쉴라 전통악기를 들고나와 연주를 했고 무희들은 춤을 추었다. 수시마가 말했다.

"내 동생 아소까여, 먼 길을 오느라 수고 많았네. 이곳에 무사히 도착했으니 오늘은 마음껏 먹고 마시고 쉬시게."

"부왕님께서 환영해 주시니 피로가 싹 풀리는 듯합니다."

"나를 보좌하는 대신을 소개하겠네. 나의 왼쪽에 앉은 사람은 딱사쉴라성 안을 책임지고 있는 대신 망갈라로이이고, 오른쪽에 앉은 사람은 딱사쉴라성 밖을 책임지고 있는 삐띠로이라네. 두 분의 대신이 동생이 딱사쉴라에 머무는 동안 불편함이 없게 할 것이네."

수시마의 소개가 끝나자마자 망갈라로이가 말했다.

"왕자님이시여, 원하시는 것이 있으면 언제든지 저희 대신을 부르십시오. 정성을 다하겠습니다."

"환대해 주시니 고맙기는 하지만 나는 대왕님의 명을 받고 왔습니다. 나는 대왕님의 명대로 머물다가 갈 것입니다."

수시마가 다시 아소까에게 말했다.

"따뜻한 음식이 식겠네. 어서 음식과 과일을 들면서 얘기를 나누세."

호밀가루 빵의 일종인 딱사쉴라의 난은 부드럽고 고소했

다. 빠딸리뿟따 백성들이 먹는 짜빠띠보다 두꺼웠다. 그러니 두 손으로 난을 찢어서 커리와 함께 먹어야 했다. 수시마는 아소까를 만나 반가운 나머지 요리사처럼 말했다.

"빠딸리뿟따 백성들이 먹는 짜빠띠는 거친 호밀가루 반죽을 발효도 시키지 않고 화덕에 구워서 먹었지만 이곳 딱사월라 귀족들은 반드시 고운 호밀가루 반죽을 발효시키어 구운 난을 먹는다네. 우리가 궁궐에서 먹었던 난보다 이곳의 난이 더 부드러울 것이네."

그러자 삐띠로이가 그 이유를 말했다.

"이곳 호밀은 품질도 뛰어나고 향이 좋기 때문이옵니다."

아소까는 호밀 이야기를 듣기 위해 딱사월라에 오지 않았다고 생각하며 화제를 돌렸다.

"이곳은 아직도 겨울이군요."

"왕자님, 이곳은 1년 중 반은 겨울이고 반은 여름입니다. 5월이 지나면 차츰 더워져서 쥐들이 피를 토하고 죽을 때도 있습니다. 가장 좋은 철에 오셨습니다."

접시에 놓인 난에서 구수한 호밀 향이 났다. 그리고 난과 함께 먹는 울긋불긋한 커리가 여기저기 놓여 있었다. 커리 종류만도 서너 개 되었다. 양 뼈를 졸인 사골 커리, 양고기가 들어간 매운 커리, 소고기를 잘게 썬 매운 커리 등이 있었다. 콩가루와 다진 고기를 뭉쳐 만든 고기 경단은 꿩 알만 했다. 뿐만 아니라 식감이 좋은 쌀밥에 당근과 건포도, 고기를 넣고 기름진 비계에다 달달 볶은 볶음밥도 큰 접시에 고깔모자처럼 수북이 쌓여 있었다. 포도주는 놋쇠 주전자에서 달콤한 향을 피우고, 과일은 제철이 아닌데도 바나나, 사과, 망고, 포도 등이 여러 은접시에 가득 놓여 있었다. 수시마가 망갈라로이 대신에게 말했다.

"앞으로 소고기 커리는 금지시키시오. 농사짓는 소가 줄어들 테니까."

"살아 있는 소를 잡는 농부들은 없습니다. 농사짓다 늙어서 죽은 소의 고기만 먹습니다."

"그렇다면 다행이오."

수시마의 말을 자르는 망갈라로이의 태도는 다소 불손했다. 아소까는 눈살을 찌푸렸다. 그런데도 수시마는 별다른 내색을 하지 않았다. 아소까는 마음속으로 중얼거렸다.

'형님은 이자들에게 휘둘리고 있는 게 틀림없어.'

식사가 끝나고 망갈라로이 형제와 악사, 무희, 요리사들이 궁전 연회장을 나갔다. 수시마와 아소까만 남았다. 수시마가 자신 앞에 있는 포도주를 아소까에게 따라주며 말했다.

"우리 둘만 남으니 내가 빠딸리뿟따에 있는 것처럼 마음이 편해지는군."

"형님, 마음이 불편하십니까?"

"나야 궁에서 편하게 살고 있네. 허나 망갈라로이 형제가 막아버리니 성민들을 만날 수가 없네. 성민들이 어떻게 사는지 궁금해."

"외람된 말씀입니다만 허수아비 같이 사시는군요."

"그건 아니네. 나의 결재 없이는 누구든지 아무 일도 하지 못하니까."

아소까는 수시마 앞에 놓인 포도주를 자신의 잔에 따르며 말했다.

"저는 이 포도주를 마시겠습니다."

"왜 그런가?"

"제 앞에 있는 포도주에는 독을 탔을지 모릅니다."

아소까는 빈 유리잔 두 개를 놓고 수시마가 마신 포도주와 자신 앞에 놓인 포도주를 따랐다. 그러자 수시마가 마신 포도주는 투명하리만큼 붉었고 아소까 앞에 놓인 포도주는 흑색에 가까웠다.

"형님, 이 포도주에는 독이 들어 있습니다."

수시마가 놀라자 아소까는 아무렇지 않은 듯 자신 앞에 놓인 포도주를 바닥에 따라버리며 말했다.

"누구의 계략인지 곧 밝혀질 겁니다."

"어떻게 알 수 있는가?"

"확실한 물증을 잡은 뒤 형님께 말씀드리겠습니다."

"어서 빨리 알려주게. 궁에서 몰래 독을 타다니 무서운 일이 아닌가."

"형님, 그보다 먼저 이 편지를 받으십시오. 대왕님께서 전해주라고 했습니다."

아소까가 품속에서 밀봉한 봉투를 꺼내 수시마에게 건넸다. 빈두사라왕이 수시마에게 전하라고 한 밀봉한 봉투였다. 수시마는 봉투를 뜯자마자 온몸을 부르르 떨었다.

마우리야왕국 빈두사라왕의 이름으로 아소까를 딱사쉴라 부왕으로, 수시마를 딱사쉴라 고문으로 임명한다.

아소까는 수시마가 떨어뜨린 봉투 속의 천을 주워 들었다. 그러면서 다시 자신의 품속으로 넣었다. 아소까가 말했다.

"형님, 너무 상심하지 마십시오. 저는 형님을 우롱하는 권신이 있다면 바로 척결하고 최대한 빨리 빠딸리뿟따로 돌아가겠습니다."

"동생에게 부왕 자리를 내주었다고 놀란 것이 아니네. 대왕님께서 어찌 한마디 언질 없이 바꿀 수 있는가. 그것에 놀랐네."

수시마는 아버지 빈두사라왕의 비정하고 냉혹한 처사에 놀라 두려움을 느꼈다. 아소까가 수시마를 위로했다.

"대왕님께서는 형님을 다시 부왕으로 임명하실 것입니다. 왜냐하면 제가 형님을 농락하는 세력이 있다면 빠르게 척결하고 빠딸리뿟따로 돌아오겠다고 말씀을 드렸고 또 허락을 받았으니까요."

"하긴 성민들의 불만이 목에 차 있다고 보고하는 신하가 있기는 했네."

"형님, 이 진수성찬을 빠딸리뱃따에서 온 군사들에게 베푸시면 어떠하겠습니까?"

"좋은 생각이네."

식탁에 차려진 음식과 과일이 궁녀와 하인들에 의해 수레에 실려 바깥으로 나갔다. 그때까지도 땅바닥에 주저앉자 휴식을 취하던 군사들이 음식과 과일, 포도주를 보자 환호성을 질렀다. 수레로 실어 나른 음식과 과일이 순식간에 사라졌다. 특식이 된 음식과 과일은 먼 길을 달려온 기마군사들에게 꿀맛이나 다름없었다.

"동생은 왜 나와 같이 있지 않고 빠딸리뱃따로 돌아가려고 하는가?"

"병약한 아내가 아들을 낳았습니다. 아들을 보고 싶고 아내를 돌보아야 합니다."

"그렇다면 돌아가야지. 나도 왕자비가 될 약혼녀가 잘 있는지 늘 궁금하다네. 여기로 약혼녀가 와서 함께 산다면 얼마나 좋겠나."

"형님께서 외로웠겠습니다. 그렇게 되도록 대왕님께 건의하겠습니다."

그날 밤. 반달이 떴다. 하늘은 깊은 호수처럼 검푸르렀다. 희미한 달빛 속에서 이동하는 양들이 울음소리를 냈다. 아소까는 참모들을 불러 망갈라로이 형제를 어떻게 제거할지 회의했다.

참모들 중에 두 사람의 심복 참모는 서로 의견이 갈렸다. 한 사람은 망갈라로이 형제 숙소에 잠입해 전광석화처럼 해치우자고 주장했다. 또 다른 참모는 시간이 걸리더라도 그들의 비리를 잡아내어 성민들의 호응을 얻은 뒤 재판으로 단죄하자고 말했다. 아소까는 후자를 선택했다.

"농간을 일삼은 그자들을 재판에 회부하여 처단하시는 것이 딱사쉴라 토착 귀족들에게 경고도 할 겸 더 좋을 것 같소."

아소까는 성민들의 이름으로 망갈라로이 형제를 처단하는 것이 민심을 얻는 전략이라고 판단했다. 참모들은 아소까가 결론을 내리자 모두 선선히 따랐다. 특히 두 명의 심복 참모는 망갈라로이 형제의 비리를 캐는 데 집중했다. 토착 성민을 은밀하게 매수하기도 했다. 그런데 망갈라로이 형제들도 그대로 물러서지는 않았다. 첫날 만났을 때 포도주에 독을 탄 것부터 시작해서 이후로도 계속 아소까를 노렸다. 아소까는 야밤에 생명의 위협을 느끼기도 했다. 복면을 한 자객이 아소까가 자는 침실로 들어와 격투를 벌였던 것이다. 아소까는 자객을 붙잡아 자객의 목에 칼을 겨누면서 추궁했다.

"누가 보냈느냐?"

"……."

입을 다물고만 있자, 아소까는 자객의 목살을 베어 피를 보게 했다. 그제야 자객이 실토했다.

"망갈라로이 대신이 보내서 왔습니다."

아소까는 칼을 칼집에 넣었다. 그러나 그를 죽이지 않겠다는 것이 아니었다. 아소까가 눈짓을 보내자 호위군사가 그의 손발을 묶고 입을 막은 뒤 우물 감옥으로 데리고 가 던져버렸다. 지체하면 자신이 다칠 수 있었다. 몇 달이 지난 뒤, 아소까는 그동안 밝혀진 망갈라로이 형제의 비리를 수시마에게 보고했다.

"이자들이 형님 몰래 뒤에서 농간을 부렸습니다. 목동들에게 자릿세를 받고 성민들에게 세금을 감면하면서 뒷돈을 챙겼습니다. 더구나 눈에 든 여자도 가로챘습니다. 성민들의 원성이 폭발할 것 같습니다."

"눈치채지 못한 것은 아니었지만 그렇게까지 부패한 줄은… 쯧쯧."

수시마는 혀를 차는 것으로 망갈라로이 형제의 체포를 허락했다.

"형님, 저자들 때문에 소요가 일어나기 일보 직전이었습니다. 아니, 장사꾼들이 돈을 주고 산 용병들이 반란을 일으키려고 했습니다."

"반란이라고?"

"국경지방에서는 반란이 있었다고 봐야 합니다. 돈이면 반란도 살 수 있는 세상입니다."

결국 아소까는 쥐도 새도 모르게 망갈라로이 형제를 체포했다. 망갈라로이 형제가 정사를 보러 궁으로 들어오는 순간 군사들이 그들을 결박해서 연행했다. 아소까가 지시했다.

"죽이지 말고 감옥에 처넣어라."

"부왕님 지시대로 하겠습니다."

어느새 아소까는 딱사쉴라 부왕으로 불렸다. 아소까는 심복 참모들에게 두 형제를 심문해서 여죄를 더 캐도록 했다. 두 형제는 고문당하면서 무역하는 장사꾼들에게 무역세를 가혹하게 받아 착복한 사실을 자백했다. 삐띠로이는 이집트와 페르시아의 진귀한 보석을 받고 젊은 장정들에게 군역을 면제해 준 적도 있었다. 여성 납치 등 일일이 열거하기 힘들 정도로 두 형제의 범죄사실이 많았다. 아소까는 공개재판을 통해 그들을 단죄했다.

"나, 아소까는 너희들의 죄를 밝히고 처단하기 위해 이곳으로 왔느니라. 감옥 우두머리는 이자들의 죄를 나열해 보라."

감옥 우두머리가 망갈라로이 형제의 죄를 일일이 열거했다. 죄를 어떻게 지었는지까지 외치면서 열거하자 시간이 꽤 지났다. 흥분해 있던 성민들이 야유를 퍼부었다. 감옥 우두머리에 의해 죄상이 다 알려진 뒤에야 아소까가 말했다.

"나는 너희들을 시신도 찾지 못하는 우물 감옥에 처넣을 것이니라. 할 말이 있는가?"

"수시마 부왕님께서 딱사쉴라에 입성할 때 큰 공을 세운 바 있으니 목숨만은 살려주시오."

"너희들은 수시마 부왕님을 위해 진심으로 그런 것이 아니니라. 수시마 부왕님을 이용하기 위해 도운 척했느니라. 그러니 죄질이 더 나쁘니라."

성민들이 우물 감옥으로 끌려가는 두 형제에게 돌을 던졌다. 머리에 돌을 맞은 망갈라로이는 피를 흘렸고, 삐띠로이는 누군가 휘두르는 몽둥이에 맞아 부러진 팔이 덜렁덜렁했다. 두 형제를 우물 감옥으로 연행하는 동안 성민들의 분노는 극에 달했다. 감옥 우두머리는 돌팔매질하는 성민들의 분노가 잦아들 때까지 수수방관했다. 그것도 두 형제에게 가하는 일종의 형벌이었던 것이다.

딱사쉴라는 망갈라로이 형제를 처단하면서 다시 안정을 되찾았다. 국경지방에서 번지려고 했던 반란은 저절로 잦아들었고 성민들과 목동들은 다시 예전처럼 생업에 전념했다. 딱사쉴라 거리가 활기를 띠자 아소까는 빠딸리뿟따로 돌아가려고 준비했다. 마침내 눈발이 희끗희끗 날리는 날, 아소까는 거느리고 온 기마군사들에게 철수를 지시했다. 아내 빠드마바띠와 아들 꾸날라가 보고 싶어 더 이상 참을 수 없었던 것이다.

4장

두 번째 부인 아상디밋따

강가강 들판에 흙바람이 일었다. 매년 한 번씩 코끼리 경주 대회가 열리곤 했던 들판이었다. 누군가가 며칠 전부터 말을 타고 쏜살같이 달리고 있었다. 아침 해가 뜨기 전부터 땅거미가 질 때까지 쉬지 않고 달렸다. 말도 진땀을 흘렸다. 햇볕이 내리쬐고 있는데도 목덜미와 엉덩이가 축축했다. 말안장에 앉은 사람은 온통 흙먼지를 뒤집어쓰고 있었다. 그가 입은 흰 도티도 흙먼지 범벅이 되어 더러워져 있었다. 땀에 젖은 몸에서는 썩은 망고 냄새가 났다.

그는 딱사쉴라에서 돌아온 지 며칠밖에 안 된 아소까였다. 아소까는 아내 빠드마바띠가 죽은 것을 알고는 슬픔을 이기지 못했다. 다르마 왕비 별궁에 가서 꾸날라를 보고 있으면 미쳐버릴 것 같아 강가강으로 나와 말을 탔다. 딱사쉴라에 있는 동안 아내의 죽음을 숨긴 아버지 빈두사라왕이 원망스러웠다. 어머니 다르마 왕비도 원망스럽기는 마찬가지였다. 빠딸리뿟따 왕궁에 있는 모든 신하들에게 배신감을 느꼈다. 아내의 죽음을 자신만 모르고 있었기 때문이었다. 아소까는 도티를 입은 채 강가강에 풍덩 뛰어들었다. 뜨거워진 몸을 식히느라고 몇 번이나 자맥질을 했다. 비로소 그의 큰 눈과 코가 젖은 머리카락 사이로 드러났다. 말먹이꾼은 어느새 작은 배에 말을 태운 채 아소까를 기다리고 있었다. 아소까가 강물 속에서 나오지 않자 말먹이꾼이 조심스럽게 말했다.

"왕비님께서 별궁으로 왕자님을 모시고 오라고 했습니다."

"알았다. 오늘도 어제와 같이 이렇게 하루가 가는구나."

"날마다 이러고 계신 것을 알면 왕비님께서 크게 놀라실 것입니다."

"내가 미치지 않은 것만도 다행이다. 아니, 내 아들 꾸날라가 있으니 미쳐서는 안 되지."

말먹이꾼은 아소까의 심정을 누구보다도 잘 알 것 같았다. 아소까가 분노를 참지 못하고 강가강을 건너면서 '아, 나를 속였구나, 나를 이용했구나' 하고 혼잣말을 중얼거리곤 했던 것이다. 어머니 다르마 왕비야 어쩔 수 없는 상황이었겠지만 아버지 빈두사라왕은 아소까를 속이고 이용한 측면이 있었다. 딱사쉴라에 가 있는 아소까에게 빠드마바띠가 죽었다는 소식을 얼마든지 전할 수 있었기에 그랬다. 만약 위로의 편지라도 썼다면 아소까를 이용했다는 오해는 사지 않았을 터였다. 젊은 시절 기마군사를 교육시킨 적이 있는 군관 출신의 늙은 말먹이꾼이 말했다.

"왕자님, 제가 한마디 말씀드려도 될까요?"

"너는 왕궁에서 오래 살았으니 나를 조금은 알 것이다. 말해보거라."

"외람된 말씀입니다만, 대왕님께서는 때때로 비정할 수밖에 없습니다."

"부모 자식 사이인데 어찌 비정해야 한단 말이냐?"

"대왕님께서는 딱사쉴라의 반란을 오직 왕자님만이 막을 수 있다고 생각하신 것입니다. 그래서 편지를 보내지 않았을 것이라고 생각합니다. 왕자님의 마음이 흔들릴까 봐 그러셨을 것입니다."

"너는 말먹이꾼으로서 어찌 대왕님의 마음을 잘 아느냐?"

"왕자님께 오기 전까지는 칼라따까 대신의 말먹이꾼이었습니다. 대신은 저에게 온갖 얘기를 다 해주었습니다. 그래서 소상히 알고 있습니다."

"설령 슬픈 소식을 전해주었더라도 딱사쉴라를 모른 체 할 수 있었겠느냐? 대왕님께서 나를 믿지 못한 것이 섭섭하니라."

"그래도 왕자님께는 꾸날라라는 아드님이 있습니다. 아드님이 큰 기쁨을 줄 것입니다."

"꾸날라가 나에게 기쁨을 줄지 슬픔을 줄지 어느 누가 알겠는가?"

"왕자님을 닮았으니 아드님은 용맹스러울 것입니다. 그보다 더한 기쁨은 없을 것이라고 생각합니다."

말먹이꾼은 아소까를 내심 놀라게 했다. 그의 말에는 지혜와 논리가 있었다. 군관 출신이었기 때문에 미천한 마구간지기와는 달랐다. 아소까는 강가강을 건너 자신의 별궁으로 가지 않고 다르마 왕비 별궁으로 올라갔다. 강물에 젖었던 도티와 바지는 건조한 강바람에 말라 고슬고슬했다. 다르마 왕비는 오후 내내 아소까를 기다렸다는 듯 침울한 표정을 짓고 있었다. 말먹이꾼은 말고삐를 잡고 풀밭으로 사라졌다. 다르마가 말했다.

"아소까야, 나를 원망하지 마라. 빠드마바띠는 내 앞에서 편안하게 눈을 감았다. 꾸날라를 부탁한다고도 말했다."

"어머니, 빠드마바띠가 죽었다는 소식을 왜 전해주지 않았어요?"

"대왕님의 명이었다. 네가 슬퍼할까 봐 누구도 입을 열지 말라고 했다."

"이 말씀을 하려고 저를 불렀습니까?"

"그래. 네가 나를 원망하고 있는 것 같아 불렀다. 아소까야, 내가 얼마나 괴로웠는지 아느냐? 너에게 지금 이 말이라도 하고 나니 괴로움이 조금 가시는구나."

그때 궁녀가 어린 꾸날라를 안고 왔다. 꾸날라는 아소까를 보더니 경계했다.

"꾸날라야, 네 아버지다."

다르마 왕비가 눈짓을 하자 끼사락슈미가 꾸날라를 아소까에게 안겼다. 아소까는 꾸날라를 안더니 눈물을 보였다. 꾸날라는 큰 눈을 껌벅거리며 다르마 왕비에게 가겠다고 발버둥 쳤다. 다르마 왕비가 꾸날라를 양모처럼 길렀음이 분명했다. 아소까가 무뚝뚝하게 말했다.

"어머니, 가서 쉬겠습니다."

"예전처럼 스승을 구해 만나거라. 너는 아직도 왕자로서 배워야 할 것이 많지 않으냐."

"알겠습니다."

"웨살리로 간 목갈리뿟따띳사를 다시 부를까?"

"아닙니다. 라다굽따 제관님이 있지 않습니까? 당분간 혼자 지내고 싶습니다."

아소까가 일어서자 다르마가 만류했다.

"사실은 대왕님이 이곳으로 오시기로 했다. 그러니 잠시만 여기 있거라."

"저는 대왕님을 나중에 뵙겠습니다."

다르마 왕비가 만류함에도 불구하고 아소까는 휙 일어나 나가버렸다. 다르마 왕비가 "아소까야, 아소까야" 하고 불렀지만 소용없었다. 끼사락슈미가 문밖까지 쫓아나가 보았지만 아소까는 뒤도 돌아보지 않았다. 끼사락슈미가 다르마 왕비에게 말했다.

"왕비님이시여, 왕자님께서 대왕님을 지금 만나는 것은 좋지 않을 듯합니다. 시간이 지나면 오해는 저절로 풀리니까요."

"대왕님 심기를 불편하게 해서 좋을 일이 뭐 있겠느냐. 나는 그것이 걱정스럽구나."

강가강에서 시원한 바람이 불어왔다. 해가 지평선 너머로 질 때마다 불어오는 강바람이었다. 강바람에는 궁중 정원에서 피어나는 꽃향기가 묻어 있었다. 다르마 왕비는 꽃향기를 맡으면서 심란한 마음을 달랬다. 강바람에 꽃향기라도 맡으니 위로가 되었다. 다르마 왕비는 혼자서 절레절레 도리질을 했다. 아지비까교 수행자 자나사나를 따라 궁에 들어온 이후 하루도 근심 걱정하지 않고 보낸 날이 없었던 듯했다. 기뻐서 웃는 날도 있었지만 눈물짓던 날이 많았던 것이다. 행복과 불행은 늘 짝을 지어 오갔다. 빛이 있으면 그림자가 생기듯 행복과 불행은 서로 등을 대고 붙어 있는 것 같았다.

빈두사라왕은 초저녁을 훌쩍 넘긴 시각에 왕비 별궁으로 왔다. 달이 궁중 정원 숲 위로 올라 달빛을 뿌렸다. 다르마 왕비와 끼사락슈미가 왕비 별궁 정문 밖까지 나와 맞이했다. 빈두사라왕은 연회를 파하고 오는 듯 입에서 포도주 냄새를 풍겼다.

"왕비여, 꾸날라는 탈이 없지요?"

"양모를 구해야 할 텐데 걱정이옵니다."

빈두사라왕은 술을 많이 마셨는지 약간 비틀거렸다. 끼사락슈미가 놀라 가까이 다가섰다가 물러났다.

"대취했소. 신하들을 내보내고 난 뒤 혼자서 더 마시고 이곳으로 왔소."

"기쁜 일로 드셨사옵니까?"

"왕국에 기쁜 날만 있었으면 얼마나 좋겠소. 이번에는 웃제니 지방이 시끄럽소. 늘 변방 도시가 문제요."

웃제니는 바라나시에서 남서쪽으로 십여 요자나 거리에 있는 성곽도시였다. 남쪽 잠부디빠와 북쪽 잠부디빠 사이에 있어 상인들의 발길이 잦고 무역이 발달한 곳이었다. 방으로 들어온 다르마 왕비가 화제를 돌렸다.

"아소까를 결혼시키면 손자 꾸날라 걱정은 하지 않아도 될 것이옵니다."

"맞소. 새 왕자비가 오면 꾸날라도 좋을 것이오."

"제 생각도 그렇사옵니다."

"왕자비가 될 사람을 보기라도 했소?"

"마침 빠딸리뿟따성 안에 조용하고 착한 브라만 여자가 있 사옵니다."

"이 일은 왕비가 알아서 하시오."

다르마 왕비는 빈두사라왕의 눈치를 보아가며 말했다. 아 소까가 사람들을 불신하고 있다는 말은 한마디도 꺼내지 않았 다. 평소에도 빈두사라왕이 아소까의 행동을 탐탁지 않게 말한 적이 한두 번이 아니었기 때문이었다. 빈두사라왕은 아소까의 능력을 인정하면서도 마음속으로는 가까이하지 않았던 것이다. 빈두사라왕은 아소까가 비록 아들이기는 하지만 마치 경쟁자이 기라도 하듯 막연한 경계심을 가지고 있었다. 다음 날. 빈두사라 왕의 허락을 받은 다르마 왕비가 끼사락슈미에게 말했다.

"어제 대왕님께서 나에게 일임했다. 그러니 너는 아상디밋 따 집에 가서 대왕님이 허락했다고 전하거라."

"잘됐습니다, 왕비님. 아상디밋따 부모는 소원이 이루어졌으니 더없이 기뻐할 것 같습니다."

"그렇게 좋아하더냐?"

"원래 브라만이었는데 너무 가난하여 수드라처럼 살고 있었거든요. 딸이 왕궁으로 들어오면 살림도 펴지지 않겠습니까?"

빠딸리뿟따 사람들이 가장 바라는 것은 딸이 왕비나 왕세자비가 되는 간택이었다. 그러면 세금이 면제되고 경사가 생길 때마다 왕궁에서 수시로 진귀한 물품을 내려보냈다. 그러한 물품을 시장에 내다 팔면 바로 생활에 큰 보탬이 되었다. 다르마 왕비는 아소까 별궁으로 찾아갔다. 마침 아소까는 드르렁드르렁 코를 골며 낮잠을 자고 있었다. 다르마 왕비가 손을 잡아 흔들어대자 그제야 아소까가 잠에서 깼다.

"어머니, 웬일이세요?"

"너에게 경사가 생겼다."

"경사라니요?"

"꾸날라를 키워줄 새엄마가 생길 것 같다. 너만 좋으면. 나이 들어가는 내가 무슨 수로 꾸날라를 잘 키울 수 있겠니."

아소까는 어안이 벙벙한 표정을 지었다가 두 손으로 얼굴을 문질렀다. 꾸날라를 키워줄 여자라는 말에 정신을 차렸다.

"어떤 여자인가요?"

"이름은 아상디밋따인데 브라만 딸이다. 끼사락슈미가 직접 보았는데 아주 얌전하고 착한 여자라고 하더구나."

"꾸날라를 잘 키워주기만 한다면."

"그럼 결혼하겠다는 것이냐?"

"그 여자가 꾸날라를 잘 키울 것이라고 하니까요. 굳이 결혼식이 필요하겠어요? 양모처럼 들어와 살면 되겠지요."

"내 말을 믿어주니 고맙구나. 오늘 밤에라도 아상디밋따를 내 별궁으로 불러들일 테니 와서 네 눈으로 확인해 보거라."

"그럴게요. 꾸날라를 얼마나 잘 대해줄지 시험해 보겠습니다, 어머니."

다르마 왕비는 밤까지 기다리지 못했다. 끼사락슈미에게 아상디밋따와 그녀의 아버지를 데리고 오도록 지시했다. 아상디밋따와 꾸날라가 친해질 시간을 벌기 위해서였다. 꾸날라가 아상디밋따를 따르지 않으면 아소까가 돌아서 버릴 수도 있었다. 잠시 후 아상디밋따와 그녀의 아버지가 왕비 별궁으로 왔다. 다르마 왕비는 아상디밋따를 보는 순간 마음이 놓였다. 끼사락슈미의 말대로 아상디밋따는 차분하고 조용했다. 다만 옷차림이 너무 초라하여 측은한 마음이 들 정도였다. 그녀의 아버지는 다르마 왕비를 바로 쳐다보지 못했다.

"딸을 행복하게 해줄 터이니 안심하시오."

"가문의 영광이옵니다. 눈이 부시어 고개를 들지 못하겠사옵니다."

"이제 사돈의 인연을 맺을 터이니 그럴 필요가 없습니다."

"저의 딸은 왕자님께 순종하고 왕자님의 아드님을 친아들처럼 기르겠다고 인드라 신께 맹세했사옵니다."

남루한 옷차림과 달리 브라만의 피가 흐르는 그녀의 아버지 말투는 진중했다. 다르마 왕비가 아상디밋따를 쳐다보며 말했다.

"거룩한 마음을 내었다고 하니 고맙구나."

"인드라 신께 맹세했으니 제 마음은 반석과 같을 것이옵니다."

"오, 착하기도 해라."

다르마 왕비가 끼사락슈미를 불러 지시했다.

"아상디밋따를 별실로 데리고 가서 내 비단 사리를 입히고 보석으로 된 발찌와 팔찌를 주거라."

"예, 알겠습니다."

"꾸날라도 데리고 오거라."

걸음마를 막 시작한 꾸날라는 궁녀들이 돌보고 있었다. 새 옷으로 갈아입은 아상디밋따는 전혀 다른 여자로 보였다. 눈부시게 아름다웠고 왕족처럼 고상하게 보이기까지 했다. 다르마 왕비는 아소까가 보면 단번에 반할 것이라고 흡족해했다. 그런데 더 놀랄 일이 벌어졌다. 끼사락슈미 가슴에 안긴 꾸날라가 아상디밋따에게 가려고 손을 내밀었다. 꾸날라가 친엄마를 만난 듯 아상디밋따 품에 안겨서 까르르 웃었다. 다르마 왕비는 그 모습에 갑자기 눈물을 흘렸다. 꾸날라에 대한 걱정이 순식간에 사라졌다. 뿐만 아니라 아소까가 아상디밋따에게 안긴 꾸날라를 본다면 결혼할 마음이 생길 것 같았다. 다르마 왕비가 꾸날라에게 다가가서 두 팔을 벌렸다. 그러나 꾸날라는 아상디밋따에게서 떨어지지 않으려고 떼를 썼다.

　　그날 밤이었다. 달빛이 왕비 별궁 지붕에 쏟아져 내렸다. 달빛을 받은 정원의 공작야자수 이파리들이 반짝거렸다. 공작야자수 이파리들은 독수리 날개처럼 크고 의젓했다. 초저녁에 왕비 별궁으로 온 아소까는 꾸날라를 보듬고 있는 아상디밋따를 보자마자 미소 지었다.

왕자 독살 미수 사건

옛 아완띠국의 수도인 웃제니의 반란은 심각했다. 반란수괴는 빈두사라왕이 파견한 관리들을 처형한 뒤 웃제니에서 왕 행세를 했다. 웃제니를 지나는 상인들에게 과도한 통행세를 갈취했다. 항의하는 상인들을 감옥에 가두기도 했다. 그러자 대상(隊商)들은 웃제니를 거치지 않고 먼 길을 돌아서 까시국 수도인 바라나시로 들어가 짐을 풀었다. 상인들이 오가지 않는 웃제니는 차츰 흉흉해졌다. 성민들은 하나둘 성을 떠났고 빈집들이 늘어난 성안은 활기를 잃어갔다.

빈두사라왕은 왕자 중에서 누구를 웃제니에 파견할지 며칠 동안 고민했다. 총애하는 라따나 왕자를 보내자니 그는 아직 어렸다. 빈두사라왕은 날마다 칼라따까와 라다굽따를 불러놓고 대책을 논의했지만 결론이 쉽게 나지 않았다. 빠딸리뿟따 주변의 옛 소국에 파견한 왕자들과 관리들이 있지만 결정하지 못하고 주저했다. 그들을 잘못 파견했다가 실패하면 빈두사라왕의 체통은 땅에 떨어질 것이고, 옛 소국들 중에 어떤 나라가 자극받아 반란을 일으킬지도 몰랐다. 반란은 빌미만 생기면 순식간에 전염병처럼 퍼지기 마련이었다. 빈두사라왕은 날이 갈수록 초조했다. 그런 탓에 그날은 아침 일찍부터 칼라따까와 라다굽따를 궁으로 불러들였다. 칼라따까에게 먼저 물었다.

"제관의 생각은 어떻소?"

"소신은 대왕님의 의견이 옳다고 생각하옵니다. 유능한 왕자님을 보내 단번에 반란수괴를 제압해야 합니다. 그러지 않으면 반란은 들불처럼 이웃 나라로 번질 것입니다."

"소국에 파견한 왕자들이 많이 있소. 그들 중에 누구를 보내면 좋겠소?"

"어찌 소신의 입으로 유능하다 무능하다고 평가하겠사옵니까? 대왕님은 이미 어떤 왕자님이 유능한지 정확하게 보시고 계실 것입니다."

빠딸리뿟따 주변의 옛 나라에 파견한 왕자 출신 부왕들은 많았다. 그러나 왕자들을 함부로 평가했다가는 나중에 후환이 생길 수도 있었다. 왕자를 낳은 왕비들이 무슨 모사를 꾸미며 칼라따까를 공격할지 알 수 없었다. 칼라따까는 그것이 두려워서 심중에 있는 말을 꺼내지 못했다. 빈두사라왕이 답답해하며 이번에는 라다굽따에게 물었다.

"제관은 어떻게 생각하오?"

"소신도 대왕님의 뜻을 따르겠사옵니다."

"허허. 제관의 의견을 묻고 있소. 누구를 웃제니에 보내면 좋겠소?"

"소신은 대왕님께서 누구를 지목하고 계신지 짐작하고 있사옵니다. 그래서 대왕님의 뜻을 따르겠다고 했습니다. 제 의견은 그것이옵니다.”

라다굽따는 빈두사라왕의 물음을 교묘하게 빠져나갔다. 그러면서도 빈두사라왕의 기분을 상하지 않게 했다. 빈두사라왕의 마음은 복잡했다. 이미 능력이 검증된 아소까를 보내고 싶지만 차마 그러지를 못했다. 딱시쉴라에서 돌아온 지 얼마 되지 않은 아소까를 웃제니로 보낸다는 것은 아무래도 잔인한 일이었다. 더구나 딱시쉴라에서 돌아와 아내의 죽음을 알고 실의에 빠져 미친 사람처럼 행동했던 아소까였다. 두 번째 아내 아상디밋따를 만나 겨우 진정한 상태인데, 아소까에게 또 웃제니로 떠나라고 명을 내린다면 반발할지도 몰랐다. 설령 마지못해 빈두사라왕의 명을 따른다고 해도 마음속으로는 원망을 품을 터였다. 뿐만 아니라 아소까 말고도 다르마 왕비를 설득하는 것도 난감했다.

“아소까를 능가하는 왕자들이 없다는 말이오?”

“감히 말씀드리옵니다만, 총애하시는 라따나 왕자님은 아직 경험이 부족합니다.”

“허허. 시간을 더 끌다가는 나 빈두사라의 명예가 더럽혀질지도 모르겠소.”

“대왕님이시여, 다르마 왕비님을 설득하시는 것도 방법일 듯하옵니다. 왕비님께서 말씀하시면 아소까 왕자님이 차마 거절하지 못할 것 같사옵니다.”

"누가 다르마 왕비를 설득한단 말이오. 아소까가 딱사쉴라로 떠날 때 다르마 왕비는 며칠간 식음을 전폐한 적이 있소."

빈두사라왕은 다르마 왕비의 눈치를 보지 않을 수 없었다. 더구나 다르마 왕비는 젖먹이 손자 꾸날라를 키우는 고생까지 감수했던 것이다. 빈두사라왕이 라다굽따에게 말했다.

"사실 다르마 왕비는 왕손을 잉태한 몸이오. 내가 나서서 말할 자신이 없소. 유산이라도 하면 누구를 원망하겠소? 그러니 아소까의 스승인 라다굽따 제관이 나서주시오."

라다굽따는 답변을 못 하다가 겨우 한마디 했다.

"소신은 아소까 왕자님의 스승이기는 하였지만 다르마 왕비님을 자주 뵙지는 못했사옵니다. 소신이 나섰다가는 오히려 역효과가 날지도 모르겠습니다."

무슨 일이든 먼저 나서지 않는 라다굽따다운 말이었다. 그가 한 약속은 지켜진 적도 안 지켜진 적도 없다는 우스갯소리가 성안에 돌았다. 그래서인지 그에게는 적이 없었다. 부드럽고 따뜻한 언행 덕분에 자기 자리를 오랫동안 지키고 있는 그런 위인이었다. 빈두사라왕이 칼라따까를 쳐다보며 말했다.

"칼라따까 제관이 왕비를 만나보겠소?"

"다르마 왕비님의 청으로 별궁을 드나들곤 했습니다만, 왕비님께서 소신의 말을 들어주겠사옵니까?"

"어떻게 말하면 다르마 왕비가 아소까를 설득할지 고민해보시오. 그대의 공은 잊지 않겠소."

그때 친위대장이 들어와 빈두사라왕에게 귓속말을 했다. 갑자기 빈두사라왕의 얼굴이 어두워졌다. 빈두사라왕은 즉시 대신들과의 자리를 파했다. 칼라따까와 라다굽따는 왕궁을 나와 헤어졌다. 그런데 칼라따까는 내성 동문으로 가다가 다시 궁으로 돌아와 친위대장을 기다렸다. 친위대장은 다르마 왕비의 신임을 받는 유일한 장수였다. 친위대장은 다르마 왕비가 외출할 때마다 자청해서 호위해 왔던 공으로 자잘한 허물이 있었지만 대장직을 유지했다. 이윽고 친위대장이 심각한 얼굴로 궁문을 나왔다. 칼라따까가 물었다.

"대장, 무슨 일이 있소?"

"간밤에 라따나 왕자님이 독살당할 뻔했소."

"대왕님께서 총애하는 왕자님이신데 도대체 누구의 소행이란 말이오?"

"조사를 해봐야 알겠지만 라따나 왕자님을 시기하는 무리가 틀림없소."

왕자를 죽이려는 음모는 처음 있는 일은 아니었다. 딱사쉴라 부왕 수시마도 빠딸리뿟따에 있을 때 독살당할 뻔했던 것이다. 그런데 수시마 같은 왕자를 갖지 못한 왕비들의 사주를 받았을 것이라는 혐의만 무성했다가 미궁에 빠진 사건이었다. 음식에 독을 탄 궁녀가 강가강에 투신해 죽는 바람에 사건이 유야무야돼 버렸던 것이다.

이번에는 라따나 왕자를 짝사랑했던 궁녀가 양심의 가책

을 느꼈는지 자신이 독을 탄 음식을 먼저 먹은 뒤 입에 피를 흘린 채 죽어 있었다. 라따나 왕자 별궁이 발칵 뒤집혔지만 연루자가 죽은 탓에 누구의 사주를 받았는지는 하루가 지난 지금까지도 오리무중이었다. 즉시 우두머리 궁녀는 물론 음식을 만드는 궁녀들을 감옥에 가두었지만 라따나 왕자 별궁의 뒤숭숭한 분위기는 좀체 바뀌지 않았다. 빈두사라왕은 감옥에 갇힌 궁녀 전원을 사형에 처하라고 친위대장에게 지시했다. 친위대장이 더욱 심각해진 것은 바로 그런 이유 때문이었다. 친위대장이 미간을 찌푸리며 말했다.

"대왕님의 총애를 받는 왕자님들이 표적이 되고 있소. 아마도 질투하는 왕비님들의 소행인 것 같소."

"빠빠 왕비의 동태는 어떻소?"

문득 칼라따까는 궁에 들어왔을 때부터 다르마 왕비를 괴롭혔던 열다섯 번째 빠빠 왕비가 떠올랐다. 궁녀들 사이에 악행으로 소문난 왕비였다. 그녀는 아기를 낳지 못해서인지 다산하는 왕비들을 시기했고 자신보다 젊고 얼굴이 반반한 궁녀들을 괴롭혔다. 친위대장이 다시 말했다.

"빠빠 왕비님은 아닌 것 같소. 왕자를 낳지 못하는데 굳이 왕자를 미워할 까닭이 있겠습니까? 빠빠 왕비님이 시기하는 대상은 라따나처럼 똑똑한 왕자를 낳은 왕비들이겠지요. 대왕님의 사랑을 독차지하는 왕비들이요."

칼라따까는 그 말을 듣고는 무릎을 쳤다.

"아, 다르마 왕비님을 시기하는 사람이 없는 이유를 이제야 알겠소. 아소까 왕자님이 대왕님의 총애를 받지 못하기 때문이 아니오?"

"그렇소."

칼라따까가 갑자기 처량하게 말했다.

"대왕님께서는 웃제니 반란을 진압하고자 아소까 왕자님을 파견하려고 하는 것 같소. 나보고 다르마 왕비님을 먼저 설득하라고 하시는데 방법을 모르겠소."

"방법이 없는 것은 아니오. 암투가 심한 궁중에 있지 말고 밖으로 나가 있는 것이 안전하다고 설득할 수 있지 않겠소?"

"아! 그럴 수 있겠소."

"사실이지요."

"그런데 부탁이 하나 있소."

칼라따까가 또다시 친위대장에게 애원하듯 부탁했다.

"다르마 왕비님은 대장을 신임하고 있소. 그러니 함께 다르마 왕비님을 만나면 어떻겠소."

"어렵지 않은 일이오."

두 사람은 곧장 다르마 왕비 별궁으로 달려갔다. 끼사락슈미가 두 대신을 맞이했다. 구면인 데다 다르마 왕비가 신임하는 친위대장이므로 끼사락슈미는 바로 두 대신을 안내했다.

"왕비님은 후원에서 산책 중이십니다. 저를 따라오셔요."

후원도 왕비 별궁 앞 정원 못지않게 붉은 양귀비와 하얀 목련꽃이 만발해 있었다. 다르마 왕비는 꽃향기를 맡으며 위로받고 있는 듯했다. 다르마 왕비가 공작야자수 그늘에 앉아 있다가 두 대신을 보고는 일어났다. 칼라따까가 먼저 다가가 고개를 숙였다.

"왕비님이시여, 자주 찾아뵙지 못해 죄송합니다."

"아소까 스승이 라다굽따로 바뀐 뒤로 처음인가요?"

"그렇습니다. 목갈리뿟따띳사를 왕비님께 데리고 온 이후 처음인 것 같습니다."

칼라따까는 빈두사라왕을 대하듯 정중하게 말했다.

"대장님은 무슨 일로 오셨습니까?"

"궁에 불미스러운 사건이 나서 보고드리러 왔습니다. 라따나 왕자님께서 독살당할 뻔했습니다."

"그래요? 왕자님은 어떤가요?"

"무사합니다. 궁은 안전하기도 하지만 한시도 마음을 놓을 수 없는 곳이기도 합니다."

칼라따까가 기회를 놓치지 않고 말했다.

"왕비님, 아소까 왕자님도 질투하는 무리가 있을 것이옵니다. 조심하셔야 합니다."

칼라따까는 친위대장에게 눈짓을 했다. 그러자 친위대장이 마지못해 말했다.

"제관님은 아소까 왕자님을 걱정해서 드리는 말씀인 것 같습니다."

242

다르마 왕비는 친위대장의 보고를 듣고 나서는 불안해했다. 그러자 칼라따까가 단호한 목소리로 말했다.

"대장이 가까이 있으니 걱정 마십시오."

"무슨 대책을 세워두기라도 했다는 말씀인가요?"

"왕비님이시여, 성안은 언제나 불안하고 차라리 성 밖은 안전합니다."

"제관님은 아소까가 또다시 성 밖에 있어야 한다는 말씀인가요?"

"그렇습니다. 이는 도망치는 것이 아닙니다. 대왕님의 뜻에 따라 왕국을 지키는 영광스러운 일입니다."

다르마 왕비는 칼라따까가 무슨 말을 하려는지 이해하지 못한 채 친위대장에게 물었다.

"대장님, 대왕님의 뜻을 따른다니 무슨 말인가요?"

"왕비님이시여, 옛 아완띠국 수도 웃제니에서 반란이 일어났습니다. 반란을 제압하는 일이 마우리야왕국을 지키는 영광스러운 일입니다."

칼라따까가 또다시 말했다.

"왕비님, 아소까 왕자님께서 두 가지를 얻을 수 있는 기회입니다. 하나는 대왕님의 뜻을 받들어 명예를 더하는 일이고, 두 번째는 성 밖으로 나가 목숨을 보존하는 일입니다. 왕자님은 출중하시기 때문에 두 가지를 다 이루실 것입니다. 왕자님께 이러한 제안을 전할 분은 오직 왕비님뿐입니다."

"무슨 말씀인지 알겠습니다. 어쩌면 아내와 아들과 함께 아소까가 멀리 나가 있고 싶어 할지도 모르겠어요. 딱사쉴라에서 돌아온 뒤 궁 안의 사람들에게 너무 실망하였으니까요."

"왕자님에게 명예가 더해진다면 왕자님의 앞날은 산처럼 높고 강처럼 깊어질 것입니다."

칼라따까는 다르마 왕비가 자신의 말을 호의적으로 들어주었으므로 절반은 성공했다고 판단했다. 이제 아소까는 다르마 왕비의 설득에 달린 셈이었고 자신은 빈두사라왕에게 포상을 받을 일만 남은 것 같았다.

화형당한 궁녀들

내성 성벽 순시를 마친 친위대장은 죄인을 다스리는 감옥의 우두머리 옥주(獄主)를 찾아가 만났다. 마침 옥주는 왕자 독살 미수 사건으로 잡혀 온 궁녀들에 대해서 보고를 받고 나오는 길이었다. 옥주는 큰 사건인데도 범인을 잡아내지 못한 것에 혀를 차고 있었다. 왕명이 떨어지면 처음부터 조사를 다시 해봐야겠다는 태도였다. 친위대장이 말했다.

"대왕님께서는 감옥에 있는 궁녀 전원을 처형하라는 명을 내리었소."

"누가 사주했는지 조사해야 하지 않겠소?"

"연루자가 자살해 버렸으니 어려운 일이오."

"모두 처형해 버리면 영원히 미궁에 빠져버리지 않겠소?"

"대왕님께서 모두 처형하라는 이유가 있소. 왕자님의 음식에 독을 탄 궁녀도 궁녀지만 그것을 사전에 예방하지 못한 죄를 궁녀들 모두가 지었기 때문이오."

"요리 별실에 있던 궁녀들을 처형 직전까지 조사해 보겠소. 그래야 이런 사건이 다시 일어나지 않을 것 같소."

"그렇다면 처형 시기를 늦추어 달라고 대왕님께 건의할 테니 기다려보시오."

"반드시 밝혀내고야 말겠소."

"대왕님의 명이니 조사하다가 궁녀들이 죽어도 상관하지 않겠소."

친위대장은 옥주의 말에 일리가 있다고 여기어 자신의 직권으로 궁녀들의 처형 시기를 늦추었다. 궁으로 돌아가 빈두사라왕의 허락도 받아냈다. 범죄를 수사하는 기관과 관원이 따로 있으나 옥주는 나라의 중요 사건에 대해서 왕명을 받아 죄인을 수사한 적이 있었으므로 그렇게 말했던 것이다. 친위대장을 통해 빈두사라왕으로부터 궁녀들의 수사권을 위임받은 옥주는 잔인하고 인정사정없는 옥졸 열 명을 선발해 수사요원으로 명했다. 첫 번째로 불려 온 궁녀는 라따나 왕자 음식에 독을 탄 궁녀와 한방에서 잠을 자던 수드라였다. 고문실에 불려 온 어린 궁녀는 수사하는 옥졸들 앞에 서자마자 부들부들 떨었다. 늙은 옥졸이 어린 궁녀를 타이르듯 말했다.

"사실대로 말하면 살려주겠다. 누가 왕자님 음식에 독을 타라고 지시했느냐?"

"저는 모르는 일입니다."

"죽은 궁녀와 한방에서 잠을 자는 사이인데도 전혀 모른단 말이냐?"

"인드라 신께 맹세합니다. 언니 궁녀가 왕자님을 좋아한다는 것은 알고 있었습니다만 음식에 독을 타겠다는 이야기를 듣거나 그런 낌새를 조금도 알아차리지 못했습니다.”

“감히 수드라 주제에 왕자님을 사모했다고? 자살한 궁녀가 너에게 무어라고 말하더냐?”

“라따나 왕자님의 모습만 봐도 가슴이 콩콩 뛴다고 저에게 자주 말했습니다.”

젊은 옥졸이 얼굴을 험악하게 일그러뜨리며 소리쳤다.

“왕자님을 사모했던 궁녀가 왕자님 음식에 독을 탔다고? 그게 말이 되는가!”

“그래서 언니 궁녀가 음식에 독을 탔다가 그 음식을 먼저 먹어버린 것 같습니다.”

늙은 옥졸이 야릇한 미소를 지었다.

“양심의 가책을 느꼈단 말이지. 좋아. 그럼 궁녀에게 독을 타라고 사주한 범인이 있지 않겠느냐? 그 범인만 실토하면 살려주겠다.”

“옥졸님, 저는 정말로 알지 못합니다.”

늙은 옥졸이 젊은 옥졸에게 눈짓을 하자 궁녀를 또 다른 고문실로 데리고 갔다. 그 고문실에는 수십 마리의 뱀이 스멀스멀 기어다니고 있었다. 뱀들 중에는 고개를 쳐들고 혀를 날름거리는 뱀도 있고 똬리를 틀고 잠을 자는 뱀도 있었다. 어린 궁녀가 뱀을 보자마자 비명을 질렀다.

“싫어요! 싫어요!”

“들어가기 싫으면 실토하라.”

"정말 모르는 일이에요."

"아직도 정신을 차리지 못하는군. 뱀을 더 넣어라!"

지시를 받은 젊은 옥졸이 밖으로 나갔다가 자루를 들고 왔다. 그런 뒤 고문실 문을 열고 자루를 던졌다. 자루에서 가늘고 긴 뱀들이 한꺼번에 쏟아져 나왔다. 겁에 질린 어린 궁녀가 울부짖기 시작했다.

"살려주세요! 살려주세요!"

젊은 옥졸이 문 옆의 들창문을 열고 말했다.

"살고 싶으면 자백하거라."

어린 궁녀는 대답하지 못하고 뱀들이 다가오자 비명만 질러댔다. 발을 동동 구르는 어린 궁녀를 향해 일부 뱀들이 달려들었다. 늙은 옥졸이 젊은 옥졸에게 말했다.

"독이 없는 뱀이니 죽지는 않을 것이지만 곧 혼절할 것이다. 이번에는 우두머리 궁녀를 데리고 오너라."

우두머리 궁녀는 옥졸의 부축을 받고 고문실로 들어왔다. 어느새 고문실에는 새로운 고문 기구가 놓여 있었다. 시커먼 솥 밑에서는 유황불이 활활 탔다. 유황불 불빛에 옥졸들의 검은 얼굴이 번들거렸다. 솥 안에서는 물이 금세 끓기 시작했다. 우두머리 궁녀는 모진 고문을 당했는지 얼굴이 상처투성이였고 옷자락에는 여기저기 피가 묻어 있었다. 늙은 옥졸이 엄하게 말했다.

"네가 음식을 요리하는 별실의 우두머리 궁녀냐?"

"그렇습니다."

"어찌 감독하였길래 라따나 왕자님 음식에 독이 들어간 것이냐?"

"감독하지 못한 책임을 지고 제가 죽을 것이니 다른 궁녀들은 살려주십시오."

"대왕님은 너희들의 목숨을 나에게 맡겼다. 누가 사주했는지 말하라. 그러면 네 뜻을 받아들여 궁녀들을 살려달라고 건의하겠다."

"맹세컨대 저는 모릅니다."

"그렇다면 자살한 궁녀와 자주 만났던 사람은 누구냐?"

"요리하는 별실에 많은 사람들이 오가셨으니 한 분만 지목해서 말할 수는 없습니다."

우두머리 궁녀는 모든 것을 체념한 듯 담담하게 말했다.

"네가 아직도 이 사건이 얼마나 위중한지를 모르는구나."

늙은 옥졸이 젊은 옥졸에게 턱짓을 했다. 그러자 젊은 옥졸이 우두머리 궁녀의 오른팔을 낚아채더니 펄펄 끓는 솥 물에 집어넣었다. 우두머리 궁녀가 발작하듯 몸부림치며 비명을 질렀다.

"이래도 실토하지 않겠느냐!"

"저는 누구에게도 누명을 씌우고 싶지 않습니다."

"협조할 생각이 아예 없구나!"

늙은 옥졸이 자신의 왼팔을 들자 젊은 옥졸이 이번에는 우두머리 궁녀의 왼팔을 잡아당기더니 솥 물에 담갔다. 우두머리 궁녀의 오른팔은 뼈가 녹아버린 듯 덜렁덜렁 움직였다. 늙은 옥졸이 악마처럼 소리쳤다.

"요리 별실에 다녀간 사람들을 모두 대거라. 대지 않으면 너는 이 자리에서 두 다리마저 잃을 것이니라."

"차라리 죽여주시오."

늙은 옥졸은 자신이 협박한 대로 우두머리 궁녀의 오른발을 솥 물에 넣도록 지시했다. 그래도 입을 다물고 있자 그녀의 왼발까지 담그도록 했다. 그녀의 왼발이 솥에 들어가는 순간 그녀는 혼절해 버렸다. 젊은 옥졸이 그녀의 얼굴에 찬물을 퍼부었다. 그러자 우두머리 궁녀가 짙은 눈썹을 꿈틀거리며 눈을 떴다. 젊은 옥졸이 소리쳤다.

"요리 별실을 출입한 사람을 대거라."

우두머리 궁녀가 모깃소리만 하게 중얼거렸다.

"저는 이래도 죽고 저래도 죽으니 말하지 않겠소."

"참으로 독한 궁녀다."

늙은 옥졸이 눈을 희번덕거리며 도리질했다.

"끌고 나가거라."

사지가 벌겋게 익어버린 우두머리 궁녀는 또다시 혼절한 상태로 들것에 실려 나갔다. 뱀들이 기어 다니는 고문실에 든 어린 궁녀는 실성해 버렸다. 갑자기 히죽히죽 웃으며 젊은 옥졸 손에 끌려 나갔다. 젊은 옥졸이 말했다.

"궁녀를 또 데리고 올까요?"

"나이 많은 늙은 궁녀를 조사해 보자."

어쩌면 나이 많은 궁녀는 실토할지도 몰랐다. 궁에서 오래 살아남았으므로 요령이 많을 것 같았다. 늙은 옥졸의 생각은 맞아떨어졌다. 고문실에 들어온 늙은 궁녀는 살려달라고 애원부터 했다.

"살려만 준다면 무슨 말이든 다 하겠소. 무엇을 알고 싶소?"

"궁녀가 죽은 날 요리 별실에 들어온 사람이 누구인지 말해 시오."

큰 화로에 국자 모양의 쇠붙이가 벌겋게 달궈지고 있었다. 쇠붙이는 죄인의 살을 지지고 태우는 고문 기구였다. 고문 기구를 보자마자 늙은 궁녀는 교활한 표정으로 말했다.

"왕비인지 아닌지 모르지만 누군가가 들어왔습니다."

"왕비님이라고? 잘 생각해 보시오."

"아, 생각이 납니다. 저녁 식사 전 요리 별실에서 본 사람이 빼빼 왕비님 같기도 했습니다."

"빼빼 왕비님?"

"뒷모습이라서 확실하지는 않지만 아마도 빼빼 왕비님 같았습니다."

"조사해 보면 알겠지."

늙은 옥졸은 궁녀를 옥으로 돌려보낸 뒤 옥주를 찾아갔다. 그런데 빼빼 왕비는 그녀의 입에서 튀어나온 말일 뿐이었다. 빼빼 왕비가 어린 궁녀들 앞에서 자신에게 욕을 하고 발길질까지 하는 등 함부로 대했던 것이다. 때가 되면 언제든 복수하려고 했던 참에 빠빠 왕비가 문득 떠올랐을 뿐이었다. 옥주는 늙은 옥졸을 보고 말했다.

"실마리를 찾아냈소?"

"늙은 궁녀가 빠빠 왕비를 지목했습니다."

"나는 생각이 다르오. 빠빠 왕비가 왕자님 음식에 독을 타라고 사주했을까, 하는 의심이 드오."

"어째서 그렇습니까?"

"빠빠 왕비는 아기를 갖지 못하는 석녀요. 대왕님 총애를 받는 왕자님에게 잘 보이려고 노력했으면 했지, 그럴 이유가 없다는 말이오."

"궁녀가 한 말이니 빠빠 왕비님을 조사는 해봐야겠습니다."

"역풍을 맞을 수 있으니 조심하시오."

친위대장의 은근한 반대에도 불구하고 옥주는 빠빠 왕비를 감옥으로 연행해서 조사했다. 빠빠 왕비는 흥분해서 날뛰었다. 감옥으로 연행해 가는 동안 옥졸들에게 소리를 고래고래 질렀다. 연행하는 옥졸의 손을 물어뜯기도 했다. 옥주 집무실에 들어서자마자 큰소리로 항의했다.

"왕비에게 모욕을 주는 이유가 무엇이오!"

"궁녀가 자살한 날 오후 식사 전에 어디서 무엇을 하고 계셨는지 말씀만 하시면 됩니다."

"누가 나를 모함했소?"

"모함으로 알려지면 살아남지 못할 것입니다. 남을 모함한 죄까지 더해져 극형에 처해질 것입니다."

"궁녀들 중에 누군가의 모함이오."

빠빠 왕비가 깊은 한숨을 쉬었다. 분을 가라앉히고 있었다. 그런 뒤 옥주를 보면서 표독한 표정을 지었다. 이제는 너희들이 나에게 당할 차례야, 하는 그런 표정이었다. 빠빠 왕비가 저주하듯 말했다.

"그날 나는 내 별궁에서 대왕님과 함께 있었소. 저녁 식사를 함께했소. 자, 이제 됐소?"

"사실입니까?"

"나를 시중드는 궁녀를 불러다가 물어보시오. 아니면 대왕님께 직접 물어보시오. 그보다 확실한 증거가 어디 있겠소?"

옥주의 얼굴이 사색으로 변했다. 그런 옥주를 보면서 빠빠 왕비는 옥주 집무실을 유유히 빠져나갔다. 옥졸들 모두가 아무도 빠빠 왕비를 제지하지 못했다. 그때 옥졸 하나가 다급하게 다가와 옥주에게 보고했다.

"어젯밤에 들것에 실려 나갔던 궁녀가 죽었습니다. 화기가 온몸에 퍼져 퉁퉁 부은 채 죽었습니다."

"친위대장의 지시를 받아야 하니 그대로 두거라. 실성한 궁녀는 어찌 됐느냐?"

"아예 미쳐버렸습니다. 벽에 머리를 찧고 뒹굴어 온몸을 포승줄로 묶어놓았습니다."

옥주는 궁녀들을 더 조사하지 못하게 지시했는데, 그날 오후 빠빠 왕비를 이유 없이 연행했다는 불경죄로 옥주직을 박탈 당했다. 결국 그는 빠딸리뺏따를 떠나라는 벌을 받고 고향으로 돌아갔고, 요리 별실에서 음식을 만들던 궁녀들은 원래대로 모두 사형을 당했다. 산 채로 묶여 장작더미 불길 속에 던져졌다.

아소까 운명은 칼이다

대신들이 이발하는 날이었다. 칼라따까 대신은 이발하러 궁중 이발소로 갔다. 칼라따까가 궁중 정원을 지나 궁중 이발소가 있는 회랑으로 막 올라설 때였다. 아소까의 말먹이꾼이 달려왔다. 아소까가 딱사쉴라에 가 있을 때만 해도 칼라따까에게 배속된 군관 출신의 늙은 말먹이꾼이었다.

"웬일이냐?"

"아소까 왕자님 심부름으로 왕비님을 뵈러 가는 길입니다."

"왕자님은 잘 계시느냐?"

"결혼한 뒤부터 마음을 다잡으신 듯합니다."

"특이한 사항은 없다는 것이냐?"

"왕자님께서는 빠딸리뿟따를 떠나고 싶어 하십니다. 부인과 아들은 물론 저까지 함께 떠나고 싶다고 하셨습니다."

"잘된 일이구나."

"저같이 늙은 말먹이꾼이 왕자님을 따라다니면 오히려 짐이 될 것입니다."

칼라따까는 아소까의 심란한 마음을 이해했다. 빠딸리뿟따 성의 브라만들에게 배신감을 느끼고 있을 것이었다. 늙은 말먹이꾼이 다시 말했다.

"다만 왕자님께서는 떠나고 싶어도 발목을 잡고 있는 것이 있는 듯합니다."

"그것이 무엇이냐?"

"다르마 왕비님께서 왕손을 잉태하고 계시어 차마 떠난다는 말씀을 못 하는 것 같습니다."

"그러시겠지. 왕자님의 동생이 태어나는데 그런 고민을 하는 것은 당연하지. 왕비님이 꾸날라를 보살펴 주셨으니 이번에는 아상디밋따 부인께서 수발을 들어주어야 도리이지."

"그렇습니다. 떠나시더라도 당분간은 혼자 가실 수밖에 없습니다."

칼라따까는 말먹이꾼을 보낸 뒤 궁중 이발소로 들어갔다. 마침 대신들이 이발하는 날이었으므로 칼라따까는 바로 이발 의자에 앉았다. 칼라따까는 머리숱이 적은 편이었다. 나이가 들자 머리카락이 차츰 빠지면서 이제는 정수리가 훤히 보일 정도였다. 칼라따까는 가위를 쥔 수드라에게 가능한 한 머리카락을 자르지 말고 면도만 하도록 지시했다. 그때 내성 밖에서 북소리가 들려왔다. 잠시 후에는 코끼리와 말들이 날카로운 괴성을 질러댔다. 빈두사라왕이 코끼리부대와 기마부대 군사들을 훈련시키라고 명령했기 때문이었다. 반란이 일어난 웃제니에 파병할 정예군사들이 틀림없었다. 빈두사라왕의 군대는 4군으로 편성돼 있었다. 코끼리부대, 기마부대, 전차부대, 보병부대 등이 그것이었다.

이발을 마친 칼라따까는 좀 전에 말먹이꾼에게 들은 얘기도 있고, 다르마 왕비에게 반승낙을 받았으므로 빈두사라왕이 집무를 보는 곳으로 갔다. 칼라따까의 훤칠한 모습에 궁녀들이 수군거렸다. 콧수염만 놔둔 채 구레나룻 수염을 밀어버렸으니 그럴만도 했다. 그러나 칼라따까는 개의치 않고 잰걸음으로 빈두사라왕의 집무실로 들어갔다. 칼라따까를 본 빈두사라왕이 웃었다.

"제관의 동생이라고 해도 사람들이 속겠소. 하하하."

"구레나룻 수염만 없앴는데 그렇게 보이옵니까? 기분이 좋아서 밀어버렸습니다."

"기분이 좋다니 무슨 일이오?"

"대왕님께서 저에게 지시한 일이옵니다."

"말해보시오."

"다르마 왕비님께서 반승낙했사옵니다."

"아소까를 웃제니로 보낼 수 있겠소?"

"왕자님을 설득해 본다고 하셨으니 기다리시면 될 것 같사옵니다."

빈두사라왕은 자리에서 일어나 칼라따까를 바라보았다. 제관을 오랫동안 맡아온 칼라따까는 빈두사라왕의 심복이라 할 수 있는 대신이었다. 빈두사라왕에게는 이와 입술 같은 측근 중의 측근이었다. 다만 한 가지 다른 점이 있다면 아소까에 대한 평가였다. 빈두사라왕은 여러 신하들에게 인기가 좋은 수시마를 마음에 두고 있었고, 칼라따까는 일부 신하들이 경계하는 아소까를 왕자들 중에서 가장 탁월하다고 믿었다.

"아소까가 왕비의 말을 들을 것 같소?"

"대왕님이시여, 걱정하지 마시옵소서. 왕자님은 선뜻 웃제니로 가겠다고 할 것입니다."

"무슨 근거를 가지고 그렇게 말하오?"

칼라따까는 늙은 말먹이꾼에게 들은 대로 보고했다.

"왕자님은 빠딸리뿟따를 떠나고 싶어 하옵니다. 부인과 자식을 데리고 떠나고 싶어 하옵니다."

"사실이오?"

"제가 어찌 거짓말을 하겠사옵니까? 제가 데리고 있던 말먹이꾼이 지금은 왕자님 말먹이꾼으로 가 있는데, 그 늙은 말먹이꾼이 제게 한 말입니다."

"그렇다면 아소까가 왜 내게 직접 찾아와 말하지 않는 것이오? 나는 한시가 급해서 언제라도 출병할 수 있게끔 군사를 훈련시키고 있소. 코끼리부대와 기마부대 군사들이 훈련하는 모습을 아소까만 보지 못했단 말이오? 나는 반란이 일어난 웃제니만 생각하면 집무실에 편히 앉아 있을 수가 없소."

"아마도 다르마 왕비님 때문에 결정을 내리지 못했던 것 같사옵니다."

"왕비가 반승낙했다고 하지 않았소? 그런데 왜 왕비 때문에 그런단 말이오."

"왕비님께서 왕손을 잉태하셨다는 말을 들었사옵니다. 왕비님께서는 꾸날라를 키우셨지요. 그런데 그런 왕비님의 은혜를 저버리고 어찌 쉽게 떠날 수 있겠사옵니까?"

"그야 아상디밋따가 왕비 산후조리를 하면 될 것이오. 다행히 꾸날라는 아상디밋따를 아주 잘 따르고 있소."

"대왕님이시여, 거기까지는 생각해 보지 못했사옵니다. 다만 다르마 왕비님은 아소까 왕자님이 빠딸리뿟따를 떠난다고 해도 이해하실 것만은 분명하옵니다."

빈두사라왕은 잠시 눈을 감고 오른손으로 의자 팔걸이를 탁탁 때렸다. 그러면서 칼라따까가 한 말을 정리해 보았다. 아소까는 가족과 함께 빠딸리뿟따를 떠나고 싶어 한다. 그러나 어머니 다르마 왕비가 동생을 잉태하고 있으므로 떠나기를 주저하고 있다. 첫 부인이 낳은 갓난아기 꾸날라를 키워주었는데, 자신이 가족과 함께 떠난다는 것은 어머니에 대한 은혜를 저버리는 행위이기 때문이다. 그럼에도 불구하고 다르마 왕비는 아소까가 떠나는 것을 반승낙한 상태이다. 왜 그럴까? 빈두사라왕은 눈을 뜨면서 칼라따까에게 물었다.

"제관이여, 다르마 왕비는 위험한 반란지역으로 아들이 떠나는데도 어찌하여 반승낙했다는 것이오?"

"라따나 왕자님 독살 미수 사건에 충격을 받으신 것 같사옵니다. 대왕님께서 총애하시는 왕자님을 독살하려고 했던 사건이 벌써 두 번째 아니옵니까?"

"빠딸리뿟따성 안보다 성 밖으로 가는 것이 안전하다는 말이군."

"실제로 그렇사옵니다."

빈두사라왕은 더 이상 말하지 않고 입을 다물었다. 자신이 총애한 왕자는 수시마와 라따나뿐이었기 때문이었다. 결코 아소까를 좋아했던 적은 없었던 것이다. 아소까는 모든 면에서 능력은 출중하지만 고집이 세고 잔인했다. 그래도 빈두사라왕을 안심시키는 것이 하나 있었다. 비록 이복형제이지만 어린 시절부터 수시마와 아소까는 우애가 좋았던 것이다. 빈두사라왕은 칼라따까가 집무실을 나간 뒤 우두머리 전령을 불러 지시했다.

"아소까를 입궐시켜라."

"예, 대왕님."

그러나 빈두사라왕은 웃제니만 생각하면 마음이 급해져 아소까를 집무실에서 기다릴 수 없었다. 신하들이 수시로 드나드는 집무실에 앉아 있을 만큼 여유가 없었다.

"아소까가 어디 있는지 알아보라. 지금 내가 그곳으로 갈 것이다."

빈두사라왕은 우두머리 전령을 내보냈다. 우두머리 전령은 즉시 친위대 군사를 풀어 아소까의 행방을 알아보도록 명했다. 날씨는 우기가 끝나고 건기로 들어가는 때였으므로 쾌청했다. 강가강 강물은 우기를 거치는 동안 불어난 수량으로 파도치듯 부드럽게 넘실댔다. 지평선까지 펼쳐진 들판에는 곡식들이 쏟아지는 햇살 속에서 누렇게 익어가고 있었다. 사탕수수밭과 목화밭, 유채밭에는 수시로 먹이를 찾는 새 떼들이 출몰했다. 친위대 군사들은 아소까의 소재를 금세 알아냈다. 우두머리 전령이 빈두사라왕에게 달려와 보고했다.

"대왕님이시여, 왕자님은 왕자비님과 함께 별궁 후원에 계시옵니다."

"알았다. 바로 갈 것이니라."

우두머리 전령의 보고대로 아소까는 별궁 후원에서 아내 아상디밋따와 함께 꾸날라의 재롱을 보면서 오후 한때 휴식을 취하고 있었다. 두 살이 된 꾸날라는 혼자서 호르륵 호르륵 웅얼거렸는데, 마치 강가강에 사는 아름다운 물총새 소리 같았다. 우두머리 전령이 먼저 달려가 빈두사라왕이 오고 있음을 아소까에게 알렸다. 아소까는 빈두사라왕을 맞이하기 위해 후원 초입까지 잰걸음으로 나갔고 아상디밋따는 자신의 옷매무새를 바르게 했다. 그런 뒤 꾸날라의 헝클어진 머리카락을 쓸어 올려주었다. 아소까가 빈두사라왕을 후원으로 안내했다. 아소까 별궁은 예전에 군관들이 사용하던 숙소로서 초라했지만 후원은 그런대로 넓었다. 빈두사라왕은 꾸날라를 한 번 껴안더니 아소까에게 말했다.

"할 말이 있어 왔다."

"저를 부르시지 않고 직접 오셨습니까?"

"아소까야, 나는 너를 기다릴 만큼 지금 여유가 없다."

아소까가 눈짓을 하자, 아상디밋따는 꾸날라를 데리고 자리를 피해주었다. 빈두사라왕이 말했다.

"웃제니에 반란이 일어났다."

"파견한 신하들 목숨이 어찌 됐는지 궁금하옵니다."

"다른 소국까지 동요하지 않을까 걱정이 되는구나."

아소까는 망설이지 않고 말했다.

"마우리야왕국을 위하는 일이라면 떠나겠사옵니다. 다만."

"네 어머니 때문이냐?"

"이번에는 제가 어머니를 돌봐야 하옵니다. 동생이 태어날 것이기에 그렇습니다."

"하하하."

빈두사라왕이 크게 웃었다. 그러더니 정색을 하고 말했다.

"네 어머니는 너를 이해한다고 했다. 네 어머니를 위한다면 아상디밋따가 빠딸리뿟따에 남아서 돌볼 수도 있지 않겠느냐?"

"가족과 함께 떠나려고만 했지, 거기까지는 미처 생각하지 못했사옵니다. 아상디밋따는 어머니를 잘 돌볼 것이옵니다."

"아소까야, 너는 내 기대를 저버리지 않는구나. 너는 용감한 내 아들이 분명해."

빈두사라왕은 아소까의 의중을 확인하고는 정궁 집무실로 돌아가 버렸다. 아소까는 그 자리에 털썩 주저앉았다. 빈두사라왕에게 웃제니로 떠난다고 말했지만 마음이 허탈해져 견딜 수 없었다. 서북쪽 변방의 딱사쉴라로 떠났듯이 이번에는 남쪽 변방의 웃제니로 가야 할 운명이 눈앞에 다가와 있기 때문이었다. 아소까는 석양이 지평선 너머로 기울 때까지 그 자리에 엉거주춤 앉은 채로 상념에 잠겼다. 자신의 운명이 무엇인지 알고 싶어서였다. 서쪽 하늘에 화톳불 같은 놀이 붉게 타올랐다. 그 순간이었다. 옆구리에 차고 있던 칼이 문득 보였다. 아소까는 가죽 칼집에 든 칼을 빼어 허공에 금을 긋듯 휘둘렀다. 그러자 허공에서 칼날이 번쩍이는 순간 '아소까야, 너의 운명은 칼이다!'라는 소리가 무겁게 들려오는 듯했다. 그런 외침이 섬광처럼 머릿속을 밝게 스치자 갑자기 마음이 편안해졌다. 아소까는 혼잣말로 소리쳤다.

"그래, 반란이 일어난 웃제니로 떠나자!"

그제야 아상디밋따가 아소까의 기묘한 행동을 보고 있다가 다가왔다. 아상디밋따는 이미 각오한 듯 말했다.

"걱정하지 마세요. 꾸날라를 잘 키우고 있을게요. 저는 결혼할 때 인드라 신께 맹세했어요. 당신이 무엇을 하든 당신의 발걸음을 편하게 해드릴 것이라고요."

"고맙소, 아상디밋따. 당신은 하늘에서 보낸 천녀와 같소."

"어머님 산후조리를 위해 최선을 다할 거예요. 당신의 동생이 태어나는데 왜 그러지 않겠어요."

어느새 저녁놀이 스러지고 땅거미가 졌다. 아소까는 자신도 모르게 아상디밋따를 껴안았다. 한동안 아소까는 말없이 눈물을 흘렸고 아상디밋따도 소리 내어 흐느꼈다. 그러나 아소까는 자신의 운명을 기꺼이 받아들였다. 진압군을 거느리고 웃제니로 떠날 것이라며 이를 악물었다.

진압군의 꼬삼비 야영

옛 까시국의 수도 바라나시 강가강 모래밭에서 1박을 한 아소까 진압군은 짙은 안개 속에서 옛 아완띠국 웃제니로 향했다. 까시국 왕이 선물한 비단옷은 진압군을 이끌고 있는 선봉대장에게 주어버렸다. 까시국에서 아완띠국까지는 들판과 언덕이 끝없이 펼쳐지는 평야와 구릉의 땅이었다. 동서의 지평선에서 해가 뜨고 지는 것이 보일 만큼 낮은 산봉우리 하나 없는 곳이었다. 진압군은 한낮의 불볕더위를 피해 아침저녁으로만 행군했다. 군사만 더위에 지치는 것이 아니라 동물도 힘들어했다. 전투코끼리와 말도 강가강으로 흘러가는 작은 강을 만나면 목을 축이고 싶어 뒷걸음질했다. 크고 작은 숲들은 대부분 언덕에 있었다. 아소까는 살라나무 숲을 발견하고는 전령을 시켜 선봉대장을 불렀다. 선봉대장은 20대 중반의 장수로 용감하고 날랬다.

"대장, 행군을 멈추시오. 지친 군사들을 숲 그늘에서 쉬게 하시오."

"부왕님, 조금만 더 가면 꼬삼비가 나옵니다. 꼬삼비에 가면 군사들이 편하게 쉴 수 있는 사원들이 많다고 합니다."

"그것은 수행자들에게 민폐를 끼치는 일이오."

"아닙니다. 아무도 없는 사원도 있다고 합니다."

"왜 그렇소?"

"구루나 사문들이 사원을 떠나버렸기 때문입니다."

"그렇다면 하룻밤 묵을 겸 꼬삼비까지 행군하시오."

꼬삼비는 마우리야왕국 전에 강성했던 옛 왐사국의 수도였다. 지금도 꼬삼비는 빠딸리뿟따에서 웃제니로 가는 중간 도시로서 대단히 중요한 요충지였다. 마우리야왕국이나 이전의 왕조였던 마가다국이 세력을 확장할 때 모두 빠딸리뿟따에서 바라나시, 꼬삼비, 웃제니 순으로 점령해 갔던 것이다. 또한 꼬삼비나 웃제니는 강가강의 상류인 야무나강과 윗따와띠강을 통해서 물류 이동이 활발했으므로 일찍이 상업이 발달해 부호 상인들이 많았다. 그런 꼬삼비를 중심으로 동쪽은 까시국과 앙가국, 서쪽은 아빠란따국, 북쪽은 꼬살라국, 남쪽은 아완띠국과 안다라국, 깔링가국 등이 각축하다가 현재는 마우리야왕국 빈두사라왕의 지배를 받았다.

아소까가 발견한 푸르스름한 살라나무 숲은 남쪽 지평선 쪽에 있었다. 가깝게 보이는 것은 착시현상일 뿐 실제로 거기까지는 한나절이 더 걸릴 터였다. 욕심을 부리거나 무리하면 일사병으로 군사들의 목숨을 앗아갈 수도 있었다. 아소까는 딱사실라를 오가면서 행군의 요령을 터득했기 때문에 이동속도나 휴식을 조절할 줄 알았다. 아소까는 선봉대장에게 지시했다.

"정찰조를 먼저 보내 꼬삼비 동태를 살펴보시오."

266

"꼬삼비는 옛 왐사국의 왕이 다스리고 있습니다. 순순히 말을 잘 듣는 왕이니 걱정할 필요가 없습니다."

"정찰이 없는 행군은 목숨을 길바닥에 버리는 것이나 다름없는 일이오."

"예, 부왕님."

선봉대장은 즉시 기마정찰조를 만들어 꼬삼비로 보냈다. 아소까는 기마정찰조가 먼지를 일으키며 달리는 것을 보고 나서야 행군을 지시했다. 아소까의 예상대로 살라나무 숲까지 이동하는 데 꼬박 한나절이 걸렸다. 군사들이 불볕더위에 지쳐 행군 속도를 내지 못했기 때문이었다. 할 수 없이 아소까는 살라나무 숲에서 선봉대장에게 휴식을 명했다. 그러자 선봉대장은 살라나무 숲 둘레에 경계병을 내보낸 뒤 아소까의 다음 명령을 기다렸다. 아소까가 선봉대장에게 말했다.

"화덕은 정찰조가 온 뒤 걸어도 늦지 않을 것이오."

"점심때가 지나서 군사들이 허기져 있습니다. 짜빠띠라도 구워서 먹여야 할 것 같습니다."

"꼬삼비에 웃제니의 반란군이 있는지 없는지 정찰조의 보고를 받아보고 결정하시오."

"웃제니의 반란군이 꼬삼비까지 오지는 못했을 것입니다. 꼬삼비까지 왔다면 이미 바라나시까지 소문이 돌았을 것입니다."

"군사의 일이란 모르는 것이오. 어젯밤에 웃제니의 반란군이 꼬삼비에 들어왔을 수도 있소. 그래서 정찰조를 보내라고 한 것이오."

"부왕님, 알겠습니다."

"꼬삼비에 반란군이 들어오지 않았다면 굳이 여기서 화덕을 걸 필요는 없소. 꼬삼비에 들어가 군사들에게 특식을 먹이는 것이 사기에도 좋을 것이오."

선봉대장은 아소까의 지략을 따라가지 못했다. 때문에 전투에서 뒤로 물러설 줄 모르는 그라도 아소까의 명에 복종할 수밖에 없었다. 군사들은 산개해서 살라나무 숲 그늘에 앉아 물에 소금을 타서 마시거나 두 다리를 뻗고 쪽잠을 잤다. 빠딸리뿟따를 떠난 지 일주일이 지나면서부터 열사병으로 낙오하는 군사가 생기고 있는 상황이었다. 바라나시 외곽에서 충분한 휴식을 취하긴 했지만 혹서기에 행군한다는 것은 결코 쉬운 일이 아니었다. 진압군 중에는 행군에 질려 도망치는 군사도 있었다. 그럴 때마다 아소까는 도망병을 붙잡아 극형에 처했다. 진압군들이 보는 가운데 화형이나 참수형으로 다스렸다. 바라나시에서 막 출발했을 때 도망치다가 잡혀 온 군사는 뜨겁게 달구어진 모래 구덩이 속에 파묻어 버렸다. 이윽고 정찰조가 돌아와 조장 군관이 아소까에게 보고했다.

"부왕님이시여, 꼬삼비는 조용합니다. 반란군의 그림자도 보이지 않습니다."

"좋다. 오늘 밤은 꼬삼비에서 머물겠다."

아소까의 명을 받은 선봉대장은 살라나무 숲 그늘에서 쉬고 있는 군사들에게 대오를 갖추도록 소리쳤다. 전투가 없을 때의 행군은 기마부대가 선두에 서고 보병부대, 코끼리부대가 후미에 섰다. 코끼리부대가 전투할 때와 달리 후미를 지키는 것은 군수물자를 운반해야 했기 때문이었다. 아소까는 선봉대장 뒤쪽에서 일산을 편 전투코끼리를 타고 행군했다. 말을 탄 선봉대장이 행군의 속도를 배가시켰다. 살라나무 숲에서 기운을 얻은 군사들은 선봉대장의 지시를 잘 따랐다. 기마부대가 속도를 조금만 올려도 보병부대는 뛰다시피 했다. 군수물자를 나르는 코끼리부대도 생각보다는 보조를 잘 맞추어 뒤따라왔다. 꼬삼비성이 보일 무렵 선봉대장이 아소까에게 말했다.

"꼬삼비 왕을 만나고 오겠습니다."

"우리 군사가 묵을 숙영지를 먼저 알아보고 오시오. 대왕님께 충성을 다하는 꼬삼비 왕을 불편하게 하지 마시오."

"그럼 숙영지를 알아보고 오겠습니다."

"성민들에게 피해를 주지 않고 싶소. 그러니 강가에 있는 절터였으면 더 좋겠소."

꼬삼비성으로 달려간 선봉대장은 긴장을 풀었다. 과연 꼬삼비의 거리는 평화롭고 한산했다. 뜨거운 햇볕이 땅바닥을 달구고 있을 뿐, 가로수 그늘이나 포도덩굴 밑에는 노인들이 삼삼오오 모여서 상희(象戲) 놀이를 하고 있었다. 조그만 널빤지에 가로세로 줄을 그어 코끼리와 말, 군사, 대포, 수레(車) 등이 그려진 둥그런 나뭇조각을 양쪽에 정렬시킨 뒤 두 사람이 서로 공격하고 방어하는 놀이였다. 왕 노릇을 하는 상대방의 코끼리가 먼저 잡히면 판세가 급히 기울었는데, 노인들은 편을 갈라 훈수를 두고 있었다. 선봉대장은 꼬삼비의 거리를 한 바퀴 돌았다. 성안의 동쪽에는 고시따라마 사원이, 서쪽에는 작은 왕궁이 있었다. 붉은 벽돌로 지은 가옥들은 빠딸리뿟따 못지않게 크고 단정했다. 성안을 한 바퀴 돌아본 선봉대장은 아소까에게 자신이 정찰한 대로 보고했다.

"정찰조의 보고대로 꼬삼비는 조용합니다. 웃제니 반란군은 없습니다. 숙영지는 고시따라마 사원이 좋을 것 같습니다. 지대가 높아 성 안팎의 동태를 경계하기가 용이합니다. 더구나 강이 가까워 식수를 구하기도 용이합니다."

"좋소. 숙영지는 고시따라마 사원으로 하시오."

아소까의 명령에 따라 진압군은 신속하게 꼬삼비로 이동했다. 꼬삼비성 동문에 이르자 성민을 다스리는 왕과 신하들이 나와서 기다리고 있었다. 실권은 빠딸리뿟따에서 파견 나온 신하가 쥐고 있었고 왕은 허수아비에 불과했다. 그래도 의전 형식상 왕이 나서서 아소까를 맞이했다. 왕은 왐사국 우데나왕의 후손으로 체격이 호리호리했다. 왕이 아소까의 목에 꽃목걸이를 걸어주면서 말했다.

"꼬삼비에 오신 것을 환영합니다. 먼 길을 오시느라 고생하셨습니다. 만찬을 준비했으니 왕궁으로 가시지요."

"고맙지만 거절하겠소. 오늘 밤 나는 우리 군사와 함께 고시따라마 사원에서 머물겠소."

그제야 빠딸리뿟따 왕궁에서 온 신하가 앞으로 나와 말했다.

"부왕님이시여, 고시따라마 사원은 폐사나 다름없어 불편하실 것입니다. 그러니 왕궁에서 편히 쉬십시오."

"걱정하지 마시오. 군사들과 함께 있겠소."

"그러시다면 고시따라마 사원으로 음식물을 보내겠으니 받아주십시오."

"고맙소."

아소까는 즉시 선봉대장에게 진압군을 고시따라마 사원으로 이동시키라고 지시했다. 코끼리부대와 기마부대가 성문을 들어서자 꼬삼비 성민들이 몰려나와 박수를 치면서 환영했다. 이동하는 진압군 군사들에게 꽃바구니를 든 여자들이 희고 붉은 꽃을 뿌리기도 했다. 진압군 군사들은 꼬삼비가 아니라 고향집에 온 것 같은 기분이 들어 모두가 손을 흔들었다. 아소까 역시 꼬삼비성과 성민들에게 호감을 느꼈다. 고시따라마 사원에 이르자 그런 감정이 더 강하게 솟구쳤다. 고시따라마 사원의 강당건물들은 대부분 지붕이 무너져 있었고 깨지고 그을린 벽돌들이 여기저기 뒹굴었다. 그러나 수행자들이 사는 듯 경내는 비질이 선명했다. 아소까는 거대한 벽돌탑 기단에 올라 고시따라마사원을 둘러보았다. 강바람이 선들선들 불어와 사원 중심에 우뚝 선 반얀나무 이파리들을 흔들었다. 그때 한 수행자가 항아리를 들고 아소까에게 걸어왔다. 이마에서 빛이 나는 젊은 수행자였다. 젊은 수행자의 기품 때문인지 군사들이 제지하지 않았다. 젊은 수행자는 북쪽 마투라에서 야무나강을 이용해 내려온 우빠굽따였다.

"왕자시여, 발을 씻으소서."

"난 사문의 스승이 아니오. 그러니 사문이 가져온 항아리의 물을 받지 않겠소."

아소까는 우빠굽따의 호의가 고마웠지만 거절했다. 군사들 앞에서 성민들에게 피해를 주지 말라고 지시했기 때문이었다. 그러나 우빠굽따는 항아리를 아소까 앞에 놓고 물러갈 생각이 없는지 무릎을 꿇고 앉았다. 선봉대장이 말했다.

"부왕님이시여, 사문의 호의를 받아들이십시오."

"나는 성민들에게 피해를 주지 말라고 지시했소."

아소까가 난감해하자 선봉대장이 다시 말했다.

"부왕님이시여, 저녁을 드셔야 하니 손발을 씻으십시오."

그사이에 전령이 세숫대야를 가지고 왔다. 할 수 없이 아소까는 항아리의 물을 따라 얼굴과 손을 씻은 뒤 두 발을 닦았다. 우빠굽따의 얼굴에 미소가 번졌다. 그가 빈 항아리를 옆구리에 낀 뒤 돌아가려고 했다. 아소까는 우빠굽따에게 무언가를 보시하려고 물었다.

"고시따라마 사원에서 수행하는 사문이오?"

"아닙니다. 소승은 성 밖 벌판에 있는 꾹꾸따라마 사원에서 머물고 있습니다."

272

"성 밖에도 사원이 있소?"

"꾹꾸따라마도 있고 빠와리까라마도 있습니다."

"사문이 아닌 나를 예우한 이유가 무엇이오?"

우빠굽따는 잠시 머뭇거렸다. 그러자 선봉대장이 말했다.

"부왕님께서는 저녁을 드신 후 쉬셔야 하니 빨리 말하시오."

우빠굽따가 아소까에게 공손하게 합장했다.

"예우가 아닙니다. 은혜를 미리 갚고자 작은 정성을 보여드렸을 따름입니다."

"사문이 내게 무슨 신세를 졌다고 그러는 것이오?"

"왕자님의 저녁 시간인데 소승의 이야기가 길어도 되겠습니까?"

"좋소. 하시오."

우빠굽따가 야무나강 강물처럼 낮은 목소리로 자신이 며칠 전에 꾼 꿈을 이야기했다. 아소까 왕자가 마우리야왕국 대왕이 되어 강가강 동서남북 쪽으로 순행하면서 불탑을 세웠는데 그 불탑이 8만 4천 개나 되었다고 말했다. 그러면서 우빠굽따는 아소까대왕에 의해 마우리야왕국이 마침내 부처님의 나라가 되는 것을 보고 너무 감격한 나머지 꿈에서 깼다는 것이었다. 그런데 우빠굽따는 아소까 왕자가 꼬삼비에 왔다는 소문을 듣고 비록 꿈속의 감격이었지만 자신이 갚을 수 있는 일이 아무것도 없었으므로 야무나강으로 내려가 항아리에 물을 담아 왔다고 고백했다.

우빠굽따와 인연

석양은 지평선에서 느릿느릿 움직였다. 지평선에서 한동안 머뭇거리다가 마지못해 가라앉고 있었다. 저녁 특식을 배불리 먹은 군사들이 야무나강 강물 속으로 뛰어들었다. 그런 뒤 군사들은 시원한 강바람에 젖은 옷과 몸을 말렸다. 모래밭은 아직도 한낮의 열기가 식지 않고 그대로 남아 있었다. 언덕에 있는 고시따라마 사원에도 강바람이 올라왔다. 반얀나무 이파리들이 물총새처럼 팔랑팔랑 날갯짓을 했다. 아소까는 따뜻한 벽돌에 앉아 있다가 전령을 불렀다.

"전령, 선봉대장은 어디 있는가?"

"군사를 거느리고 강으로 나갔습니다."

"이제 점호할 시간이네."

군사는 적이 없다고 방심하면 안 되었다. 엄한 군기는 항상 유지해야 했다. 군기가 풀리면 군율이 흐트러지게 마련이었다. 그렇다고 군사들을 너무 옥죄어 사기를 떨어뜨리는 일은 경계해야 했다. 석양이 지고 나자 땅거미가 스멀스멀 몰려왔다. 마치 날벌레 떼처럼 산지사방에서 날아오는 듯했다. 그래도 서쪽 하늘은 피딱지 같은 검붉은 노을이 아직 사라지지 않고 있었다. 선봉대장이 아소까에게 달려왔다.

"부왕님이시여, 부르셨습니까?"

"군사들은 아직 작전 중이라는 것을 명심하시오. 그러니 점호를 끝낸 뒤 고시따라마 사원 안에서만 대기하게 하시오."

"불볕더위에 지친 군사들의 사기를 위해 강으로 데리고 나갔습니다만."

"군사들의 사기를 위해 그럴 수는 있소. 그러나 진압군을 모두 데리고 나가는 것은 군기를 해이하게 하는 일이오. 그러니 앞으로는 조를 짜서 움직이도록 하시오."

"예, 알겠습니다."

선봉대장은 아소까의 지적을 즉시 받아들였다. 야무나강으로 나가 있는 진압군 군사들을 모두 고시따라마 사원으로 불러들였다. 군사들은 부대별로 야영에 들어갔다. 고시따라마 사원은 진압군의 숙영지로서 충분할 만큼 넓었다. 승방 건물들은 허물어졌지만 야영하는 데 불편하지는 않았다. 아소까는 전령만 데리고 고시따라마 사원 안을 순시했다. 마침 보름달이 떠올라 경계를 서는 군사들의 얼굴이 환히 비쳤다. 저녁 특식을 먹고 강물에 목욕까지 한 경계군사들의 사기는 한껏 올라 있었다.

"그대는 어디 소속인가?"

"기마부대입니다."

"고향은 어디인가?"

"웨살리입니다."

"한때 나를 가르쳤던 사문이 계신 곳이지."

아소까는 경계군사의 어깨를 토닥여 주면서 격려했다. 어린 아소까를 가르쳤던 스님은 목갈리뿟따띳사였다. 빈두사라왕이 아소까에게 다양한 종교와 가치를 접하게 하려고 초빙했지만 아소까와 인연이 다해 웨살리로 떠나버린 스님이었다. 목갈리뿟따띳사가 어린 아소까에게 자비심을 심어주려고 노력했으나 그러지 못하고 실망한 채 자신의 수행처로 돌아가 버렸던 것이다.

"이제 군막으로 가시지요."

"빠딸리뿟따에도 보름달이 떠 있겠군."

"대왕님을 생각하시는 것 같습니다."

"아니네."

"저는 가족이 생각납니다."

"나도 가끔 그렇지. 그런데 오늘 밤은 나를 가르쳤던 사문이 생각나네. 보름달 때문인가?"

"부왕님께서도 잊지 못하시는 분이 있는 것 같습니다."

"저 달처럼 자애로운 분이셨지."

"부왕님이시여, 어떤 분인지 여쭤봐도 되겠습니까?"

전령은 아소까에게 조심스럽게 물었다. 평소에는 말을 붙이지 못했지만 달을 바라보는 아소까에게서 부드러운 내면을 느꼈던 것이다. 전령의 짐작대로 아소까는 약간은 감상적으로 말했다.

"자애로운 한 사문이 계셨지. 어린 시절 내가 나뭇잎을 갉아 먹는 애벌레를 죽이자 살생하지 말라고 타일렀어. 어린 새들을 쫓는 큰 까마귀에게 새총을 쏘려고 할 때도 살생하지 말라고 막았지. 나는 사문의 말을 듣지 않았어. 나뭇잎을 살리려고 애벌레를 죽였고, 작은 새들을 지키려고 새총으로 큰 까마귀를 쫓아버렸거든."

"사문은 어찌 됐습니까?"

"나에게 실망하고 떠났어. 어머니께서 나를 더 맡아달라고 하셨는데도 웨살리로 가버렸지."

"보름달을 보시면서 사문을 생각하셨군요."

"아까 낮에 보았던 사문도 생각나는군. 두 사문이 어딘가 닮았어."

"꿈속에서 부왕님을 보았다는 그 사문 말씀이군요."

"걸음걸이나 언행이 비슷해."

아소까는 군막으로 가지 않고 순시를 더 돌았다. 그때였다. 반대쪽에서 선봉대장이 오고 있었다. 그러니까 서로 반대 방향으로 순시를 돌고 있었던 것이다. 아소까는 선봉대장을 보자마자 무엇이 생각난 듯 전령에게 두 마리의 말을 가져오라고 지시했다.

"어디를 가시려고 합니까?"

"성 밖에 있다는 꾹꾸따라마 사원으로 가보세."

"낮에 보았던 사문이 머물고 있는 사원 말입니까?"

"잊지 않고 있군. 우빠굽따 사문을 만나고 싶네."

"제가 앞서겠습니다."

선봉대장은 꾹꾸따라마 사원의 위치를 알고 있었다. 아소까의 지시대로 낮에 우빠굽따를 말에 태우고 다녀왔기 때문이었다. 꼬삼비성 밖 들판은 달빛이 가랑비처럼 쏟아져 내리는 듯했다. 먼 곳의 푸르스름한 망고동산까지 시야에 들어왔다. 들판의 가장자리인 언덕 아래로는 야무나강이 흘렀다. 강 상류 쪽에서는 휘황한 횃불이 타올랐다. 어부들이 켠 횃불은 물고기들을 유인했다. 물고기들이 횃불을 보고 몰려들었던 것이다.

우빠굽따는 삼부타 사나와시의 제자였다. 사나와시는 붓다의 제자인 아난다를 신봉하는 수행자 중 한 사람이었다. 따라서 우빠굽따도 붓다를 그림자처럼 따라다니며 시봉했던 아난다의 언행을 흠모했다. 우빠굽따의 소원이 있다면 아난다가 붓다를 모시고 다녔던 곳을 모두 순례하는 것이었다.

"부왕님, 이곳이 꾹꾸따라마 사원입니다."

"이 사원에 우빠굽따 사문이 있다는 말인가?"

꾹꾸따라마 사원도 고시따라마 사원처럼 폐허나 다름없었다. 지붕 없는 승방들이 달빛에 드러나 있었고 원숭이들이 무너진 승방과 긴 회랑에서 어슬렁거렸다. 반얀나무 등치에 수행자 몇 사람이 들짐승처럼 외롭게 웅크리고 있는 것이 보였다. 반얀나무 이파리들이 달빛에 칼날같이 반짝거렸다. 선봉대장이 말을 타고 다가서자 수행자들이 피하듯 물러났다. 우빠굽따만이

가부좌를 튼 채 움직이지 않았다. 낮에 선봉대장의 말을 타고 왔기 때문에 놀라지 않았다.

"사문이여, 부왕님이 오셨소."

"무슨 일로 오셨습니까?"

"사문을 보려고 오신 것이오."

그제야 우빠굽따가 일어나 십여 걸음 떨어져 있던 아소까에게 갔다. 아소까는 말에서 내려서 팔짱을 끼고 있었다. 아소까의 머리는 달빛을 받아 황금색으로 빛났다. 아소까 옆에는 거대한 벽돌탑의 사각 기단만 남아 있었다.

"부왕이시여, 무슨 일이십니까?"

"사문이 어떤 곳에 머물고 있는지 궁금해서 왔소."

"보시다시피 이곳은 폐허나 다름없는 사원입니다. 몇몇 수행자들과 원숭이들만 살고 있습니다."

"고시따라마 사원과 비슷하군."

"부왕이시여, 거기 앉으시지요."

"사문이 내 옆에 앉는다면 나도 앉겠소."

"옆에 앉는 것을 허락해 주시니 영광입니다."

두 사람은 보름달을 등지고 앉았다. 선봉대장은 경계를 서듯 두 마리의 말고삐를 잡고 십여 걸음 물러서 주변을 살폈다. 아소까가 물었다.

"왜 이곳에 머물고 있소?"

"꼬삼비는 부처님께서 두 해를 사셨던 성지입니다. 그래서

와 있습니다. 이유는 그것뿐입니다."

"존경하는 마음 때문에 와 있다는 것이오?"

"부처님을 한없이 존경했던 아난다 존자를 닮고 싶어서 찾아와 머물고 있습니다. 그러나 꼬삼비에 집착하지는 않습니다. 때가 되면 부처님과 아난다 존자께서 계셨던 다른 곳으로 갈 것입니다."

아소까는 존경심 때문에 붓다와 아난다가 머물렀던 곳을 순례한다는 우빠굽따의 말을 이해하지 못했다. 이 세상에서 사라져 버린 수행자를 존경해서 무슨 이익이 있을까 하고 의심했다. 아소까가 궁금한 것은 왕들의 통치능력이었다.

"꼬삼비 왕들 중에 뛰어난 사람은 누구였소?"

"코끼리를 잘 탄 우데나왕이 있었습니다. 그분은 웃제니 왕에게 잡혀 포로가 되었지만 공주를 꾀어내어 탈출했던 지략이 뛰어난 왕이었습니다."

"우데나왕의 왕비도 뛰어났소?"

"사마와띠 왕비와 마간디야 왕비가 있었지요. 그런데 모두 훌륭한 왕비는 아니었습니다. 마간디야가 사마와띠를 질투해서 왕비와 5백 명의 시녀를 불태워 죽였으니까요."

"그러고도 무사했단 말이오?"

"과보를 받아 마간디야 왕비 역시 불에 타 참혹하게 죽었습니다."

아소까는 자신도 모르게 우빠굽따 이야기 속으로 빨려들어갔다. 우빠굽따의 언변은 누구도 따를 수 없었다. 그가 어느 성에 가든 이야기를 시작하면 사람들이 구름처럼 몰려들었다. 그만큼 그는 붓다의 말씀을 줄줄 외었고 사람을 끌어들이는 마력이 있었다. 아소까는 사마와띠가 궁금해 참을 수 없었다. 빠딸리뿟따에 있는 두 번째 부인 아상디밋따와 꾸날라를 낳은 뒤 죽은 첫째 부인 빠드마바띠가 떠올라 더 알고 싶었다.

"사마와띠 왕비 얘기를 듣고 싶소."

"고아로 불행했지만 나중에는 왕비가 된 인물이지요."

보름달은 어느새 중천에서 달빛을 뿌렸다. 아소까와 우빠굽따의 정수리에 내려 쌓인 달빛이 일렁였다. 우빠굽따는 사마와띠 왕비 이야기를 그녀의 어린 시절부터 실타래를 풀듯 시작했다.

"사마와띠 왕비는 원래 브라만 대부호 밧다와띠야의 외동딸이었지요…."

어느 날 밧다와띠야가 사는 도시에 전염병이 돌았다. 처음에는 벌레와 가축들이 죽더니 나중에는 사람들까지 숨을 거두었다. 도시는 아수라장으로 변했고 산 사람들은 집과 가재도구를 버리고 가능한 한 멀리 피난을 떠났다. 밧다와띠야는 아내와 사마와띠를 데리고 왐사국 수도 꼬삼비까지 왔다. 마침 꼬삼비에서는 굶주린 피난민들을 위해 구휼소를 운영하고 있었다. 밧다와띠야가 꼬삼비까지 온 이유는 왐사국 재정관인 고사까가 친구이기 때문이었다. 그러나 밧다와띠야는 친구 고사까에게 바로 갈 수는 없었다. 가족 모두 행색이 거지꼴이었고 며칠 동안 굶주려 바로 쓰러질 것만 같아서였다. 밧다와띠야 가족은 먼저 구휼소를 물어 물어서 찾아갔다. 구휼소 앞에는 피난민들이 길게 줄을 서 음식을 기다리고 있었다. 사마와띠는 창피하다고 차마 줄을 서지 못하는 부모를 대신해서 음식을 탔다. 그녀는 배급받은 음식을 부모에게 갖다 드렸다. 그런데 아버지 밧다와띠야가 허겁지겁 음식을 먹다가 소화를 시키지 못하고 그날 급사했다. 무슨 변인지 다음 날은 어머니도 음식을 먹고 난 뒤 세상을 떠났다. 너무 허기진 데다 남편을 잃은 공포가 겹쳐서였다. 사마와띠는 졸지에 고아가 돼버렸다. 셋째 날이었다. 사마와띠가 1인분만 음식을 달라고 하자 급식을 담당하는 관리 밋따가 의아해했다. 날마다 3인분에서 2인분, 2인분에서 1인분으로 음식의 양이 줄어들었기 때문이었다. 그날 급식이 끝난 뒤 밋따는 사마와띠를 따로 불러 음식의 양이 줄어든 이유를 물었다. 사마와띠의 사연을 다 듣고 난 밋따는 눈물을 흘리면서 그녀를 자신의 집으로 데리고 갔다.

마간디야와 사마와띠 이야기

사마와띠는 밋따의 도움으로 부모의 장례를 치렀다. 그런 뒤 며칠이 지난 뒤부터 사마와띠는 구휼소로 나가 양아버지 밋따를 도왔다. 사마와띠는 총명하고 지혜로웠다. 빈민들끼리 서로 먼저 배급받으려고 싸움질하던 것을 단번에 해결했다. 구휼소에 울타리를 만든 뒤 입구와 출구를 만들어 한 사람씩 음식을 배급받게 했던 것이다. 이를 본 재정관 고사까는 밋따를 불러 칭찬했다.

"고생이 많소. 이제는 먼저 타려고 싸우는 빈민이 없어졌구려. 능력이 탁월한 밋따에게 이 일을 맡기기를 잘한 것 같소."

그러자 밋따는 자신이 구상한 것이 아니라 밧다와띠야의 외동딸 사마와띠의 공이라고 솔직하게 말했다. 고사까는 사마와띠가 친구 밧다와띠야의 딸임을 알고 깜짝 놀랐다. 결국 고사까는 밋따에게 양해를 구한 뒤 사마와띠를 자신의 양녀로 삼았다. 고사까는 사마와띠가 자신의 딸이 된 것을 기뻐하며 하녀 5백 명을 주어 시중들도록 했다.

"사마와띠를 양녀로 삼은 고사까 부부는 행복했지요. 사마와띠가 무슨 일이든 지혜롭게 처리했으니까요."

그러던 어느 날 꼬삼비에 축제가 열렸다. 꼬삼비 성민들이 모두 야무나강으로 나가 축제를 즐겼다. 가족들끼리 음식을 나누어 먹은 뒤 야무나강에 꽃을 뿌리며 각자의 행복을 기원했다. 소나 개들이 성민들 사이를 어슬렁어슬렁 다니면서 남은 음식을 낚아채 먹기도 했다. 그러나 짐승들을 나무라는 사람은 아무도 없었다. 성민들은 소똥과 개똥을 피해 다니면서 춤을 추고 노래를 불렀다. 사마와띠도 하녀 5백 명을 데리고 야무나강으로 나가 강물에 몸을 적시며 소원을 빌고 기도했다. 왕위에 오른 우데나왕도 야무나강 강변에 있는 별궁에서 성대한 축제를 흐뭇하게 바라보며 시간을 보냈다. 그때 강물에 몸을 적시고 나온 사마와띠가 우데나왕의 눈에 띄었다. 우데나왕은 사마와띠의 조신한 행동과 시녀들을 동생같이 대하는 모습에 반했다. 우데나왕은 제관 대신에게 그녀가 누구인지 알아보도록 지시했다. 이윽고 우데나왕은 그녀가 재정관 고사까의 양녀임을 알았다. 잠시 후 우데나왕은 다른 신하들 사이에 있던 고사까를 불렀다. 고사까가 다가오자 우데나왕은 다짜고짜 사마와띠와 혼인을 허락해 달라고 청했다. 그러나 고사까는 간곡하게 거절했다.

"왕이시여, 만약 제가 사마와띠를 왕궁에 보낸다면 성민들이 출세를 위해 딸을 이용했다고 할 것이옵니다. 저는 사마와띠를 진심으로 아끼기 때문에 차마 그런 말을 들을 수가 없사옵니다."

우데나왕은 고사까의 대답을 듣고 나서 분노했다. 즉시 재정관 직책을 박탈한 뒤 군사를 보내 고사까의 재산을 몰수하고 하인 모두를 빼앗았다. 고사까는 하루아침에 거리로 쫓겨난 신세가 돼버렸다. 이를 알게 된 사마와띠는 스스로 궁궐로 가서 우데나왕을 찾았다. 하녀 5백 명도 사마와띠를 따랐다. 하녀 5백 명 중에는 꼽추 시녀 꾸줏따라도 있었다. 우데나왕은 사마와띠가 자신과 결혼하겠다고 하자 크게 기뻐하며 화려한 의식을 치른 뒤 첫 번째 왕비로 삼았다. 사마와띠 덕분에 고사까는 재정관으로 다시 복귀했고 잃었던 집과 재산도 되돌려 받았다.

그 무렵 붓다는 아난다와 함께 꼬삼비에 와서 머물렀다. 꼽추 시녀 꾸줏따라가 붓다의 설법을 듣고 와서 사마와띠에게 그대로 전했다. 꾸줏따라는 기억력이 뛰어났다. 붓다의 설법을 단 한 마디도 빠뜨리지 않았다. 붓다도 '내 설법을 들었던 이들 가운데서 꾸줏따라가 으뜸이다'라고 할 정도였다. 사마와띠는 붓다의 설법에 매료돼 날마다 꾸줏따라를 붓다에게 보냈다. 5백 명의 하녀들도 차츰 꾸줏따라가 전하는 붓다의 가르침에 마음의 눈을 떴다.

"그렇다면 마간디야 왕비는 어떤 사람이었소?"

"부왕이시여, 지금 막 마간디야 왕비를 이야기하려던 참이었습니다."

마간디야는 꼬삼비에서 미모가 가장 빼어났다. 청년들이 그녀를 보면 정신을 잃곤 했다. 마간디야를 짝사랑하여 미쳐버린 브라만 청년도 있었다. 마간디야의 미모 때문에 그녀의 아버지도 유명해졌다. 그는 마간디야의 자존심을 한껏 부추겼다. 그러던 중에 그는 길에서 붓다를 우연히 보았는데, 붓다는 거룩한 빛을 내고 있었다. 그가 생각하는 남성의 이상형이었다. 그는 드디어 딸의 배필을 만났다고 생각했다. 그는 아내와 딸을 데리고 고시따라마 사원으로 가서 붓다에게 사위가 돼줄 것을 청했다. 그러나 붓다는 망설임 없이 거절했다.

"갈망과 집착, 욕망에서 자유로운 사람은 무엇에도 유혹을 당하지 않는다오. 하물며 더러운 피고름과 똥오줌으로 가득한 육체인데 무엇이 아름답다는 말이오?"

마간디야의 아버지와 어머니는 붓다가 설한 무상(無常)의 가르침을 곧 알아들었다. 젊은 시절 팽팽했던 얼굴은 어느새 주름살이 접혔고, 검은 머리카락은 흰 머리카락으로 변해 있었던 것이다. 팔다리의 피부도 부드럽고 매끄러웠는데 지금은 마른 망고처럼 쭈글쭈글했다. 마간디야의 부모는 붓다의 설법에 고개를 숙였다. 세속의 아름다움이란 한때라는 것을 깨달았다. 순간 그녀의 부모는 붓다의 제자가 되려고 결심했다. 마음속으로는 부부가 서로 약속한 듯 이미 붓다의 제자가 돼버렸다. 이제 출가는 시간문제일 뿐이었다.

그러나 마간디야는 결혼을 거절당한 데다 자신의 미모가 피고름과 똥오줌을 바른 것 같다는 붓다의 설법에 화를 잔뜩 냈다. 뿐만 아니라 부모가 출가하겠다고 말하자 붓다에게 부모까지 빼앗긴 것 같아 증오심이 솟구쳤다. 한자리에서 똑같이 무상의 설법을 들었지만 부모와 마간디야의 태도는 정반대였다. 마간디야는 무상을 깨닫기는커녕 심한 모욕을 받았다며 입술을 깨물었다.

아소까는 보름달을 바라볼 뿐 말없이 우빠굽따의 이야기를 듣기만 했다. 아소까의 급한 성격 때문에 지루했으면 진즉 중지시켰을 터였다. 그러지 않은 것으로 보아 흥미롭게 듣고 있음이 분명했다. 특히 마간디야의 미모를 헤아려 보듯 고개를 끄덕거리기도 했다. 우빠굽따는 가끔 고개를 돌려 아소까의 표정을 읽으면서 이야기를 이어나갔다. 아소까의 반응을 확인하고는 이야기를 끌고 나가는데, 과연 그의 기억력과 언변은 따를 자가 없었다. 우빠굽따는 이야기 중간중간에 추임새를 넣듯 강조하곤 했다.

"마간디야는 부모님이 다 출가하자 숙부 집으로 갑니다. 숙부는 권력에 욕심이 많은 사람이었지요. 그런데 숙부도, 그녀의 어머니 이름도 마간디야였습니다."

우데나왕은 마간디야의 숙부를 불러 그녀가 궁궐에 들어와 살 것을 청했다. 마간디야의 미모를 좀 더 자주 보기 위해서였다. 숙부와 마간디야는 우데나왕의 청을 들어주었고, 숙부는 높은 지위와 재산을 하사받았다. 마간디야 역시 우데나왕의 총애를 받았다. 그러나 그녀의 행복은 거기까지였다. 갑자기 우데나왕이 사마와띠를 첫째 왕비로 삼아버렸기 때문이었다. 웃제니 짠다빳조따왕의 딸 와술라닷따에 이어 세 번째 왕비가 된 마간디야는 화를 참지 못했다. 사마와띠가 첫째 왕비 자리를 가로챈 양 질투심으로 부들부들 떨었다. 꼽추 시녀 꾸줏따라가 붓다의 설법을 사마와띠에게 전해주는 것도 참을 수 없었다. 마간디야는 심복 시녀를 시켜 건달들을 매수했다. 돈을 받은 건달들은 그녀가 원하는 대로 행동했다. 붓다와 제자들이 꼬삼비 거리로 탁발 나올 때를 기다렸다가 악담을 퍼붓게 했다. 건달들은 거리에 숨어 있다가 탁발 나온 붓다와 제자들을 뒤쫓아 가서 온갖 욕설을 퍼부었다. 그래도 붓다와 제자들이 반응하지 않고 묵묵히 걸어가자 돌을 던지고 오물을 뿌렸다. 어떤 건달은 가까이 다가가서 침을 뱉기도 했다.

우빠굽따가 이야기를 하다가 말고 감정이 격해져 말했다.

"부왕이시여, 부처님과 아난다 존자님을 괴롭힌 불량배들은 반드시 아위찌(Avici, 阿鼻地獄)에 떨어져 벌을 받고 있을 것입니다."

"아위찌란 어떤 곳이오?"

"땅속 2만 유순 깊이에 있는 지옥입니다."

"무슨 벌을 받고 있는지 알고 싶소."

"괴로움을 받는 일이 한순간도 쉬지 않고 끊임이 없다 하여 아위찌라 하며 무간지옥(無間地獄)이라고도 합니다. 이 지옥에 떨어지는 죄인에게는 필파라침(必波羅鍼)이라는 악풍(惡風)이 불어오는데 온몸을 건조시키고 피를 말려버립니다. 또 옥졸이 몸을 붙잡고 가죽을 벗기며, 그 벗겨낸 가죽으로 죄인의 몸을 묶어

불수레에 싣고 훨훨 타는 불구덩이 가운데에 던져 넣어 몸을 태우고, 야차(夜叉)들이 큰 쇠창을 달구어 죄인의 몸을 꿰거나 입·코·배 등을 꿰어 공중에 던진다고 합니다. 또는 쇠매(鐵鷹)가 죄인의 눈을 파먹게 하는 등 여러 가지 형벌을 받는다고 합니다."

"어떤 죄인이 가는 것이오?"

"오역죄(五逆罪)를 범한 자입니다. 인과를 무시하는 자, 절이나 사찰의 탑을 부수는 자, 성중(聖衆)을 비방하는 자, 시주받은 물건을 사사로운 용도로 낭비하는 자, 아라한을 살해하는 자, 비구니를 강간한 자 등입니다."

오역죄란 아버지를 죽이는 죄, 어머니를 죽이는 죄, 아라한을 죽이는 죄, 승가의 화합을 깨뜨리는 죄, 붓다의 몸에 피를 나게 하는 죄 등 다섯 가지의 죄를 뜻했다. 무간지옥에 떨어지는 지극히 악한 행위이므로 오무간업(五無間業)이라고 부르기도 했다.

"마간디야의 악행을 계속 이야기해 보시오."

"부왕이시여, 소승의 이야기에 귀를 기울여 주시니 신심이 납니다."

우빠굽따는 다시 악행의 왕비 마간디야 이야기로 돌아갔다. 건달들의 행패와 폭력에 탁발을 포기하고 고시따라마 사원으로 돌아가 버리는 붓다의 제자도 생겼다. 어떤 제자들은 건달들이 두려워 사원 밖으로 탁발 나가지 않고 아예 굶기도 했다. 마침내 아난다가 눈물을 흘리며 붓다에게 간청하기에 이르렀다.

"부처님이시여, 이제 꼬삼비를 떠나셔야 합니다. 라자가하

(왕사성)나 사왓티(사위성)로 가셔야 합니다."

"라자가하나 사왓티로 가면 이런 일은 없을테지. 하지만 아난다여, 눈물을 거두거라. 눈물 대신 자비와 인욕의 마음을 내거라."

붓다는 아난다의 간청을 타이르듯 물리쳤다.

"수행자는 소란이 일어났다고 해서 떠나거나 피해서는 안 되느니라. 소란이 가라앉도록 노력하고 기다려야 한다. 소란이 사라진 뒤에 가고자 하는 곳으로 가도 늦지 않느니라. 지금은 저 어리석은 자들의 행동을 묵묵히 참고 견뎌야 할 때이니라."

붓다의 설법을 들은 아난다와 제자들은 건달들의 무례한 행동을 견디며 탁발을 계속했다. 일주일이 지나자 건달들의 행동에 변화가 왔다. 건달들은 하나둘 스스로 자신의 행동에 부끄러움을 느꼈던 것이다. 이를 지켜본 꼬삼비 성민들은 붓다와 제자들을 더욱 존경하지 않을 수 없었다. 마간디야의 복수는 여지없이 일주일 만에 무너져 버린 셈이었다.

그러자 마간디야는 분노하는 마음을 또다시 사마와띠에게 돌렸다. 사마와띠에게 첫째 왕비 자리를 뺏긴 것도 억울했지만 사마와띠 왕비가 꼽추 시녀 꾸줏따라를 통해 붓다의 제자가 된 것도 참을 수 없었기 때문이었다. 마간디야는 사마와띠를 더욱 더 괴롭히기 시작했다. 우데나왕에게 사마와띠를 비방하고 험담했다. 그러나 사마와띠는 침묵으로 자신의 결백을 드러냈고 마간디야를 미워하지 않았다. 우데나왕은 그런 사마와띠의 자애로운 태도를 칭찬했다. 사마와띠는 괴로울 때마다 꼽추 시녀 꾸줏따라가 전하는 붓다의 가르침으로 위로받았다.

　　자신을 다스리고
　　언제나 자제하며 사는 이,
　　자신을 이기는 이가
　　다른 사람을 이기는 자보다 낫다.

　　자신이 자신의 의지처이고
　　자신이 자신의 안내자이다.
　　상인이 훌륭한 말을 다루듯
　　그대는 자기 자신을 다스리라.

　　뱀의 독이 몸에 퍼지는 것을
　　약으로 다스리듯
　　치미는 화를 삭이는 수행자는
　　이 세상도 저세상도 다 버린다.
　　뱀이 묵은 허물을 벗어버리듯이.

　　사마와띠는 마간디야가 온갖 험담과 거짓말로 비난해도 반 듯한 반석처럼 꿈쩍하지 않았다.

5장

아소까의 첫 공양

사마와띠가 더욱더 우데나왕의 총애를 받기 시작하자 마간디야
는 한밤중에 별궁을 나와 숙부를 찾아갔다. 숙부를 만난 마간디
야가 울면서 애원했다. 사마와띠가 잠든 별궁에 불을 질러달라
고 숙부의 팔을 잡고 늘어졌다. 숙부는 마간디야의 애처로운 모
습을 보고는 견딜 수 없었다. 마간디야의 청을 들어주겠다며 겨
우 달래서 돌려보냈다. 며칠 뒤, 때를 엿보던 숙부는 우데나왕이
왕궁을 비운 사이에 심복 하인을 시켜 사마와띠 별궁에 불을 질
러버렸다. 잠을 자고 있던 사마와띠와 시녀 5백 명은 불길 속에
서 빠져나오지 못한 채 모두 불타 죽었다. 마간디야는 사마와띠
와 꾸줏따라가 살기 위해 발버둥 쳤을 것이라고 생각하며 회심
의 미소를 지었다. 그러나 사마와띠와 꾸줏따라를 비롯한 시녀 5
백 명은 당황하지 않고 붓다의 가르침을 떠올리며 의연하게 고
통 없이 죽어갔다.

아소까가 우빠굽따에게 물었다.

"고통 없이 죽음을 맞이할 수 있소?"

"생사를 초월한 아라한과를 얻었으니 가능한 일입니다."

성민들은 불에 탄 시신들을 차마 볼 수 없어서 눈을 감았

다. 왕궁으로 돌아온 우데나왕은 분노했다. 누군가의 소행인지 짐작했지만 신하들에게 말하지 않았다. 범인을 체포하려면 확실한 증거를 확보해야 했다. 범인의 자백도 필요했다. 우데나왕은 자신의 속마음을 감춘 채 마간디야 별궁으로 가서 그녀에게 물었다.

"왕비의 말처럼 사마와띠가 나를 해칠 것 같아 나는 항상 불안했소. 머잖아 사마와띠를 붙잡아 처형하려고 했는데 누군가 내 속마음을 간파하고 먼저 죽인 것 같소. 사마와띠의 별궁에 불을 지른 사람이야말로 나를 위한 사람이니 큰 상을 내려야겠소."

"왕이시여, 불을 지른 사람은 바로 저이옵니다."

마간디야가 우데나왕의 속마음을 눈치채지 못하고 대답했다. 마간디야에게 직접 자백을 들은 우데나왕은 거짓으로 기쁜 표정을 지으며 말했다.

"왕비는 물론이고 숙부와 친척 모두에게 상을 내리겠소. 지금 즉시 수레를 보내겠으니 왕궁으로 들어오시오."

왕궁으로 돌아간 우데나왕은 군사들을 시켜 성문 안쪽에 커다란 구덩이를 파게 했다. 구덩이를 다 팠을 무렵이었다. 마간디야와 그녀의 숙부 등 친척 모두가 크고 작은 수레를 타고 성문을 향해 왔다. 마간디야는 상을 받을 생각에 들떠서 화려한 수레를 타고 급히 달려왔다. 그러나 수문장이 성문을 열자마자 달려오던 수레들이 깊은 구덩이로 곤두박질쳤다. 우데나왕이 군사들에게 큰소리로 명령했다.

"구덩이에 흙을 채워라!"

마간디야와 그녀의 숙부, 그리고 친척들이 살기 위해 흙 속에서 힘껏 머리를 내밀었다. 마간디야가 우데나왕을 올려다보고는 살려달라고 울부짖었다. 그러나 우데나왕이 칼을 빼어 들고 소리쳤다.

"네가 사마와띠를 죽였다고 자백하지 않았느냐! 너로 인해 착한 꾸줏따라도 숯덩이처럼 타 죽었지 않았느냐!"

우데나왕은 구덩이 위에 짚단을 던지게 한 뒤 불을 질렀다. 그러자 순식간에 마간디야와 그녀의 친척들이 불길에 타 죽었다. 우데나왕은 그래도 분이 풀리지 않았는지 소와 말이 끄는 쟁기로 구덩이를 수십 번이나 갈아엎었다. 시신들은 사지가 갈기갈기 찢긴 채 누구의 살점과 뼈인지 알 수 없게 돼버렸다.

우빠굽따가 한숨을 쉬면서 말했다.

"마간디야 왕비는 분노와 질투를 다스리지 못하고 끊임없이 악행을 하다가 참혹한 과보를 받은 것입니다."

아소까도 눈살을 찌푸렸다.

"마간디야 같은 왕비를 만날까 두렵소. 꾸날라를 친아들처럼 돌보는 나의 둘째 부인 아상디밋따를 만난 게 얼마나 다행인지 모르겠소."

"전생에 지은 선업이 있어 그럴 것입니다."

"전생이라고 했소? 하하하."

아소까는 소리 내어 웃으면서 자리에서 일어났다. 그제야 아소까는 어깨와 목덜미가 차갑다는 것을 느꼈다. 아소까는 가볍게 진저리를 쳤다. 야무나강이 피어올린 안개가 꾹꾸따라마 사원을 가득 채우고 있었다. 달빛이 투과하는 안개가 연기처럼 푸르스름했다. 아소까가 우빠굽따에게 말했다.

"내일 아침에 고시따라마 사원으로 오시오. 공양을 올리고 싶소."

"왕자시여, 고맙습니다. 고시따라마 사원도 붓다의 그림자가 어린 곳입니다. 그래서 더욱 고맙습니다."

"오늘은 밤이 깊었으니 붓다의 이야기는 내일 더 듣기로 하겠소."

선봉대장이 말을 끌고 아소까에게 다가왔다. 말도 안개의 냉기 때문인지 갈기를 흔들고는 푸르르 소리를 내며 고개를 쳐들었다. 말이 커다랗게 입을 벌리면서 허연 입김을 내뿜었다. 아소까와 선봉대장은 말을 타고 꾹꾸따라마 사원을 떠났다. 우빠굽따는 두 사람이 보이지 않을 때까지 반얀나무 아래 서서 합장을 했다. 고시따라마 사원으로 돌아온 아소까는 바로 군막으로 들어갔다. 군막 창으로 달빛이 흘러들어 왔다. 밖은 고요하고 적막했다. 부엉이 소리가 우엉우엉 하고 들리거나 보초가 교대하는 듯 자박자박 발걸음 소리만 났다. 아소까는 잠시 뒤척거리다가 양털 숄을 머리끝까지 두른 채 쪽잠을 잤다.

우빠굽따는 아소까의 초대를 받고 잠을 자지 못했다. 잠을 자지 못한 것이 아니라 잠을 자지 않았다. 반얀나무 둥치에서 무념무상의 삼매로 밤을 새웠다. 반얀나무 이파리에 맺혔던 밤이슬이 정수리에 서너 방울 떨어지고 나서야 새벽의 시간을 자각했다. 우빠굽따는 무명 숄을 어깨에 두른 뒤 야무나강으로 내려가 찬 강물로 양치하고 세수를 했다. 강변에는 기도하러 나온 성민들이 듬성듬성 모여 모닥불을 피우고 있었다. 먼동이 희끄무레 밝아오고 있었지만 일출을 보려면 더 기다려야 했다. 브라만교 신도들은 강물 속에서 핏덩이처럼 붉은 해를 보며 기도하곤 했던 것이다.

새벽 정진을 마친 우빠굽따는 고시따라마 사원으로 향했다. 짙은 안개는 들판을 두꺼운 이불처럼 덮고 있었다. 우빠굽따는 맨발로 걷다가 야무나강으로 흘러드는 도랑물에 발을 씻었다. 그사이에 해가 떠올랐는지 햇살이 광활한 들판에 부챗살처럼 퍼졌다. 아소까의 전령이 성문 밖까지 나와 우빠굽따를 맞이했다.

"부왕님께서 사문을 모시고 오라 했습니다."

"고맙소."

꼬삼비성은 저잣거리 말고는 조용했다. 저잣거리는 상인들로 붐볐다. 어부들은 밤새 잡은 물고기들을 어물전 상인과 흥정했고, 식당 주방 화덕에서는 요리사가 짜빠띠를 부지런히 구웠는데 밀가루가 타는 구수한 냄새가 진동했다. 과일가게 주인은 망고와 바나나를 노상좌판으로 옮기느라고 분주했다. 우빠굽따는 전령을 앞세우고 고시따라마 사원으로 걸어갔다. 아소까가 하룻밤을 보낸 길쭉한 군막은 야무나강이 보이는 사원 안쪽에 임시로 가설돼 있었다. 아소까가 군막 밖에 있더니 우빠굽따에게 다가왔다.

"사문이시여, 어서 오시오. 어젯밤은 내게 잊지 못할 추억이 될 것 같소."

"소승의 긴 이야기를 들어주신 것만도 저로서는 큰 영광입니다."

"사문의 이야기는 감동적이었소. 꼬삼비를 떠나기 전에 더 들려준다면 나는 얼마든지 듣겠소."

"과찬입니다만, 여기 고시따라마 사원은 붓다께서 직접 머무셨던 곳입니다. 이곳에 오면 소승은 붓다의 가르침을 떠올리며 눈물을 흘립니다."

"자, 저기 뜰에 공양을 마련해 놓았소. 가시지요."

"소승에게 공양받을 자격이 있는지 모르겠습니다만, 왕자님께서 마음을 내셨으니 기꺼이 받겠습니다."

식탁은 뜰 한쪽에 이미 옮겨져 있었다. 식탁 위에는 주식으로 볶음밥과 짜빠띠가 큰 접시에 각각 놓여 있었고, 빵에 찍어 먹는 커리와 달(Dhal)은 작고 오목한 접시에 담겨 있었다. 후식으로 먹는 과일로 망고와 바나나, 사과, 포도 등이 대바구니에 가득 쌓여 있었다. 육식을 하지 않는 우빠굽따를 생각해서인지 공작새 요리나 닭요리, 생선구이 등은 식탁에 올라와 있지 않았다. 아소까가 어젯밤에 요리사를 불러 우빠굽따를 위한 식단을 만들라고 지시했기 때문이었다. 우빠굽따는 공양을 하기 전에 아소까를 위해 기도했다. 붓다의 가피로 무기를 쓰지 않고도 적을 평화롭게 제압하기를 바란다는 요지의 기도였다. 우빠굽따의 기도를 가까이서 들은 아소까는 대단히 만족했다.

"사문의 기도가 옳소. 싸우지 않고 이기는 군주야말로 위대한 왕이오."

"왕자시여, 세상의 모든 사람을 제압할 수 있는 진정한 무기는 따로 있다고 생각합니다."

"그것은 무엇이오?"

"소승이 공양을 받았으니 기꺼이 말씀드리겠습니다."

우빠굽따는 잠시 침묵했다. 아소까가 자신의 말을 받아들일 만한 인연인지를 마음속으로 헤아렸다. 아소까가 참지 못하고 재촉했다.

"사문이시여, 어서 말하시오."

"놀라지 마십시오. 붓다의 가르침이야말로 세상의 모든 사람을 제압할 수 있는 형상 없는 무기입니다."

"하하하. 붓다의 가르침이 칼보다 위대할 수는 없소. 마우리야왕국을 세운 것은 할아버지 짠드라굽따대왕의 칼과 아버지 빈두사라왕의 칼이었지 붓다의 가르침이 아니었소. 내 말이 틀렸소?"

우빠굽따는 또다시 침묵했다. 아소까는 아직 불법을 받아들일 인연이 아니었다. 아소까가 배가 고프다는 듯 짜빠띠 두 장을 들더니 한 장을 우빠굽따에게 권했다. 우빠굽따가 다소 의기소침해지자 그가 자신만만해할 화제로 말을 돌렸다.

"붓다가 이곳 고시따라마 사원에 계실 때 무슨 일이 있었소?"

"식사를 드시는데 이 이야기가 적절하지 않을 수도 있겠습니다."

"괜찮소. 계속하시오."

"붓다께서 이 고시따라마 사원으로 오셨을 때 이곳에는 두 비구가 각각 5백 명의 제자를 거느리고 있었습니다. 그런데…."

한 비구는 경을 가르치는 강사였고 또 한 비구는 계를 가르치는 율사였다. 어느 날 강사 비구가 화장실을 사용하고 나왔는데 사소한 계율을 범했다. 계율에 따르면 화장실을 사용한 비구는 다음 비구를 위해 화장실 변기를 깨끗하게 씻고 나서 물통을 거꾸로 해놓고 나와야 했다. 그런데 강사 비구는 밖의 일이 급한 나머지 말끔하게 뒤처리를 하지 못했다. 우연하게도 바로 뒤에 화장실을 사용하게 된 사람은 율사 비구였다.

잠시 후 율사 비구가 강사 비구에게 "이것이 계율에 어긋난다는 사실을 모르셨습니까?" 하고 물었다. 그러자 강사 비구가 "미처 몰랐습니다. 그렇다면 제가 참회하겠습니다" 하고 사과했다. 그러자 율사 비구가 "행위 자체는 계율에 어긋납니다만, 의도적인 행위가 아니었기 때문에 반드시 허물이라고 할 수는 없습니다"라고 말했다. 그런데 율사 비구가 제자들에게 이 일을 발설함으로 해서 이 일이 강사와 율사를 따르는 제자들 간에 큰 논박으로 번졌다. 이 같은 서로의 언쟁과 비난은 붓다의 귀에까지 들어갔고, 붓다가 나서서 서로 화해하도록 권유했지만 다툼은 잦아들지 않았다. 마침내 붓다는 극약처방을 내렸다.

"붓다께서는 탁발을 하신 뒤 홀로 빠리렌야까 숲속으로 들어가 버리셨습니다. 아난다 비구도 따라가지 못했습니다. 얼마나 실망했으면 고시따라마 사원을 떠나셨겠습니까?"

꼬삼비 재가신자들도 고시따라마 사원으로 붓다를 뵈러 갔다가 계시지 않는 것을 알았다. 한 재가신자가 비구들에게 물었다. 어느 비구가 "부처님은 숲속에 홀로 계십니다" 하고 궁색하게 말했다. 그러자 재가신자가 "왜 거기에 홀로 계십니까?" 하고 캐물었다. 결국 비구들은 사실을 말할 수밖에 없었다. 이후 재가신자들은 비구들에게 실망하여 탁발을 나와도 일체 음식 공양을 하지 않기로 했다. 결국 곤란을 겪게 된 비구들은 자신들의 잘못을 깨닫고 화해의 움직임을 보였다. 그러자 재가신자들은 두 가지를 결의했다. 비구들이 숲속에 계신 붓다에게 가서 참회할 것과 붓다를 다시 고시따라마 사원으로 모셔 올 것을 요구했다. 비구들은 신자들의 요구로 아난다를 따라서 빠리렌야까 숲속에 계신 붓다에게 가서 참회했다. 그러자 붓다가 비구들을 용서하며 '다툼을 일으키면 그 피해는 결국 자신에게로 돌아오게 마련이며, 화해를 한다면 그 공덕이 자신의 미래를 훌륭하게 만들게 된다'고 설법했다. 그러면서 붓다는 다른 왕에게 죽임을 당하면서도 자기 아들에게 그 왕을 용서할 것을 권한 브라흐마닷따왕을 예로 들면서 게송을 읊었다.

어리석은 자들은
목숨에 끝이 있음을 알지 못하고
무의미한 다툼을 계속한다.
그러나 현자는 이 사실을 잘 알아
모든 다툼을 쉬어버린다.

아난다를 따라온 비구들은 눈물을 흘렸다. 자신들의 잘못을 깊이 참회하는 눈물이었다. 재가신자들의 요구로 하게 된 참회였다. 아소까는 그 부분이 마음에 들었는지 우빠굽따의 걱정과 달리 계속해서 식사를 했다.

반란군 부대장 생포

아침 점호가 끝나자마자 아소까 진압군은 즉시 꼬삼비를 떠나 서남쪽으로 행군했다. 목적지는 반란군 수중에 있는 옛 아완띠 국 수도 웃제니였다. 진압군은 기마부대, 보병부대, 코끼리부대 순으로 대오를 유지하며 베스강까지 나아갔다. 아직 전투대형 은 아니었다. 정찰조 조장은 수시로 선봉대장에게 적정을 보고 해 왔다. 아소까는 선봉대장을 불러 묻곤 했다.

"대장, 행군 속도가 왜 이렇게 느리오?"

"정찰조장 보고입니다. 베스강과 웻따와띠강이 만나는 도 시에 축제가 있습니다. 거리로 나온 사람들이 길을 막고 있다고 합니다."

"날이 무더운데 무슨 축제란 말이오?"

"가네샤 신을 기리는 날이라고 합니다."

"반란군이 위장을 하고 있을지 모르니 조심하시오."

아소까는 방심을 경계했다. 그러나 정찰조장은 두 번째 보 고에서도 축제하는 웨디사 사람들이 틀림없다고 보고해 왔다. 진압군은 경계심을 풀고 웨디사 쪽으로 향해서 갔다. 과연 도시 는 축제 중이었다. 밀짚과 진흙으로 만든 커다란 가네샤 신을 어깨에 멘 네댓 명의 브라만들이 거리로 쏟아져 나온 사람들을 선도하고 있었다. 가네샤 신의 얼굴은 코끼리이고 손은 세 개나 되었다. 사람들은 가네샤 신상(神像) 뒤를 따르며 미친 듯 춤을 추거나 노래를 불렀다. 아소까 진압군은 거리를 우회하든지 아니면 사람들을 힘으로 해산시킨 뒤 통과하는 수밖에 없었다. 선봉대장이 말했다.

"부왕님, 어떻게 하면 좋겠습니까?"

"브라만교의 축제이니 사람들이 거리를 지나갈 때까지 기다리시오. 신에게 선택받은 브라만은 어느 때든 축제를 즐길 권리가 있소."

아소까 진압군은 길 양편의 숲으로 들어가 잠시 휴식을 취했다. 숲속의 풀들은 이미 새벽이슬이 말라 축축하지 않았다. 햇살이 나뭇가지 사이로 깊숙이 들어와 비쳤다. 아소까는 제관 라다굽따에게 가네샤 신이 누구인지 이야기를 들어서 잘 알고 있었다. 가네샤는 파괴의 신 시바와 히말라야의 딸 빠르바띠 사이에 생긴 아들이었다. 시바를 섬기는 가나(Gana)들 중에서 '우두머리 가나', 즉 군중을 지배하라는 뜻으로 가네샤란 이름이 붙었다. 제관 라다굽따는 아소까에게 가네샤가 태어난 인연을 다음과 같이 이야기해 준 적도 있었다.

'빠르바띠가 목욕하던 중에 자기 다리에서 벗긴 때를 약초에 섞어서 사람 형상을 만들었다. 빠르바띠는 사람 형상에 생명을 불어넣은 뒤 자신이 목욕하는 동안에는 누구도 들이지 말라고 감시하도록 했다. 그런데 남편 시바가 오랜만에 귀가해 보니 낯선 사람이 집을 지키고 있었다. 시바가 문을 열고 들어가려 하자 가네샤가 막았다. 그러자 시바가 화를 내며 가네샤의 목을 잘라 버렸다. 잠시 후 시바는 빠르바띠에게 이야기를 듣고는 가네샤가 자신의 아들임을 알았다. 시바는 자신의 부하들을 시켜 숲속에서 사람이든 짐승이든 처음 만나는 생명의 머리를 잘라 가져오게 했다. 부하들이 가져온 것은 코끼리 머리였다. 시바는 즉시 코끼리 머리를 가네샤의 어깨에 붙여 다시 생명을 찾게 해주었다.'

그래서 가네샤는 인간의 몸에 코끼리 머리를 가진 독특한 모습을 가지게 되었다는 것이었다. 이후 사람들은 가네샤의 큰 코끼리 머리에는 영적인 지혜가 가득하고, 길고 굵은 코는 진리와 거짓을 가려내며, 불뚝 튀어나온 큰 배는 마음의 만족을 상징한다고 믿었다. 또 가네샤 손에 든 밧줄은 쾌락에 집착하여 속박당하는 것을, 도끼는 그 속박을 끊는다는 것을, 달콤한 것은 자유를, 정면으로 편 손은 축복을 표시한다고 믿었다. 가네샤의 몸은 신들 중에서 뚱뚱한 편인데 흥미로운 것은 가네샤가 쥐를 타고 다닌다는 점이었다. 그것은 다른 신들이 흉내 낼 수 없는 가네샤 특유의 재주였다.

선봉대장과 진압군 일부 군사는 거리를 메운 사람들에게 욕을 했지만 아소까는 참고 견디었다. 브라만들이 좋아하는 가네샤 신이 누구인지 알고 있기 때문이었다. 다행히 웨디사 사람들은 아소까 진압군에게 우호적이었다. 술을 권했고, 진흙으로

빚은 작은 가네샤 신상을 선물했으며, 사탕수수의 단물과 짜빠
띠를 건네주었다. 아소까는 선봉대장을 불러 지시했다.

"작전 중이니 우리 군사가 술을 마셔서는 안 되오."

"술의 유혹이 강할 것이지만 엄금시키겠습니다."

그러나 일부 군사는 슬그머니 빈 수통에 술을 담았다. 아소
까는 술 냄새를 맡았지만 모른 체했다. 이윽고 축제를 즐기는 사
람들이 도시 옆 강으로 행진해 가자 아소까는 신속하게 진압군
을 이동시켰다. 도시가 가물가물 보이지 않을 때였다. 마침 옆에
는 웻따와띠강이 거울처럼 햇빛을 반사하며 흐르고 있었다. 군
사들은 웨디사 사람들에게 받은 작은 가네샤 신상을 웻따와띠
강에 띄웠다. 세상의 모든 신들이 모이는 바다로 가네샤 신을 보
내기 위해서였다. 아소까는 강물에 땀을 씻고 이동할 계획을 세
웠다. 선봉대장을 불렀다.

"군사를 강변에 집합시키시오."

"무슨 일이십니까?"

"점호를 하겠소."

"축제하는 마을을 지났지만 이탈한 군사는 없습니다만."

"점호는 길지 않을 것이오."

진압군 군사들이 강변에 개인장비를 지닌 채 줄을 맞추어 섰
다. 정찰조는 제외했다. 그제야 아소까가 선봉대장에게 말했다.

"군사들의 수통을 검사하시오."

"예, 알겠습니다."

아소까는 코끼리부대와 기마부대를 점호했고 선봉대장은 보병부대와 군수부대를 점호했다. 아소까의 예상대로 수통에 술을 담은 군사가 발각됐다. 아소까는 엄하게 소리쳤다.

"명을 어긴 자들은 벌을 받아야 한다!"

"군율을 어기지 않은 군사는 즉시 강물에 뛰어들어도 좋다!"

강변에 남은 군사는 열댓 명이나 되었다. 벌은 선봉대장에게 일임했다. 선봉대장은 명을 어긴 군사들에게 수통에 든 술을 모래밭에 쏟으라고 명했다. 술은 모래밭에 흔적도 없이 증발하듯 사라져 버렸다. 선봉대장은 명을 어긴 군사들에게 수통을 입에 물게 하고서는 뜨거운 모래밭에 무릎을 꿇게 했다. 뜨거운 모래알에 군사들의 무릎이 벌겋게 익었다. 선봉대장이 소리쳤다.

"너희는 부왕님의 명을 어겼다. 그러니 벌을 받는 것이다!"

"대장님, 한 번만 용서해 주십시오."

"또다시 명을 어길 것인가?"

그때 아소까가 다가와 말했다.

"우리는 대왕님의 명을 받든 마우리야왕국의 명예로운 군사다. 한시도 이를 잊지 말아야 할 것이다. 작전이 끝나면 너희들에게 큰 상을 내릴 것이다. 단 누구도 명을 어기지 말아야 한다. 알겠는가!"

"예, 부왕님."

"좋다. 오늘은 여기서 용서해 주겠다. 이제 저 군사들처럼 강물에 뛰어들어도 좋다."

벌을 받던 군사들이 일제히 환호를 질렀다.

"부왕님, 만세!"

아소까도 옷을 입은 채 절벽 위로 올라가 강물에 입수했다. 군사들이 아소까의 용감한 모습을 보고는 탄성을 질렀다. 강물 속에 들어간 아소까는 몇십 걸음의 강물 밖에서 고개를 내밀었다. 숨이 찼던지 휘파람 같은 소리를 내며 머리를 흔들었다. 어린 왕자 시절부터 닦은 수영 실력을 유감없이 발휘했다. 무엇이든 군사들보다 앞서지 않으면 존경받지 못한다는 게 왕자들이 익히는 제왕학의 핵심이었다. 따라서 마우리야왕국 왕자들은 10세 이전에는 산스끄리뜨어를 배우고 이후에는 점성술, 기도, 수학, 천문학, 승마, 수영, 활쏘기, 검술 등을 연마해야만 했던 것이다. 한낮의 더위를 식힌 군사들은 다시 행군을 시작했다. 휴식을 취하면 이동속도는 그만큼 배가되었다. 멀리서 정찰조장이 말을 타고 아소까에게 달려왔다.

"무슨 일인가?"

"4요자나 밖에 웃제니 경계군사들이 있다고 합니다."

"누구에게 들었는가?"

"웃제니에서 꼬삼비를 오가는 장사꾼들 이야기입니다."

"반란군이 경계를 서고 있군."

아소까는 반란군 군사로 의심했다. 선봉대장이 물었다.

"행군 대오를 지금부터는 전투대형으로 바꿔야겠습니다."

"아니오. 4요자나면 나흘 후쯤에나 도착하는 거리이니 그럴 필요는 없소. 다만 오늘부터 정찰을 강화하시오."

"예, 알겠습니다."

"정찰조 군사를 늘리고 반드시 반란군 경계병을 생포해 오시오."

"부왕님, 명령대로 하겠습니다."

선봉대장은 기존의 정찰조에다 군사 열 명을 더 늘려 별개의 정찰조를 만들었다. 밤낮으로 교대하면서 수색하듯 정찰하라는 강화조치였다. 한 개 조가 도보로 적진 깊숙이 정찰할 때 다른 한 개 조는 말들과 함께 숲속에서 은폐한 채 경계 및 휴식을 취하는 작전이었다. 정찰조를 강화시킨 효과는 이틀 만에 나타났다. 웃제니 부근까지 침투했던 정찰조가 반란군 간부 한 명을 생포해 왔다. 붙잡혀 온 반란군 간부는 아소까를 보자마자 부들부들 떨었다. 아소까가 회유하듯 말했다.

"협조하면 살려주겠다. 너는 누구냐?"

"웃제니 왕의 군사입니다."

"내가 모를 줄 아느냐! 너는 반란군 군사가 아닌가?"

"저는 마을을 수비하는 관군 군사입니다."

선봉대장이 소리쳤다.

"부왕님께서 네가 협조하면 살려주겠다고 하셨다. 믿지 못하겠느냐!"

그래도 반란군 간부는 실토하지 않았다. 할 수 없다는 듯 선봉대장이 부하에게 눈짓을 했다. 고문을 시작하겠다는 눈짓이었다. 선봉대장 부하가 반란군 간부에게 발길질한 뒤 그의 손발을 밧줄로 묶었다. 잠시 후에는 그를 살라나무 가지에 거꾸로 매달았다. 선봉대장이 칼끝을 그의 얼굴에 대며 말했다.

"이래도 반란군이 아니라고 말하겠느냐!"

"살려만 주십시오. 다 말하겠습니다."

선봉대장이 또다시 눈짓을 하자 부하가 그를 나뭇가지에서 끌어 내렸다. 그가 땅바닥에서 이리저리 짐승처럼 뒹굴며 말했다.

"손발만 풀어주십시오. 무엇이든 말하겠습니다."

"좋다."

밧줄을 풀어주자 그가 머리를 조아리며 말했다.

"웃제니는 왕을 죽인 반란군 대장이 왕 노릇을 하고 있습니다. 저희는 원래 관군이었는데 성 밖으로 쫓겨나 경계를 서고 있습니다. 푸대접을 받고 있습니다. 성안은 반란군 천지입니다."

반란군 간부가 푸념하듯 말했다. 아소까는 그의 말을 믿었다. 이번에는 아소까가 말했다.

"왕을 죽인 반란군 대장은 누구냐?"

"원래는 왕궁을 지키는 경비대장이었습니다. 그자가 왕의 자리를 노리고 반란을 일으킨 것입니다."

"어째서 반란을 일으킨 것이냐?"

"성민들의 불만을 이용한 것입니다. 성민 중에서도 관리들의 불만이 컸습니다. 왕이 자신의 욕심을 채우기 위해 매관매직을 거침없이 했고, 장사꾼들은 진귀한 보석을 상납해야만 웃제니에 살 수 있을 정도로 왕이 탐욕스러웠기 때문입니다.”

“그렇다면 이제는 관리들과 장사꾼들의 불만은 없어진 것인가?”

“아닙니다. 왕이 된 경비대장은 난폭한 폭군으로 변해서 예전에 자신을 무시했던 성민들의 재산을 마음대로 빼앗고 반항하면 죽이고 있습니다. 날마다 시신이 쌓여 공동묘지가 부족할 정도입니다. 성민들은 공포에 떨고 있습니다.”

“너는 누구냐?”

“경비대장 막하의 부대장이었습니다. 대장은 왕의 자리를 빼앗더니 저를 성 밖으로 내쫓고는 모든 권한을 혼자서 독차지해 버렸습니다.”

아소까는 몹시 만족했다. 가네샤 신이 자신을 돕고 있다는 생각이 문득 들었다. 생포한 부대장에게 두 가지의 중요한 첩보를 얻은 것 같아서였다. 하나의 첩보는 웃제니 성민들의 불만이 극도로 팽배해 있으므로 공격해도 저항이 미미하리라는 것이고, 또 다른 첩보는 성에서 밀려난 부대장을 앞세우면 성 공격이 용이하리라는 점이었다.

웃제니 반란군 진압

웃제니 공격을 앞두고 아소까는 참모들과 함께 작전회의를 했다. 참모들이란 진압군의 각 부대장들이었다. 행군 중에 웨디사에서 가네샤 신 축제를 만나 지연된 것 말고는 특별한 차질은 없었다. 웃제니 부대장이 협조하므로 아소까는 느긋한 마음으로 작전회의에 임했다. 그러나 군사들의 식량 및 전투코끼리와 군마 먹이를 담당해 온 군수부대장은 좌불안석이었다. 임시 군막 안쪽에 앉아 있던 아소까는 선봉대장에게 먼저 보고를 받았다.

"정찰조를 웃제니 성 안팎으로 보내 수시로 보고받고 있습니다. 웃제니 부대장이 성 밖의 군사를 안으로 미리 보내 진압군이 공격할 때 성문을 열어주기로 했습니다."

"믿어도 되오?"

코끼리부대장이 묻자 선봉대장이 아소까를 보면서 말했다.

"부왕님께 약속하고 돌아갔으니 믿어도 좋을 것이오."

"그렇다면 성문이 열리자마자 코끼리부대가 돌격해 들어가겠소."

아소까가 공격전술을 정해서 명했다.

"코끼리부대가 첫 공격을 하면 반란군들이 혼비백산할 것이오. 두 번째 공격은 기마부대가 번개처럼 달려가 반란군이 저항하지 못하게 소탕하시오. 마지막으로 보병이 들어가 샅샅이 수색해 반란군 수괴와 숨은 반란군들을 생포하시오."

아소까가 군수부대장에게 확인했다.

"코끼리와 말먹이는 문제가 없소?"

"사실 코끼리나 말들이 이틀 동안 풀과 물을 충분히 먹지 못했습니다. 기동성이 떨어져 있으니 저는 지금 웃제니를 공격하는 것에 반대합니다."

"왜 이제 와서 말하는 것이오?"

"웃제니에 도착하려면 다른 무엇보다도 행군이 우선이기 때문에 말씀드리지 않고 있었습니다."

참모들이 군수부대장을 노려보았다. 그러나 군수부대장의 책임을 물을 수는 없었다. 가네샤 신 축제 중인 마을을 지나면서 생각보다 많이 지체했기 때문에 행군을 서두를 수밖에 없었던 것이다. 실제로 풀과 물을 먹지 못한 전투코끼리와 군마들의 사기는 극도로 떨어져 있었다. 갈증이 난 전투코끼리들이 물을 찾아서 코를 이리저리 휘두르거나 상아로 땅을 파는 등 이상한 행동을 해댔다. 군마들도 마찬가지였다. 날카롭게 괴성을 지르며 헛발질을 했다. 아소까는 참모를 질책하지 않고 공격을 지연시켰다.

"사기가 떨어진 코끼리와 군마를 돌진시키는 것은 무모한 일이오. 그러니 코끼리와 군마에게 충분한 풀과 물을 먹이시오."

선봉대장이 아소까에게 말했다.

"코끼리부대와 기마부대는 뒤로 빠지더라도 보병부대는 앞으로 나가야 합니다."

"그럴 필요는 없소. 정찰조장을 웃제니 부대장에게 보내 공격을 하루 늦춘다고 알리면 되니까."

"예, 부왕님."

"공격은 코끼리부대가 천둥번개 치듯 성문으로 돌진해 반란군들을 짓밟아 버리는 것부터 시작해야 하오. 그래야 보병이 반란수괴를 생포하는 데 수월할 것이오."

아소까가 공격을 하루 늦추는 이유는 코끼리가 풀이든 물이든 엄청나게 먹어치운다는 사실을 보아서 알고 있기 때문이었다. 전투코끼리 한 마리가 하루에 먹는 풀의 양은 세 수레, 마시는 물은 커다란 토기 항아리 열 동이쯤이었다. 그러니 전투코끼리는 눈을 뜨고 움직이는 시간 내내 입을 우물거리고 있는 셈이었다. 군마가 먹는 풀과 물은 전투코끼리에 비해 30배 정도 작았지만 이도 역시 적은 양은 아니었다. 전투코끼리가 집채만큼 많이 먹고 마시기 때문이었다. 선봉대장이 아소까의 명을 전달했다.

"군사는 성 밖의 웃제니 경계군사처럼 위장하라. 코끼리와 군마들은 일몰 후에 강변으로 이동시켜라."

진압군은 공격을 하루 늦추면서 시프라강 강변으로 후퇴했다. 시프라강은 웃제니를 관통하여 강가강에 합류하는 강이었다. 진압군 군사들이 웃제니 반란군에게 노출돼 위험할 수도 있었지만 불가피한 조치였다. 어두운 강변에 도착한 전투코끼리와 군마들은 시프라강 강물을 다 빨아들일 듯 정신없이 마시곤 했다. 배가 불룩해진 뒤에야 강변으로 나와 어린 갈대와 잡풀들을 면도하듯 아삭아삭 먹어치웠다. 밤중에 웃제니 부대장이 정찰조장과 함께 아소까의 임시 군막을 찾아왔다. 아소까는 불을 켜지 않고 있었다. 군막 창을 열자 달빛이 밤안개처럼 흘러들었다. 반란군 부대장이 말했다.

"정찰조장을 만나지 않았더라면 성문을 열 뻔했습니다."

"공격을 늦추려고 조장을 보냈소."

"부왕님이시여, 내일을 넘기시면 안 됩니다."

"이유가 무엇이오?"

"모레부터는 웃제니에 축제가 있습니다. 시프라강에 성민들이 모두 뛰어들 것입니다. 부왕님의 군사들이 공격한다면 성민들이 다칠 수 있습니다."

정찰조장이 부대장에게 물었다.

"성민들이 왜 강물에 들어가는 것이오?"

"지은 죄를 강물이 씻어준다고 믿기 때문이오."

"좋소. 내일 이른 새벽에 공격할 것이니 그때 성문을 열어주시오."

부대장이 돌아간 뒤 정찰조장이 아소까에게 말했다.

"부왕님이시여, 저는 불안합니다."

"왜 그런가?"

"반란군 부대장이 우리를 속일 수 있습니다. 우리가 성문으로 들어갈 때 역공을 당할 수도 있습니다."

"그자는 우리 편이 됐으니 믿어도 된다. 내 부하가 되어 군막을 드나들지 않느냐? 성 밖의 웃제니 경계군사들이 우리를 돕고 있는 것도 그자의 공이다."

"피아를 드나드는 이중첩자도 있을 수 있으니 드리는 말씀입니다."

"반란군을 소탕한 뒤 나는 그자에게 큰 상을 내릴 것이다."

그래도 정찰조장은 의심을 거두지 않았다. 반란군 부대장을 감시하도록 정찰조 군사를 붙여 미행시켰다. 그러나 웃제니 반란군 부대장은 먼동이 틀 무렵 부하들을 시켜 일제히 성문을 열었다. 성문지기 군사들은 낯익은 부대장의 지시를 따랐다. 성밖의 경계군사들이 교대하러 들어오는 줄 알고 성문을 열었다. 성안의 성민들은 아직 잠에 빠져 있었다. 축제 준비로 밤을 새우다시피 했기 때문에 대부분 곯아떨어졌다. 성안을 수비하는 군사들도 창을 든 채 꾸벅꾸벅 졸았다.

전투코끼리들이 괴성을 지르며 천둥 치듯 성안으로 돌진했다. 졸고 있던 반란군들이 혼비백산했다. 일부 반란군들이 활을 쏘며 저항했지만 곧바로 전투코끼리에 밟혀 죽었다. 시신들이 처참하게 나뒹굴었다. 바위가 굴러와 압사한 것처럼 팔다리가 떨어져 나가고 배가 터져 창자가 튀어나왔다. 동서남북 네 개의 성문으로 들이닥친 전투코끼리들은 성안의 거리를 여지없이 짓밟아 버렸다. 왕궁 정문이 전투코끼리 상아에 들이받혀 부서지고 꽃들이 만개한 왕궁 정원은 순식간에 쑥대밭으로 변했다. 붉은 꽃들이 땅바닥에 흩어져 핏자국처럼 보였다. 반란군들의 저항은 날이 밝아지자 빠르게 수그러들었다.

이번에는 기마부대가 번개처럼 들어와 성안 진지들을 휘젓고 다녔다. 거칠기로 소문난 웃제니 성민들이었지만 두려워서 아무도 문을 열고 나오지 못했다. 아침 해가 솟구치자 아소까의 보병들이 조별로 들어와 왕궁부터 대신과 장수들의 사택까지 샅샅이 수색했다. 피신했던 반란군들이 두 손을 번쩍 들고 항복했다. 왕 노릇을 하던 반란수괴는 맨 나중에 왕궁 지하실에서 붙잡혔다. 항복한 대신이 밀고해서 생포할 수 있었다. 왕궁 지하실에는 성 밖으로 나가는 비밀통로가 있었던 것이다. 반란수괴가 붙잡히자 반란군 진입작전도 끝이 났다. 선봉대장이 밧줄에 묶인 반란수괴를 넘겨받았다.

"네가 웃제니 경비대장인가?"

"웃제니 성민들이 왕으로 추대했으니 왕 대우를 하라."

옆에 있던 부대장이 그의 얼굴에 침을 뱉었다.

"뭐라고? 난폭한 살인자 놈아!"

"넌 내 부하였지. 나는 너를 반드시 웃제니 왕의 이름으로 처단할 것이다."

"아직도 왕이라고 착각하고 있군!"

부대장이 또다시 침을 뱉으며 소리쳤다.

"살인마 같은 놈! 너의 공이라곤 웃제니의 공동묘지를 넓힌 것뿐이지."

아소까 진압군이 반란수괴를 시프라강 강변으로 끌고 갔다. 강변에는 어느새 진압군 군사들이 통나무로 교수대를 만들어 세워놓고 있었다. 웃제니 성민들이 하나둘 강변으로 모여들었다. 다른 어느 성민들보다 성격이 급하고 거친 사람들이었다. 아완띠국의 예전 왕들도 성격이 거칠기는 마찬가지였다. 특히 붓다를 초청한 적이 있는 빳조따왕은 성격이 난폭하여 짠다빳조따로 불리기까지 했던 것이다. 반란수괴에게 보석을 상납하지 않고 늘 술만 마신다고 '멍청한 주정뱅이'라고 수모를 당했던 한 장사꾼이 소리쳤다.

"지금도 보석을 원하는가?"

"…"

그의 머리 위로는 올가미 밧줄이 대롱대롱 내려와 있었다. 선봉대장이 그의 얼굴에 검은 천을 씌우기 전이었다. 선봉대장이 검은 천을 들고 다가서자 갑자기 반란수괴가 외쳤다.

"목이 마르니 술을 한 잔 주시오!"

"그럴 줄 알고 준비했소. 술은 술이지만 섞어버린 술이오."

장사꾼 친구가 히죽히죽 웃었다. 술주정뱅이 장사꾼이 준비한 술병에는 그의 오줌이 들어 있었다. 술병을 건네자 반란수괴가 단숨에 들이켰다. 오줌을 들이켠 그의 얼굴에 희미하게 웃음기가 어렸다. 그러나 바로 얼굴이 험악하게 일그러졌다. 장사꾼이 소리쳤다.

"섞은 술맛이 어떤가?"

그러나 선봉대장은 그의 대답을 기다려주지 않았다. 반란수괴의 얼굴에 검은 천을 씌우고 목에는 올가미 밧줄을 걸었다. 이윽고 의자에 앉아 있던 아소까가 한 손을 들자 순식간에 그의 몸은 허공으로 치솟았고 나무토막처럼 뻣뻣해졌다. 성민들이 반란수괴에게 야유와 조롱을 퍼부었다. 웃제니 부대장이 소리쳤다.

"웃제니 성민들이여! 지금부터는 이분이 웃제니의 왕이십니다."

아소까는 앉아 있던 의자에서 일어나 한 손바닥을 펴면서 흔들었다. 반란수괴에게 야유와 조롱을 퍼부었던 성민들이 이번에는 박수를 치며 함성을 질렀다. 아소까는 두 손바닥을 앞으로 내밀면서 화답했다.

"나는 마우리야왕국 대왕님의 명을 받고 웃제니에 온 부왕이오. 나는 지금 이 순간부터 웃제니 성민을 사랑할 것이오. 마우리야왕국의 법을 따른다면 신분을 따지지 않고 누구든 사랑할 것이오. 나는 성민과 군사를 사랑하고 보호하기 위해 나에게 위임한 권한을 남김없이 행사할 것이오."

웃제니 성민과 군사들의 함성이 시프라강을 넘어 퍼졌다. 하루가 지나면 모두가 시프라강에 뛰어들 성민들이었다. 강물에 몸을 담그는 축제가 열리기 때문이었다. 아소까 진압군이 새벽 일찍이 공격해 반란군들을 소탕한 것도 내일 열리는 축제를 방해하지 않기 위해서였다. 진압군 중에는 브라만들이 많았다. 그들은 강물에 몸을 씻는 이유를 잘 알고 있었다. 이유인즉 신들과 아수라들이 싸우다가 성스러운 강이 되어 생겨난 축제였다.

먼 옛날이었다. 브라만교 성자 둡바사가 길을 가던 중 코끼리를 타고 가던 신들의 왕 인드라 신과 마주쳤다. 둡바사는 존경을 표하며 목에 걸고 있던 꽃목걸이를 인드라 신에게 바쳤다. 그런데 인드라 신은 자신의 목에 걸지 않고 코끼리 코에 걸어주었다. 잠시 후 꽃목걸이는 땅에 떨어져 코끼리 발에 짓밟혀 부서졌다. 모욕감을 느낀 둡바사는 인드라 신에게 저주를 내렸다. 그러자 인드라 신은 천상, 허공, 지상, 즉 삼계를 지배하는 권위를 잃어버리면서 신들과 아수라들과의 싸움에서 불리해지고 말았다. 위기에 처한 신들은 우주의 질서를 유지시켜 주는 비슈누 신을 찾아가 도움을 청했다. 비슈누 신은 신들과 아수라들이 싸우지 않도록 맹약을 주선하고는 서로가 우유의 바다, 끄쉬라 사가르를 휘젓게 했다. 그러자 신비로운 것들이 떠올랐다. 그 가운데는 불사의 영약인 암리따가 담긴 항아리도 있었다. 이에 욕심을 낸 아수라들이 약속을 깨고 항아리를 차지하려고 들었다. 이때부터 치열한 싸움이 12일간 벌어졌다. 싸우는 동안 항아리에서 암리따 네 방울이 지상에 떨어졌다. 강가강, 시프라강, 고다와리강,

강가강과 야무나강과 사라삿띠강이 만나는 곳에 한 방울씩 떨어져 누구라도 네 곳의 강물에 몸을 담그기만 하면 전생부터 지은 죄가 씻어지고 윤회의 굴레를 벗어났다.

아소까가 옆구리에 차고 있던 칼을 뽑아 들면서 선봉대장에게 말했다.

"내일 해가 뜨면 가장 먼저 강물에 들어갈 것이오."

"부왕님이시여, 당연히 그래야 합니다. 이제 부왕님은 해와 같은 존재이십니다."

아소까는 아침 해가 빛을 뿌리는 순간 가장 먼저 강물에 몸을 적실 터였다. 그런 뒤 어두운 꼭두새벽부터 일출을 기다리고 있던 나체사두, 수행자, 브라만 제관, 성민들 순서로 시프라강에 들어가 몸을 씻을 것이었다.

웨디사 상인 수장

아소까는 빈두사라왕을 대신해서 웃제니를 통치하기 시작했다. 옛 아완띠국은 아무 일도 없었던 것처럼 예전의 활기를 되찾았다. 웨디사나 산치, 꾸루라가라 등 크고 작은 도시의 상인들도 장사를 개시했다. 반란군은 며칠 만에 대부분 괴멸했다. 아소까는 웃제니에서도 딱사쉴라처럼 용서와 응징을 신속하게 진행했다. 투항한 반란군들은 살려주는 대신 노비로 삼았고, 저항한 반란군들은 성민들이 보는 앞에서 참수형을 집행했다. 아소까는 반란군 수괴에게 처형당한 마우리야왕국 관리들의 시신을 찾아내 장례 의식의 예를 갖추어 화장한 뒤 시프라강에 재를 뿌려주었다.

웃제니 거리는 다시 상인들로 북적거렸다. 젊은 남녀 성민들이 거리를 활보했고 달리는 마차의 방울 소리가 요란했다. 마차끼리 부딪쳐 큰 소리로 싸우는 사람들도 예전처럼 나타났다. 웃제니 사람들은 다른 도시인들보다 더 거칠었다. 동문 밖에는 화려한 마차와 10여 대의 짐을 실은 수레가 멈추어 있었다. 누구라도 검문검색을 받아야만 동문을 통과할 수 있었다. 수문장이 동문 군사들과 함께 마차와 수레를 검색하기 시작했다. 그런데 수문장이 마차에서 내린 웨디사데바를 보고는 달려와 굽신거렸다.

"데바 수장님, 잘 지내셨습니까?"

"부왕님을 뵈러 왔네. 저 수레들에는 부왕님께 드릴 선물과 아완띠국의 전통요리 재료와 진귀한 과일들이 실려 있다네."

"여러 대의 수레를 끌고 오시다니 놀랍습니다."

"웨디사에서 벌인 가네샤 신 축제 때 부왕님께 결례를 해서 찾아왔다네."

웨디사데바는 웨디사뿐만 아니라 아완띠국 상인들이 흠모하는 수장이었다. 무역으로 불린 재산도 가장 많았다. 사람들은 웨디사 출신인 그를 장사의 신처럼 존경한다는 의미로 데바를 붙여 웨디사데바라고 불렀다.

"데바 수장님, 죄송합니다. 경비대장님께서 당분간 누구든 허락 없이 성문을 출입시키지 말라고 지시했습니다."

"부왕님을 뵙고 싶어서 왔는데도 성문을 열어주지 않겠다는 것인가?"

웨디사데바가 양미간을 찌푸리며 말하자 수문장이 쩔쩔맸다.

"잠시만 기다리십시오. 제가 경비대장님께 달려가 곧 허락을 받아오겠습니다."

"그러시게."

웨디사데바는 자존심이 상했지만 동문 밖에서 기다리기로

했다. 마차 안에 앉아 있던 웨디사데바의 외동딸 웨디사데비가 고개를 내밀며 말했다.

"아버지, 무슨 일이에요?"

"데비야, 부왕님이 새로 오셨는데 웃제니 분위기가 좀 달라졌구나."

수레를 검색하던 동문 군사들이 웨디사데비를 보고는 눈을 동그랗게 떴다. 앳된 웨디사데비의 맑고 그윽한 눈빛에 주눅이 들었다. 웨디사데비는 병약한 어머니가 한적한 웨디사나가라에서 요양 중이므로 아버지 웨디사데바와 함께 동행하고 있었다. 웨디사에서 여신(女神), 즉 데비로 불리는 처녀는 오직 웨디사데바의 외동딸뿐이었다. 체격은 아버지와 달리 날씬했고 얼굴은 아침에 갓 피어난 백련같이 청아했다.

웨디사데바에게는 웃제니성 안에도 큰 저택이 하나 있었다. 저택은 웃제니에 들어오는 상인들을 위한 연회장이기도 했다. 산치 부근 웨디사나가라에 있는 농원이 딸린 저택보다는 규모가 작지만 그래도 성민들 모두가 부러워하는 붉은 벽돌 건물이었다. 하인들이 수십 명인 웨디사나가라의 저택은 병약한 아내를 위한 집이기도 했다. 웨디사데바는 아내가 기도할 수 있도록 산치 언덕에 불교사원을 하나 지어주었는데, 데바가 후원하는 사문 10여 명이 사원을 지켰다. 웨디사데비가 말했다.

"아버지, 부왕님을 웨디사나가라에 있는 우리 농원으로 초대하시지 그랬어요?"

"부왕님께 사과할 일이 있는데 어떻게 우리 별장으로 초대하겠니? 부왕님께서 나에게 호의를 보인다면 그때는 별장으로 초대할 수 있겠지."

웨디사데바는 아소까 진압군이 웃제니로 갈 때 이동을 방해한 것에 대해서 미안해했다. 상인들을 괴롭혔던 웃제니의 반란수괴를 단죄하기 위한 진압군이었기 때문이었다. 물론 웨디사 사람들이 아소까 진압군의 행군을 의도적으로 방해한 것은 결코 아니었다. 하필이면 그날 웨디사데바 등이 주최한 가네샤신 축제와 겹쳐서 그랬을 뿐이었다.

경비대장을 찾아간 수문장이 말했다.

"대장님, 웨디사데바 수장님이 동문 밖에 계십니다."

"용건이 뭔가?"

"부왕님께 드릴 선물을 가져왔다고 합니다."

아소까에게 협조하여 왕궁 경비군사의 우두머리가 된 그가 거드름을 피우며 말했다.

"눈치가 빠르군. 부자들은 눈치가 빨라."

"어떻게 할까요?"

"부왕님의 지시니 내 마음대로 할 수 없지. 잠시만 기다리게."

경비대장이 왕궁으로 들어가 있는 동안 수문장은 마음이 조급해졌다. 경비대장의 직권으로 해결될 줄 알았는데 부왕 아소까의 허락까지 받아야 했기 때문이었다. 수문장은 자신에게는 물론 평소에 동문 군사들을 회식시켜 주는 등 호의적이었던 웨디사데바를 동문 밖에 세워두고 있다는 것이 몹시 부담스러웠다. 그런데 경비대장의 보고를 받은 아소까는 흔쾌하게 말했다.

"문을 열어주시오. 선물은 핑계고 다른 용건이 있을 것이오."

"소장 생각도 그렇습니다. 데바 수장은 보통 사람이 아닙니다. 아완띠국의 모든 상인들이 존경하는 인물입니다."

"그런 인물이라면 아완띠국을 위해서 빨리 만나보고 싶소."

아소까가 성문을 함부로 열어주지 말라고 지시한 이유는 숨은 반란군의 기습공격이 있을지도 모른다는 우려에서였다. 그러나 반란수괴가 사라진 반란군은 괴멸했다고 보는 것이 옳았다. 숨은 반란군에 대해 두려움을 느끼는 성민은 아무도 없었다. 성민들에게 일찍이 인심을 잃어버렸던 반란군은 성 안팎 어디에도 발붙일 곳이 사라져 버렸던 것이다.

왕궁 경비대장이 의기양양하게 수문장을 불렀다.

"수문장, 부왕님께서 허락하셨네."

"과연 신임이 두터우신 대장님이십니다."

"데바 수장이 상인들에게 존경받는 인물이라고 말씀드렸더니 바로 허락하셨네."

경비대장은 자신이 아소까의 허락을 받아냈다고 공치사했다. 수문장은 아무래도 좋았다. 바로 동문으로 달려간 수문장은 군사들에게 지시했다.

"동문을 열고 데바 수장님 일행을 맞아들여라!"

마차와 수레들이 일제히 동문 안으로 들어갔다. 그제야 웨디사데비가 미소를 지었다. 그녀의 유난히 흰 치아가 붉은 입술 사이로 살짝 드러났다. 마차가 방울 소리를 울리며 달리자 성민들이 구경거리라도 된 양 모여들었다. 웨디사데바의 저택은 왕궁에서 걸어서 갈 수 있는 살라나무 숲속에 있었다. 저택의 정문을 지키던 문지기와 하인들이 달려와 마차를 에워쌌다. 웨디사데바가 말했다.

"수레의 짐을 풀지 마라. 어떻게 될지 모른다."

웨디사데비는 연회장을 지나 바로 2층 방으로 올라갔고 아버지 웨디사데바는 걸어서 왕궁으로 갔다. 마침 경비대장이 궁문에 있다가 웨디사데바를 알아보고는 말했다.

"데바 수장님, 오랜만이오."

"축하드리오. 대장님이 되셨다는 얘기를 들었소."

"축하받을 사람은 데바 수장님이오."

"왜 그렇소?"

"부왕님께서 허락하신 첫 번째 손님이오. 부왕님은 데바 수장님을 빨리 만나보고 싶다고 했소."

"아, 영광이오. 저도 어서 뵙고 싶소."

웨디사데바는 궁문 안에서 궁문 군사의 형식적인 몸수색에 응한 뒤 경비대장을 따라서 부왕의 접견실로 들어섰다. 접견실은 여러 도시에서 가져온 물건들로 치장하고 있었다. 커튼은 바라나시에서 생산하는 공작이 수놓아진 비단이었고, 탁자와 의자는 짬빠썽에서 단단한 짬빠까나무로 만든 최고급품들이었고,

시바 신상, 비슈누 신상, 가네샤 신상 등은 꼬삼비의 흰 대리석으로 만든 조각품이었다. 웨디사데바는 무역을 하러 여러 나라를 다녀봤기 때문에 단번에 알아보았다. 경비대장과 웨디사데바가 잠시 접견실에 서 있는 동안 시녀들이 탁자 위에 짜이 세 잔을 놓고 갔다. 이윽고 아소까가 접견실에 들어와서 말했다.

"그대가 나를 만나고 싶어 했소?"

"부왕님이시여, 영광입니다."

"나를 만나고 싶어 하는 이유가 무엇이오?"

"저는 사끼야족 후손으로 웨디사에서 살고 있는 바이샤입니다. 지난 가네샤 신 축제 때 부왕님 군사의 행군을 잠시 막은 결례를 범하여 용서를 구하려고 왔습니다."

웨디사데바의 말이 떨어지자마자 아소까가 큰소리로 웃었다.

"미안해하지 마시오. 가네샤 신이 나에게 웃제니 반란군을 진압하는 데 지혜를 주었고, 그대에게는 나를 만날 수 있게끔 행운을 준 것이오."

웨디사데바는 아소까의 인품에 안도했다. 경비대장이 대화에 끼어들었다.

"데바 수장이 진귀한 선물을 가져왔다고 합니다. 어떻게 할까요?"

"부왕님이시여, 먼 길을 오신 부왕님께 조그만 위로가 되지 않을까 싶어 가지고 왔사옵니다만."

경비대장이 또 말했다.

"데바 수장은 선물에 이어 아완띠국 전통요리 재료와 과일을 수레 열 대에 실어 가지고 왔습니다. 왕궁으로 들여도 되겠습니까?"

아소까가 짜이를 마시다가 잔을 내려놓으며 말했다.

"그대는 웃제니 부왕인 나를 진심으로 환대하는 것 같소. 경비대장은 데바 수장이 가져온 아완띠국 전통음식 재료와 과일로 오늘 저녁 당장 연회를 열도록 하시오."

웨디사데바는 아소까의 따뜻한 배려에 감동했다. 전통요리 재료와 과일을 가지고 왔지만 연회까지는 생각지 못했던 것이다. 아소까가 경비대장에게 눈짓으로 지시했다. 그러자 경비대장이 말했다.

"저녁에 연회를 열려면 지금부터 준비해야 할 것이오. 수레에 가지고 온 것들을 왕궁으로 보내시오."

"지금 바로 수레를 보내겠소."

아소까가 먼저 일어나 접견실을 나가려고 했다. 그때 웨디사데바가 말했다.

"부왕님이시여, 청이 하나 있습니다."

"말해보시오."

"제 딸도 연회에 참석하면 안 되겠습니까? 제 딸은 아완띠국의 전통요리 하기를 좋아합니다."

"그렇게 하시오. 옛 아완띠국 전통요리 맛이 어떤지 기대하겠소."

경비대장은 궁문까지 웨디사데바를 안내한 뒤 경비군사 두 명을 붙여주었다. 웨디사데바의 수레들을 왕궁까지 데리고 올 경비군사였다. 저택으로 돌아온 웨디사데바는 팔을 휘휘 저으며 하인들을 불러 지시했다.

"저 수레들을 모두 왕궁으로 끌고 가라. 경비군사를 따라가면 된다."

"데바 수장님, 알겠습니다."

웨디사데바가 저택 베란다에서 수레들이 나가는 것을 보고 있자 웨디사데비가 다가와 말했다.

"아버지, 부왕님은 어떤 분이세요?"

"나를 괴롭힐 분은 아닌 것 같더라."

웨디사데바가 지난 왕들에게 크게 당한 억울한 사건만 해도 열 번이 넘었다. 세금을 내지 않고 짬빠성의 고급 가구들을 들여왔다고 빼앗긴 적도 있고, 웃제니의 보석들을 허락 없이 몰래 웨디사로 빼돌렸다고 압수당하기도 했으며, 바라나시의 비단을 수년간 밀무역했다는 무고로 감옥에 갇힌 때도 있었던 것이다. 붓다를 배출한 사끼야족의 바이샤라는 자부심으로 살아온 웨디사데바로서는 상상할 수 없는 가슴 아픈 사건들이었다.

"데비야, 오늘 저녁 연회에 너도 함께 갈 것이니 준비하고 있거라."

"저도요?"

"부왕님께 네가 옛 아완띠국 전통요리를 잘한다고 자랑했다."

"아버지를 위해 제가 정성껏 전통요리를 만들어 부왕님께 올릴게요."

"나를 생각하는 네 마음이 기특하구나."

웨디사데비는 가슴이 쿵쾅거렸다. 하녀들이 요리하는 부엌으로 가서 호흡을 가다듬어 보고, 2층 방으로 올라와서는 연회에서 무슨 옷을 입을까 궁리했다. 푸른 비단옷과 붉은 사리를 걸쳤다가 다른 빛깔의 옷을 입어보기도 했다. 요리할 때 입는 앞치마도 꺼내서 둘러보았다.

상인 수장의 딸, 웨디사데비

오후에 갑자기 경비대장이 군마를 타고 웨디사데바 저택으로 달려왔다. 걸어와도 될 거리인데 군마를 타고 온 이유는 급한 일이 생겼기 때문이었다. 경비대장은 웨디사데바를 보자마자 미안해하는 얼굴을 했다. 웨디사데바가 물었다.

"저녁에 만날 텐데 왜 급히 왔소?"

"궁중 연회를 내일 저녁으로 미루기로 했소."

"사정이 생겼소?"

"부왕님께서 휴식을 취하고 싶다 하십니다."

베다샤데바는 아소까의 뜻에 따랐다. 그에게는 아소까의 뜻을 거스를 만한 이유나 권한이 없었다. 이제 아완띠국에서 아소까의 말은 곧 법이었다.

"부왕님을 위한 연회이니 그래야지요."

"오히려 잘됐소. 부근 도시의 관리와 상인들을 초대해 모두가 충성하는 모습을 보이는 것도 좋지 않겠소?"

경비대장은 가까운 도시의 관리와 상인들이 부왕 아소까에게 충성맹세를 하는 궁중 연회이기를 바랐다. 웨디사데바도 경비대장의 생각에 동의했다. 또한 아소까가 연회를 미루자고 하

는 이유도 이해했다. 아소까는 웃제니에 입성해서 반란군을 소
탕하고, 생포한 반란수괴를 시프라강 강변에서 처형하고, 다음
날에는 시프라강에서 집단 목욕 행사인 꿈바 멜라에 참여하고,
빠딸리뿟따에서 파견한 관리들의 시신을 찾아 화장하는 등 강
행군을 이어왔다. 그래서 아소까는 몹시 피곤한 상태에서 궁중
연회를 여는 것보다 하루 정도 늦추자고 경비대장에게 지시했
던 것이다. 경비대장이 말했다.

"데바 수장님께서는 인근 도시의 상인들을 초대해 주시오.
나는 파견 나간 관리들을 부르겠소."

"내일 저녁이면 급히 서둘러야겠소."

"나도 그렇소."

경비대장은 접견실에 들어오지 않고 바로 왕궁으로 돌아
갔다. 웨디사데바는 궁중 연회를 지원하기 위해 대기하고 있던
상인 참모들을 불러 여러 도시의 상인 수장들을 초대하라고 지
시했다. 옛 아완띠국을 통치할 새로운 부왕이 여는 첫 궁중 연
회이니 초대받은 사람들은 대부분 참석할 터였다. 웨디사데바
참모들은 즉시 말을 타고 북서쪽의 말라와, 남서쪽의 수나빠란
따, 동북쪽의 꾸루라가라로 달렸다. 특히 말라와로 가는 참모에
게는 아소까에게 후식으로 바칠 말라와고원의 망고를 가져오
도록 당부했다. 말라와고원에서 수확하는 망고는 다른 지방의
것과 달랐다. 껍질이 샛노란 망고는 크고 달콤한 데다 입안에서
수프처럼 살살 녹았다. 웨디사데비가 2층에서 내려와 데바에게

물었다.

"무슨 일이 있는 거죠?"

"오늘 연회는 내일로 미루어졌다."

"아, 잘됐어요. 웃제니 전통음식을 만들려면 한나절이 필요했어요."

"그래? 한나절이나 걸린다니 실수할 뻔했구나."

"달이나 바플라는 시간이 많이 걸려요."

"그건 웃제니 전통음식이라기보다 말라와 지방 전통음식이 아니니?"

"맛있으니 웃제니뿐만 아니라 아완띠국 사람들이 다 즐겨 먹는 전통음식이 된 거죠."

"음식 만드는 데 솜씨가 있는 줄은 알았지만 이 정도로 잘 아는지 몰랐구나."

"어머니께서 다 가르쳐주신 거죠. 저는 어머니 음식 솜씨를 따라가지 못해요."

웨디사데바는 데비가 어머니라는 말을 하는 순간 지그시 눈을 감았다. 웨디사나가라 농원 저택에서 건강을 회복 중인 아내가 생각나서였다. 데비는 2층으로 올라와 웨디사나가라 쪽을 향해 두 손을 모았다. 그런 뒤 혼잣말로 중얼거리며 기도했다.

'내일 웃제니 부왕님을 위해 제가 전통음식을 요리하게 되었어요. 어머니가 옆에 계시면 저는 떨리지 않을 거예요. 어머니께서 다 가르쳐주실 테니까요. 이제는 어머니께서 저에게 가르쳐주신 대로 최선을 다할게요. 제가 만든 음식을 드신 부왕님께서 아버지께 호의를 갖는다면 저는 더 바랄 게 없어요. 어머니, 산치에 있는 우리 사원에서 기도해 주세요.'

다음 날 오후. 웨디사데비는 우두머리 하녀에게 웃제니 전통음식인 달과 바플라 식재료를 챙기도록 지시했다. 그러자 우두머리 하녀가 여러 하녀들에게 역할 분담을 시켰다. 한 하녀는 밀과 옥수수를 돌확에 넣고 쇠공이로 찧어 가루를 만들기 시작했고, 또 다른 하녀는 소금과 발효시킨 우유를 준비했다. 이윽고 우두머리 하녀가 계핏가루 같은 향신료와 소금을 넣고 반죽을 만들었다. 반죽이 다 되자마자 웨디사데비가 동글납작하게 빵 모양을 잡았다. 이후 네댓 명의 하녀들도 같은 크기의 빵을 순식간에 백여 개나 만들었다. 빵이 너무 작거나 큰 것은 웨디사데비가 따로 집어내 모양을 다시 잡아 숙성시켰다. 한편 어린 하녀들은 마른 소똥을 통에 담아 화덕 옆으로 날랐다. 철판이 든 화덕은 마른 소똥이 타면서 열이 은근히 가해졌다. 웨디사데비가 먼저 열기가 훅 끼치는 화덕에 빵 서너 개를 넣었다.

"흰색이 황금빛 갈색으로 변할 때까지 구워야 맛있거든."

빵을 기름에 바로 튀길 수도 있지만 웨디사데비는 구워내어 버터기름을 발랐다. 빵은 번지르르하게 윤이 나면서 더욱 군침을 돌게 했다. 하녀들도 나머지 빵들을 웨디사데비가 했던 대로 따라서 했다. 우두머리 하녀는 백여 개의 바플라를 대바구니

상자에 담았다. 궁중 연회장에 가지고 가려고 끈으로 묶기도 했다. 원래는 말라와 지방의 전통음식이었지만 이제는 웃제니 전통음식이라 해도 이상하게 생각하는 사람은 없었다. 달 역시 웃제니 방식이 따로 있었다. 달을 만들 때도 웨디사데비가 우두머리 하녀를 통해 지시했다.

"콩을 먼저 물에 넣고 푹 삶아야 해요."

전통음식은 웨디사데비가 우두머리 하녀를 시켜서 시작했다. 약간 무뚝뚝한 우두머리 하녀는 웨디사데비에게 지시받은 조리법대로 어린 하녀들을 부렸다. 하녀들은 말없이 움직이다가도 때로는 깔깔거리며 손을 놀렸다. 한 하녀는 버터에 다진 고추와 마늘, 생강과 고수에다 강황가루와 계핏가루, 소금을 뿌리고 화덕에서 볶았다. 웨디사데비가 지켜보고 있다가 말했다.

"그만하고 이제 삶은 콩을 붓고 걸쭉해질 때까지 저어야 해."

하녀 두 명이 주걱으로 저었다. 잠시 후 웨디사데비가 우두머리 하녀에게 눈짓을 하자, 우두머리 하녀가 사탕수수즙으로 만든 설탕을 듬뿍 넣었다. 웨디사데비가 주걱을 든 하녀에게 말했다.

"묽지도 되지도 않아야 하니 불이 약해야 돼."

소똥을 화덕에 넣었던 어린 하녀가 재빨리 불이 붙은 소똥 몇 개를 빼냈다. 그러자 열기가 서서히 줄어들었다. 노란 빛깔의 죽, 달이 완성되자 하녀들이 뚜껑이 있는 사각의 큰 은제 그릇에 담았다. 은제 그릇을 사용한 이유는 궁중 연회장에서 따뜻함을 유지하려면 미지근한 숯불 위에 올려놓아야 하기 때문이었다. 후식용 라두(Laddu)도 미리 준비해 두어야 했다. 라두는 웃제니 전통음식이라기보다는 아완띠국이 생기기 전부터 인두강 쪽에 살던 드라비다족 사람들이 아리안족에 밀려 내려오면서 웃제니 지역에 전해준 간식용 과자류였다. 라두를 만들 때는 웨디사데비가 간여하지 않았다. 우두머리 하녀가 잘 만들기 때문이었다. 콩가루에 물, 설탕, 카다멈 씨앗, 코코넛 등으로 반죽을 만든 뒤 작은 공처럼 동글동글하게 모양을 잡아서 기름에 튀기면 라두가 되었다. 건포도와 참깨, 아몬드 등을 라두에 장식하면 보기도 좋고 더 맛있게 먹을 수 있었다.

웨디사데비는 웃제니 전통음식만 만들기로 했기 때문에 그밖의 음식은 궁중 요리사들에게 맡겼다. 궁중 요리사들은 어제 수레에 싣고 간 채소류와 식재료들로 요리하고 있을 터였다. 또한 도살한 염소나 닭, 돼지 등은 끓는 물에 삶거나 훈제요리를 해 두었을 것이었다. 왕궁에 다녀온 웨디사데바가 데비에게 다가와 말했다.

"왕궁에서는 연회에 나올 요리들이 다 준비됐더구나. 너는 어떠니?"

"저도 달과 바플라를 만들어놓았어요."

"그럼 지금 왕궁 연회장으로 옮기자꾸나."

"아버지, 수레가 두 대 필요해요. 전통음식 한 대, 정오 무렵에 말라와에서 가져온 망고까지 가져가려면 또 한 대가 더 필요해요."

"알았다. 우리는 마차를 타고 가자꾸나. 왕궁을 몇 번이나 걸어서 왔다 갔다 했더니 다리가 아프구나."

이윽고 웨디사데바와 데비는 데바의 전용마차에 올랐다. 데비는 가슴이 설레면서도 '부왕님께서 맛있게 드셔야 할 텐데' 하면서 걱정을 했다. 데비의 그런 마음을 눈치챈 데바가 말했다.

"데비야, 최선을 다한 네 마음을 부왕님께서 반드시 알아주실 것이다."

"어떻게 제 마음을 알죠?"

"음식은 맛으로 마음을 전하는 거란다."

"어머니가 만드셨으면 더 맛있었을 텐데 저는 아직 부족해요. 그래서 마음이 조마조마한가 봐요."

"걱정 마라. 좋은 연회가 될 것이니."

왕궁 정문을 검색 없이 통과한 두 사람은 궁중 연회장으로 바로 갔다. 전통음식과 망고를 실은 수레는 두 사람을 따라왔다. 연회장 밖 정원에는 벌써부터 사람들이 삼삼오오 모여 다소 소란스럽게 이야기를 나누고 있었다. 웨디사데비가 알고 있는 꾸루라가라에서 온 상인도 보였다. 웨디사데비는 마차 안에서 앞치마를 두른 뒤 내렸다. 오후 내내 만든 전통음식을 아소까 부왕의 식탁에 따로 놓기 위해서였다. 아소까를 위한 식탁에는 이미 여러 육류와 채소류 음식들이 접시와 그릇에 가득 담겨

있었다. 은제 주전자와 유리병에 든 포도주와 밀로 빚은 맥주도
있었다.

웨디사데비는 달과 바플라를 궁중 요리사들과 함께 아소까
식탁으로 옮겼다. 궁중 요리사 우두머리가 달이 담긴 은제 그릇
을 재빨리 삼발이 위에 놓았다. 숯불은 연회를 시작하기 바로 직
전에 옮길 셈이었다. 달은 식은 것보다 따뜻한 상태에서 단맛과
향신료 맛을 더 내기 때문이었다. 데비가 가져온 말라와 지방의
망고는 아소까 식탁에 서너 개만 놓고 중앙의 과일 식탁에 수북
이 쌓았다. 후식용 라두 역시 망고 옆에 한 접시만 차렸다. 이윽
고 관리의 목소리가 연회장 정문 쪽에서 들려왔다.

"곧 부왕님께서 드십니다! 밖에 있는 분들은 속히 입장해
주시오!"

옛 아완띠국 여러 도시의 관리와 상인 수장들이 우르르 연
회장 안으로 입장했다. 곧바로 아소까 부왕의 입장을 알리는 궁
중 악대 연주가 은은하게 울려 퍼졌다. 연회장에 모인 모든 사람
들이 박수로 아소까 부왕을 맞이했다. 아소까가 자리에 착석하
자 그제야 박수 소리가 멎었다. 아소까가 다시 일어나 한 손을 쳐
들고 말했다.

"마우리야왕국 빈두사라대왕님의 명을 받아 아완띠국에 온
부왕이오. 아완띠국 여러분을 만나니 반갑소. 오늘 이 연회는 웨
디사데바 상인 수장이 우리 모두를 위해 마련한 자리이니 마음
껏 즐거운 시간을 보내시오."

건배사는 가장 나이가 많은 상인 수장이 했다. 그리고 말라와에서 온 관리가 지방 관리들을 대표해서 했다. 건배사의 내용은 서로 엇비슷했다. 아소까 부왕에게 충성하여 번영과 평화를 누리자는 내용이었다. 경비대장이 의도한 대로 충성맹세였다. 건배사가 끝나자 궁중 악대가 흥겨운 연주를 했고 반라의 무희들이 나타나 춤을 추었다.

웨디사데비는 아버지 옆에서 아소까 부왕이 무슨 음식에 손을 가져가는지 주시했다. 아소까는 궁중 요리사가 따라주는 포도주를 한 잔 하더니 연회장에 모인 사람들을 이리저리 둘러보곤 했다. 그러다가 눈이 마주치면 짙은 눈썹 끝을 살짝 움직였다. 도도한 느낌이 들기는 했지만 관심을 그렇게 표현했다. 그때마다 사람들은 자리에서 일어나 아소까에게 정중히 인사를 했다. 이윽고 웨디사데바 부녀와도 눈길이 마주쳤다. 궁중 연회를 주관해 주어 고맙다는 뜻인지 눈웃음을 보냈다. 감격한 웨디사데바 부녀는 자리에서 일어나 합장하고 고개를 숙였다. 부녀가 고개를 들었을 때는 아소까의 눈길은 다른 데 가 있었다. 가슴을 졸였던 웨디사데비는 겨우 마음을 진정했다. 그러나 잠시 후, 데비는 들고 있던 젓가락을 바닥에 떨어뜨렸다. 데비는 바플라를 먹고 있는 아소까를 보면서 기절이라도 할 뻔했다. 아소까는 바플라를 하나 들고서 따뜻한 달에 찍어 먹고 있었다. 웨디사데바가 데비에게 주의를 주었다.

"사람들이 너를 보고 있구나. 조심해라."

젓가락이 연회장 바닥에 떨어지자마자 주위 식탁에 앉아 있던 사람들이 웨디사데비를 쳐다보았던 것이다. 웨디사데비는 아버지에게 자신의 마음을 들킨 것 같아 얼굴을 붉혔다.

아소까의 보고서와 사신

아소까는 빈두사라왕에게 보낼 목간에 보고서를 작성했다. 웃제니 반란군 진압작전의 전과와 관리들의 동향, 웃제니 사람들의 특성, 향후 통치계획 등의 순서로 보고서를 써 내려갔다. 반란군 진압작전의 가장 큰 전과는 반란수괴를 생포하고 처형한 것이었다. 관리들은 반란군에 적극 협력하면서 악행을 저지른 사람만 제외하고 모두 사면했으며, 특히 빠딸리뿟따에서 파견 나왔다가 반란군에게 죽은 관리들의 시신을 찾아내어 상례(喪禮)를 갖추어 화장해 주었다는 것까지 상세하게 밝혔다. 웃제니는 상인들이 우대받는 도시인데, 성민들의 성격은 거칠고 부자 상인 중에는 고기를 일절 먹지 않는 자이나교 신자들이 많다고도 썼다. 통치는 지방을 많이 순행하면서 빈두사라왕의 칙령을 알리는 데 힘쓰겠다고 맹세했다. 아소까는 선봉대장을 불러 길쭉한 목간 보고서를 보여주었다.

"초안이니 빠진 사항이 있으면 보충해 보시오."

"군사 주둔 문제를 건의하시는 것이 좋을 듯합니다."

선봉대장은 군사를 빠딸리뿟따로 철수시키지 말고 웃제니에 계속 주둔하기를 바랐다. 웃제니의 반란군은 궤멸됐지만 옛 아완띠국 남동쪽에 있는 깔링가국 군사가 침입해 올지 모르기 때문이었다. 깔링가국은 겉으로만 마우리야왕국에 복종하는 척할 뿐 코끼리부대까지 갖춘 군사를 가지고 있으며, 독자적으로 해상무역을 하는 등 소국이지만 강한 나라였다.

"대장 말이 맞소. 진압군을 무기한 주둔할 수 있도록 건의하겠소."

선봉대장은 자신의 사견도 말했다.

"이곳 웃제니 상인들은 꼬삼비의 상인들과 조금 다른 것 같습니다."

"무엇이 다르오?"

"꼬삼비는 상인들이 왕궁이나 사원에 기부하는 전통이 있는 것 같았습니다. 우리 진압군이 머물렀던 고시따라마 사원은 고시따라는 부자 상인이 건물을 지어 기부했다고 합니다. 꾹꾸따라마 사원도 마찬가지입니다. 기부자인 상인 꾹꾸따의 이름을 딴 것이라고 합니다."

"웃제니의 상인들이 인색하다고 단정할 수는 없을 것이오. 왕이 세금을 지나치게 거두는 등 갈등이 심했으니까 기부하지 않았을 수도 있소. 그래서 폭동이나 반란이 자주 일어난 것이 아니겠소?"

"세금은 왕을 흥하고 망하게 한다는 금언이 있습니다."

"그렇소. 세금징수가 호랑이보다 더 무섭다는 말이 있지 않소."

선봉대장이 웃제니 상인들의 종교에 대해서도 말했다.

"부왕님, 웃제니 상인들 중에는 자이나교 신도들이 많습니다. 그들은 고기를 먹지 않는다고 합니다. 자이나교도 상인들의 아랫사람들은 그들이 없는 곳에서만 고기를 먹는다고 합니다."

"몰래 먹어야 하는 이유가 무엇이오?"

"고기를 먹는 자를 천한 사람으로 여겨 상대하지 않는다고 합니다."

"특이한 일이오. 우리도 그들과 마주 앉아 협상할 때는 고기를 먹지 말아야 할 것 같소. 하하하."

아소까는 크게 웃었다. 그러면서 자신의 보고서를 누구 편에 보내면 좋겠냐고 물었다.

"누구를 빠딸리뿟따로 보내면 좋겠소?"

"부왕님께서 결정하시는 대로 소장은 따르겠습니다."

"진압군 군수부대장을 부르시오. 그에게 보내겠소."

실제로 군수부대는 진압작전을 종료했으니 웃제니에 더 주둔할 필요가 없었다. 군수부대가 따라왔던 것은 진압군 군사가 행군해 올 때 물자를 지원하기 위해서였던 것이다. 이제 군사를 움직이는 데 들어가는 물자조달은 옛 아완띠국에서 자체 해결할 수 있는 일이었다. 다행히 옛 아완띠국은 무슨 물자든 풍부했다. 아소까는 선봉대장이 물러가자 보고서를 보완해 다시 작성했다. 그런 뒤 어머니 다르마 왕비에게 보낼 얇은 목간에다 자신의 소식을 전했다.

보고 싶은 어머님께.

아소까는 어머님께서 기도해 주시는 덕분에 인드라 신의 가호를 받아 잘 지내고 있습니다. 이곳 웃제니는 한때 반란이 일어났던 성이었으나 위대한 마우리야왕국 군사의 힘으로 진압하여 지금은 평온한 날을 보내고 있습니다. 지난날 딱사쉴라에서 경험한 대로 세금징수를 공평하게 하여 상인과 성민들의 불만을 없앤 결과 신분고하를 막론하고 모두가 저를 잘 따르는 것 같습니다. 저는 아버지 빈두사라대왕님의 칙령이 옛 아완띠국에도 구석구석 퍼질 수 있도록 순행을 자주 나가려고 합니다. 아버님이 들으시면 저를 신뢰하고 좋아하실 것입니다. 어머님, 동생이 태어났다면 이름은 무엇인지요? 아들인지 딸인지 몹시 궁금합니다. 어머님 산후조리는 아상디밋따가 잘하고 있겠지요. 아상디밋따는 조용하고 착한 천품을 타고나 친딸과 같이 어머님을 잘 보필할 것이라고 믿습니다. 어머님의 손자, 꾸날라가 보고 싶습니다. 어머님의 아들 아소까는 어머님께 건강과 행운이 깃들기를 인드라 신께 간절히 비옵니다.

아소까 올림.

아소까는 검은 물감 뚜껑을 닫지 않았다. 뾰쪽한 나무 끝에 물감을 찍었다. 또 다른 목간에 아상디밋따에게 전할 짧은 글을 적었다.

사랑하는 아상디밋따여.

그대의 남편이자 마우리야왕국 왕자 아소까는 옛 아완띠국 수도 웃제니에서 잘 지내고 있소. 그림자처럼 어머님 곁을 지키며 말없이 헌신하고 꾸날라를 친아들같이 보살피는 그대가 벌써 그립구려. 남편으로서 그대에게 기쁨과 행복을 주지 못한 채 서둘러 웃제니로 떠난 나를 이해하시구려. 아버님의 명이기도 하지만 마우리야왕국의 영광을 위해서 이곳에 왔다는 생각을 한시도 잊은 적이 없다오. 오늘은 가네샤 신이 원망스럽기도 하오. 그대에게 아들이나 딸이 있다면 나는 더없이 행복할 텐데 가네샤 신이 우리를 찾지 않고 있기 때문이오. 착한 그대를 닮은 자식이 있다면, 가네샤 신이 행운을 주신다면, 나 아소까는 더 바랄 게 없을 것이오. 아상디밋따여, 나는 반드시 아버님께서 부여한 명을 완수하고 언젠가 빠딸리뿟따로 돌아가 그대와 함께 있고 싶소. 그 생각만 하면 시프라강과 강가강을 날아다니는 물새처럼 꿈속에서라도 그대에게 훨훨 날아갈 것만 같소. 그대여, 내 걱정은 하지 마시오. 오늘 밤 나는 그대에게 언제나 행운이 함께하기를 빌겠소.

그대와 꾸날라를 보고 싶은 아소까 씀.

마침 두 개의 얇은 목간에 글씨를 다 썼을 때 진압군 군수부 대장이 들어왔다. 나이 든 대장의 흰 수염은 다듬지 않아서 염소

털처럼 길었다. 아소까는 새삼 그의 공을 치하했다.

"대장이 군수물자를 원활하게 지원해 진압군이 웃제니까지 무리 없이 이동해 왔소. 마지막 공격 전날 전투코끼리와 군마들이 시프라강 강변에서 풀을 뜯게 한 것도 대장의 훌륭한 제안 때문이었소. 힘을 낸 전투코끼리와 군마들 때문에 진압작전은 성공할 수 있었소."

"공은 부왕님의 것입니다. 소장이 제안했을 때 부왕님께서 받아주셨기 때문에 가능한 일이었습니다."

"내가 부른 이유가 있소. 대장은 임무가 끝났으니 내일 즉시 웃제니를 떠나 빠딸리뿟따로 돌아가시오."

"예, 부왕님."

군수부대장은 이유를 묻지 않고 명을 받았다. 사실 웃제니에서는 할 일이 없어져 무료하게 보낼 수밖에 없는 처지였던 것이다. 기마부대나 코끼리부대는 아소까가 순행할 때 호위를 하기 때문에 웃제니에 남아 있을 이유가 충분했지만 군수부대는 달랐던 것이다. 아소까가 말했다.

"이 보고서는 극비 문서이니 빈두사라대왕님께 대장이 직접 전하시오."

"예, 알겠습니다."

"그리고 이 목간 두 개는 다르마 왕비님과 아상디밋따에게 전해주시오. 가능하면 이 목간도 대장이 직접 전해주시오."

"반드시 그렇게 하겠습니다."